Le Livre de Poche Jeunesse

ONIRIA

B.F. Parry

ONIRIA

LIVRE 2

Le disparu d'Oza-Gora

À tous ceux qui connaissent l'importance de rêver,
et à ceux qui ont oublié comment on fait.

1

La belle et La Bête

Escortée de près par ses indéfectibles gardiennes, la princesse des Rêves avançait le long du corridor sombre avec une grâce que lui auraient enviée les plus grandes actrices de cinéma. Des valets emperruqués suivaient de leurs regards indiscrets cette apparition céleste. La porte à double battant de la salle à manger fut ouverte avec cérémonie, et les trois femmes-araignées s'arrêtèrent sur le seuil.

Il était là. Il l'attendait. Aanor entra dans la pièce d'un pas décidé.

— Vous êtes resplendissante, susurra La Bête en penchant sa tête noire pour baiser la main de la princesse.

— Vous êtes abject, répondit-elle en essuyant sa main sur sa robe de bal comme s'il s'agissait d'un tablier de cuisine.

Les trois têtes du dragon affichèrent le même sourire amusé.

— Vous verrez qu'avant la fin de la soirée j'aurai revêtu un aspect plus digne de votre beauté, chère princesse.

— Vous avez déjà réduit votre taille à celle d'un être humain pour pouvoir habiter cette demeure, dit Aanor. Si vous voulez me faire plaisir, réduisez-la à celle d'un cafard et je vous écraserai du bout de ma chaussure.

Sans attendre de réponse, Aanor s'approcha de la longue table apprêtée pour un repas de fête. Elle plaqua d'un geste expert son encombrant jupon sous ses jambes et s'assit sur l'unique chaise, juste en face d'un solide fauteuil qu'elle devinait destiné à accueillir le large postérieur du dragon.

— Vous voulez dîner, lança-t-elle d'une voix claire, eh bien dînons ! Mais faisons vite, je vous en prie. Je suis pressée.

La Bête s'approcha de la chaise de la jeune princesse jusqu'à la frôler. Il n'y avait plus aucune trace de sourire sur son triple faciès. Ses têtes bleue et rouge encadrèrent le visage d'Aanor, tandis que sa tête noire répandait une brise légère dans la chevelure de la jeune fille.

— Nous prendrons le temps qu'il faudra, dit-il avec calme.

La tête rouge alluma d'un souffle les bougies des quatre chandeliers posés sur la longue nappe immaculée, révélant une succession de plats pompeusement recouverts de cloches en argent.

— Car vous et moi savons bien que vous n'avez rien d'autre à faire, ajouta la tête bleue de son haleine glaciale.

Un frisson parcourut l'échine d'Aanor. Il avait raison, bien sûr. Elle n'avait rien d'autre à faire que de dîner en tête à tête avec ce monstre. Cela faisait quatre jours qu'elle était cloîtrée dans cette prison dorée, chaperonnée sans relâche par les trois redoutables femmes-araignées qui avaient participé à son enlèvement. Quatre jours qu'elle relatait par télépathie à sa mère la reine tous les détails qu'elle pouvait donner sur l'endroit où elle était retenue prisonnière : l'obscurité perpétuelle, les cris incessants, les toits délabrés qu'elle apercevait depuis sa fenêtre, les vautours qui tournaient dans le ciel noir, la puanteur... Pour Aanor, qui n'avait jamais rien connu d'autre que les splendeurs d'Hedonis, la capitale, cet environnement était aussi nouveau qu'insupportable. La reine Dithilde, souveraine d'Oniria, avait très vite confirmé l'intuition de sa fille : le luxueux hôtel particulier qui lui servait de prison était situé en plein cœur d'Ephialtis, cette sombre cité où les cauchemars vivaient enfermés. La reine avait même réussi à localiser avec précision l'emplacement du bâtiment.

Et pourtant, il ne se passait rien. Aanor attendait en vain l'équipe qui devait la libérer. Cela faisait quatre jours qu'elle entendait les mêmes excuses de la bouche de sa mère : la police du Royaume, la CRAMO – Cellule de Renseignement, d'Attrapade et de Maintien de l'Ordre –, n'avait plus la maîtrise de la cité des cauchemars et ne pouvait s'y aventurer à l'aveuglette ; les troupes d'élite étaient toutes mobilisées pour la protection de la population et le renforcement de la zone frontière ; la sécurité du pays devait passer avant les sentiments d'une reine pour sa fille...

Aanor avait fini par bloquer les communications mentales avec sa mère. Elle n'en pouvait plus de subir les suppliques impuissantes d'une femme qui était censée faire régner l'ordre dans le monde des rêves, mais qui n'était pas capable de tirer sa propre fille des griffes de ce dragon.

Surtout, Aanor avait compris que pour échapper au chef de file de la révolution des cauchemars, elle ne pourrait compter que sur elle-même.

Et sur Eliott.

Lui, au moins, avait essayé de la sauver, même si sa tentative s'était soldée par un échec. Aanor était confiante : elle savait que le jeune Créateur ne l'avait pas oubliée ; qu'il était quelque part à Oniria, en train d'échafauder un plan pour la délivrer. Ce n'était qu'une question de temps.

Mais il faudrait faire vite. Car La Bête, dont la tête rouge brûlait un oiseau en plein vol à cent mètres, dont la tête noire provoquait des tornades capables de réduire en miettes les bâtiments les plus solides et dont la tête bleue givrait sur place le moindre importun, La Bête qui pouvait modifier sa taille à l'envi et se déplacer d'un bout à l'autre d'Oniria malgré les protections qui empêchaient les autres cauchemars de sortir d'Ephialtis, ce monstre déjà si puissant acquérait chaque jour de nouvelles capacités défiant l'imagination. Bientôt il serait invincible, et personne ne pourrait plus s'opposer à lui.

Même un Créateur aussi doué qu'Eliott.

Un valet à tête de crapaud souleva l'une des cloches d'un geste vif.

— Crêpes de cervelle d'orang-outan en robe d'orties, annonça-t-il.

— Sans façons, dit Aanor en se détournant d'un air dégoûté.

— Vous devriez essayer, suggéra le dragon. Les privations constantes auxquelles madame votre mère et son ami le griffon ont soumis Ephialtis ces dernières années ont suscité chez nos cuisiniers de véritables prodiges de gastronomie atypique.

Aanor regarda le dragon déplier lentement sa serviette et la placer sur ses genoux. À quoi rimait tout ce cirque ? Que voulait-il ? Pendant ces quatre jours de captivité, la princesse avait acquis la conviction que La Bête ne l'avait pas prise en otage uniquement pour faire chanter la reine. De nombreux indices suggéraient en effet que son ravisseur voyait en elle autre chose qu'une simple monnaie d'échange. Tout d'abord, il était clair que La Bête s'était renseigné sur elle dans les moindres détails. Par exemple, les étagères de la chambre luxueuse dans laquelle Aanor était tenue recluse recelaient des trésors de la littérature, parmi lesquels des copies en parfait état de tous ses livres préférés – ceux-là mêmes qu'elle gardait précieusement dans une petite cabane cachée au milieu du verger où elle avait rencontré Eliott pour la première fois. Cela ne pouvait pas être une coïncidence. Plus troublant encore, depuis son arrivée en ces lieux, La Bête s'était montré plein de sollicitude à son égard, prenant de ses nouvelles, donnant des ordres pour que l'on veille à son confort, s'excusant régulièrement d'être obligé de la tenir prisonnière… Une attitude qui tranchait singulièrement avec l'image de monstre cruel sans foi ni loi que la princesse s'était forgée de lui à force d'écouter sa mère. Et puis il y avait cette robe magnifique que le dragon avait fait livrer dans la chambre d'Aanor quelques heures auparavant, accompagnée d'un carton d'invitation pour le dîner du soir et de ces mots manuscrits : « Votre présence à mes côtés serait un honneur »... Comme si elle avait le choix !

— Mon cuisinier s'est mis en quatre pour vous ce soir, ma chère, commenta le dragon. Il serait très déçu si vous n'en faisiez pas profiter vos délicates papilles.

— Et si vous en veniez plutôt au fait, suggéra Aanor. Pourquoi teniez-vous tant à dîner en ma compagnie ce soir, alors que je prends tous mes repas seule depuis quatre jours ? Pourquoi m'avez-vous fait livrer cette robe digne de l'impératrice Sissi ? Pourquoi toute cette mise en scène ?

Un nouveau rictus se dessina simultanément sur les trois bouches du dragon.

— J'ai quelques petites choses à vous enseigner, annonça-t-il. Des choses que votre précepteur n'a certainement pas cru utile de faire figurer au programme de votre éducation.

— Quelles choses ? s'enquit Aanor.

— La vérité, lâcha La Bête.

— Je suis tout ouïe, dit Aanor d'un air de défi.

Les trois rictus s'élargirent en trois sourires perfides. Sur un signe de la tête noire, le crapaud servit des crêpes fumantes dans les deux assiettes puis se retira. Au moment où il refermait la porte, des cris retentirent, venant du dehors. Aanor jeta un regard inquiet à l'une des grandes portes-fenêtres qui donnaient sur la rue. La Bête, lui, n'eut aucune réaction. Il coupa un morceau de crêpe, qu'il porta à sa bouche bleue, et poussa un soupir de satisfaction. Il huma de son nez rouge un verre de vin de la même couleur et fit claquer sa langue de plaisir. Puis, sans cesser d'alimenter ses deux autres têtes, il planta les yeux jaunes de sa tête noire dans les yeux dorés de la princesse.

— Que savez-vous d'Ephialtis et des cauchemars ? demanda-t-il.

— Est-ce un test ? demanda la princesse.

— Contentez-vous de répondre, je vous prie.

Aanor poussa un soupir agacé, but une gorgée d'eau, puis reposa son verre sur la table.

— Ephialtis est le domaine des cauchemars, récita-t-elle, l'endroit où se déroulent la majorité des mauvais rêves que font les habitants du monde terrestre, et par conséquent le lieu de naissance de la plupart des cauchemars. Les Mages qui arrivent ici sont presque tous en proie à l'inquiétude ou à la peur, et Ephialtis et ses habitants sont à l'image de leur paranoïa : laids, répugnants et dangereux. Il arrive que des Mages créent des cauchemars en dehors du domaine d'Ephialtis, il arrive aussi que des Mages fassent sortir des cauchemars d'Ephialtis au cours d'une rêverie ; mais les escadrons de la CRAMO veillent à ce qu'ils regagnent leur habitat naturel le plus rapidement possible afin d'éviter qu'ils ne sèment le trouble et la terreur dans le reste d'Oniria. Depuis quelques mois, certains cauchemars – sous votre impulsion malsaine – réclament l'ouverture des Portes qui entourent Ephialtis et espèrent obtenir satisfaction en terrorisant la population d'Oniria à la moindre occasion. Ils ne semblent pas comprendre qu'en agissant ainsi ils donnent à la reine des raisons supplémentaires de ne pas céder à leur chantage.

Les pattes griffues de La Bête s'élevèrent au-dessus de son assiette dans un applaudissement sinistre.

— Je vois que vous avez bien appris votre leçon, dit-il, et que la propagande de madame votre mère fonctionne à merveille, même sur sa propre fille. Bravo à Sa Majesté ! Son entreprise de mystification est parfaite.

— Je ne vous permets pas de…

— Je n'ai pas terminé ! coupa la tête bleue, dont le souffle glacé éteignit d'un coup toutes les chandelles de la longue table.

Dans l'obscurité, la rumeur qui montait de la rue se fit plus présente. Des chuchotements, des conversations croisées, des chansons, quelques cris. Le bourdonnement d'une foule en attente. De nouveau, Aanor tourna la tête vers la porte-fenêtre.

— Approchez-vous donc, princesse, dit le dragon d'une voix caverneuse. Allez voir par vous-même à quoi ressemble le peuple d'Ephialtis. Approchez-vous, mais faites en sorte qu'aucun d'entre eux ne puisse vous voir. Cela vaut mieux pour vous, croyez-moi.

La princesse se leva en silence et s'approcha de la porte-fenêtre. Elle se colla au lourd rideau de velours bleu et pencha la tête vers la vitre, évitant soigneusement le rayon de lumière blafarde qu'un réverbère diffusait à travers la fenêtre. Ils étaient des centaines, peut-être des milliers, agglutinés le long du trottoir crasseux. Une foule de va-nu-pieds en haillons éclairés par des torches. Des hommes, des femmes, des enfants au visage terne, les yeux levés vers cette fenêtre. Parmi eux, des infirmes, des malades, des bossus, des édentés et quelques créatures non humaines à l'aspect incertain… Aanor en avait déjà aperçu de semblables, avant que sa mère chasse d'Hedonis tout ce qui s'y trouvait de laid et de méchant. Mais la princesse n'avait jamais vu – ni même seulement imaginé – une telle concentration de misère. Elle eut un haut-le-cœur.

— La grande majorité des habitants d'Ephialtis est constituée de pauvres gens dont le seul tort est d'avoir été créés malades, difformes ou vaguement effrayants, déclara La Bête. À cela s'ajoutent tous les animaux jugés indésirables – loups, araignées, serpents, chauves-souris – et quelques créatures plus ou moins pensantes : des monstres, des zombies, des vampires, des sorcières, des harpies... Des êtres dans leur grande majorité inoffensifs, qui ne font peur qu'aux Mages, mais que la politique de madame votre mère contraint à vivre dans l'atmosphère putride d'Ephialtis.

— Inoffensifs, lâcha Aanor, c'est vous qui le dites !

— Il faut que vous imaginiez ce qu'est la vie à Ephialtis, continua La Bête. Ici, il fait presque toujours nuit, il fait froid et il pleut souvent. La terre ne produit rien ou presque : lorsqu'on la creuse, on a plus de chances de tomber sur une mine antipersonnel ou sur un cadavre que de faire pousser des pommes de terre. La cité et ses villes satellites sont polluées, sales, encombrées de déchets et leurs habitants manquent de tout. Elles sont insuffisamment approvisionnées par l'entrepôt royal, alors même que tout ce dont nous avons besoin existe en abondance de l'autre côté de la frontière. On ne compte plus les pièges, les labyrinthes, les prisons insalubres ou les gouffres sans fond qui surgissent çà et là au gré de l'imagination de Mages apeurés. Les Mages sévissent partout, déclenchant ici une guerre, là une épidémie de choléra... Autrefois, si la plupart des cauchemars naissaient à Ephialtis, rares étaient ceux qui choisissaient d'y rester : la grande majorité fuyaient ces rivages nauséabonds pour aller s'installer dans une autre contrée, où ils vivaient une existence paisible au milieu des autres Oniriens. Aujourd'hui, Ephialtis est devenue la plus terrible des prisons pour tous ces gens dont le seul crime est d'exister. Voilà, princesse, ce qu'a fait votre mère depuis dix ans.

Aanor ne répondit rien. Elle observait, silencieuse, la foule des indigents qui battait le pavé juste sous sa fenêtre. Elle observa longtemps un tout petit enfant qui essayait de marcher dans la boue du caniveau, tombait, se relevait, tombait de nouveau.

— Vous paraissez bien sûr de vous, en affirmant que ces gens ne sont ni des voleurs ni des criminels, dit-elle d'une voix étranglée.

Le dragon se leva et rejoignit Aanor dans l'obscurité du rideau.

— Certains sont d'horribles crapules, bien sûr, dit-il. Mais dans leur grande majorité ce sont d'honnêtes citoyens qui ne demandent qu'une seule chose : la possibilité de mener une existence décente. Ces pauvres gens ne méritent pas de vivre dans l'enfer d'Ephialtis.

Le dragon marqua une pause et approcha sa tête bleue tout près de l'oreille de la princesse.

— Vous me direz que je n'ai aucune preuve pour étayer ce que j'avance, murmura-t-il de son haleine glacée. Mais je sais que vous n'en avez pas besoin. Je me suis renseigné sur vous, princesse. Je sais par exemple que vous êtes incapable de mentir. Je sais également que vous avez un don pour déceler le mensonge chez les autres. Et vous savez que je vous dis la vérité. Tout comme vous savez depuis longtemps que votre mère se ment à elle-même en pensant agir pour le bien de son peuple, même si vous refusez de l'admettre. En privant des millions d'individus d'une existence décente, la reine Dithilde a semé elle-même les graines de la révolution qui causera sa perte. Ces gens ont soif de justice, et ils l'obtiendront.

Aanor dissimula dans l'ombre du rideau ses yeux rougis par la honte et la fureur. Les conditions de vie de ces pauvres gens lui soulevaient le cœur. Savoir que sa propre mère en était responsable lui était insupportable.

Dans la rue, des cris s'élevèrent. Un attroupement s'était formé juste sous la fenêtre. Des doigts fébriles étaient pointés vers le rideau.

— Il est temps pour moi de faire une petite apparition, déclara La Bête.

Le dragon fit quelques pas, inspira longuement tel un acteur qui s'apprête à entrer en scène, puis ouvrit les battants de la porte-fenêtre et avança sur le balcon. Aussitôt, un tonnerre d'applaudissements ponctué de cris et de vivats s'éleva de la rue. Cela dura plusieurs minutes, et La Bête dut réclamer le silence à plusieurs reprises avant de l'obtenir. Cachée derrière le rideau, Aanor ne perdait rien de la scène. Entendre la foule acclamer ce monstre comme un héros lui donnait envie de vomir.

— Mes amis, aujourd'hui est un grand jour, annonça La Bête. On vient de m'apprendre que nos amis les loups-garous ont réussi un coup d'éclat en frappant là où la reine ne nous attendait pas : ils ont attaqué une caravane oza-gorienne et tué un habitant de la ville du Sable.

Aanor se retint de pousser un cri. Un Oza-Gorien assassiné ? Ces cauchemars n'avaient donc plus de limites ! Bien sûr, le groupe révolutionnaire mené par La Bête avait déjà tué des Oniriens. Mais les Oniriens, rêves ou cauchemars, avaient la particularité de ne jamais vraiment mourir : si une autre créature les tuait, ils ressuscitaient toujours à plus ou moins brève échéance. Tuer un Oza-Gorien était autrement plus grave.

Car s'ils vivaient eux aussi dans le monde des rêves, les Oza-Goriens n'avaient pas grand-chose de commun avec les autres créatures d'Oniria. Ils n'étaient pas créés par des Mages mais se reproduisaient entre eux, comme les Terriens ; ils pouvaient évoluer et acquérir de nouvelles capacités par l'apprentissage ; et surtout leur mort était définitive, ce qui faisait d'eux des êtres particulièrement fragiles. Ils étaient pourtant indispensables : sans le Sable qu'ils distribuaient, les Terriens ne rêveraient pas et Oniria n'existerait pas. C'est pourquoi ils vivaient à l'abri dans leur domaine d'Oza-Gora, où aucun Mage ne pouvait pénétrer et dont l'accès était rendu quasiment impossible aux Oniriens. C'est aussi pourquoi ils étaient considérés par les Oniriens – cauchemars compris – comme un peuple sacré que chacun avait le devoir de protéger.

En s'attaquant volontairement à un Oza-Gorien, les révolutionnaires cauchemars avaient brisé un tabou.

Dehors, la foule s'agitait dans un brouhaha fébrile. On échangeait des regards affolés, on se parlait à l'oreille, on lançait des regards à la dérobée vers le balcon… Bref, on ne savait pas comment réagir.

— Qui sont les loups-garous pour oser s'en prendre au peuple sacré ? tonna une voix puissante. Nous n'avons pas donné notre accord pour ça.

Une onde de créatures terrorisées s'éloigna précipitamment de l'endroit d'où la voix s'était élevée, laissant un vaste cercle vide au milieu de la foule. Au centre du cercle, un minotaure haut comme deux hommes et musclé comme un héros de bandes dessinées levait vers le balcon sa colossale tête de taureau.

— Moi, j'ai donné mon accord, tempêta La Bête. Cela devrait te suffire.

Un jet de flammes aussi puissant que précis s'échappa de la gueule rouge de La Bête. Quelques instants plus tard, le minotaure n'était plus qu'un tas de cendres.

— Mes amis, reprit La Bête avec l'emphase d'un grand orateur, j'ai donné mon accord pour l'attaque des Oza-Goriens. Car, en faisant cela, nous avons prouvé notre détermination à la reine Dithilde. Elle ne peut plus feindre de nous ignorer !

Quelques applaudissements s'élevèrent de la foule.

— Nous avons prouvé à la reine Dithilde que rien ni personne ne pourrait nous arrêter !

Nouveaux applaudissements.

— Nous avons prouvé à la reine Dithilde que plus personne à Oniria ne pourra dormir tranquille tant qu'elle n'aura pas rendu au peuple cauchemar sa liberté !

Tonnerre d'applaudissements. La foule était en liesse. Les gens dansaient, criaient, chantaient, agitaient des pancartes à l'effigie de La Bête. Des cris fusaient : « Vivent les loups-garous ! », « Vive La Bête ! », « Vivent les cauchemars libres ! » La Bête leva les pattes en signe de victoire et un chant martial fut entamé, suivi de longues acclamations. Puis le dragon inclina brièvement ses trois têtes et se retira. Il était à peine rentré dans la salle à manger que de nouveaux cris retentirent : « Livrez-nous la princesse ! Livrez-nous la princesse ! » Aanor eut un mouvement de recul.

— Ne vous inquiétez pas, dit La Bête en fermant la porte-fenêtre, je n'ai aucune intention de vous livrer en pâture à ces créatures assoiffées de vengeance.

— Pourquoi ? demanda Aanor d'une voix blanche en regagnant sa chaise. Mon sort vous importe-t-il plus que celui de ce minotaure ?

— Le minotaure a eu ce qu'il méritait, dit La Bête. Et il me fallait faire un exemple pour m'assurer du soutien plein et entier de la foule.

Aanor lança un regard chargé de haine à son ravisseur.

— Quant à vous, dit La Bête, il se trouve que vous êtes la pièce maîtresse de mon projet le plus audacieux.

— Nous y voilà, souffla Aanor. Et de quel projet s'agit-il ?

Le dragon ouvrit la bouche pour répondre, mais il fut interrompu par un hurlement qui semblait venir des profondeurs de la terre. Ce n'était pas la première fois qu'Aanor entendait ce cri. Elle l'avait perçu à maintes reprises depuis qu'elle était prisonnière de La Bête. À longueur de journée, les murs de cette demeure tremblaient au rythme de cette voix hurlante.

— Il semble que je doive bientôt vous fausser compagnie, annonça le dragon. Mais ne vous inquiétez pas, je ne serai pas long.

La Bête frappa des pattes. Immédiatement, la double porte de la salle à manger s'ouvrit et les trois femmes-araignées surgirent. En quelques secondes, elles avaient repris leur poste habituel, chacune d'entre elles à moins d'un mètre d'Aanor. Un nouveau cri fit trembler le plancher, et le dragon disparut. Volatilisé.

Au bout d'une demi-heure d'attente avec pour seules distractions les mouvements furtifs de ses gardiennes et la clameur occasionnelle qui montait de la rue, Aanor se décida à inspecter ce qui se trouvait sous les cloches en argent disposées sur la table. Elle reposa la première aussitôt après l'avoir soulevée sans même prendre le temps de regarder à quoi cela ressemblait : l'odeur écœurante qui s'en dégageait suffisait à la dissuader d'y goûter. Elle passa en revue plusieurs plats aussi peu appétissants les uns que les autres avant de trouver un clafoutis aux cerises qui n'avait de suspect que sa couleur noire. Aanor se pencha pour renifler la chose. Le gâteau sentait bon le fruit et le sucre. Son estomac gargouilla d'impatience. Elle attrapa une petite assiette, se servit une large part et retourna s'asseoir à sa place.

La princesse était en train de planter sa fourchette dans la dernière bouchée lorsqu'une voix retentit derrière elle, crispant chaque muscle de son corps.

— Pardonnez-moi d'avoir été aussi long, s'excusa le monstre. Quelques ajustements de dernière minute.

Aanor se retourna. Une seconde plus tard, sa fourchette à gâteau effectuait un atterrissage sonore sur le plancher verni de la salle à manger. La jeune fille, tétanisée, cligna des yeux pour s'assurer qu'elle n'était pas victime d'un mirage. Mais non. La Bête s'était bien transformé en être humain. Et pas n'importe lequel : il avait l'allure exquise et ténébreuse d'un *bad boy* hollywoodien.

— Je vous avais prévenue, ma chère, que je revêtirais un aspect plus conforme à vos habitudes avant la fin du souper, dit l'homme encore jeune avec un sourire à faire fondre un lac gelé.

Aanor baissa les yeux, n'osant pas affronter plus longtemps l'allure diaboliquement envoûtante de cet homme. Ses entrailles hésitaient entre une fascination certaine, la crainte et le dégoût.

— Vous n'aimez pas mon nouvel aspect ? demanda La Bête en reprenant sa place à table.

— Comment avez-vous fait ? demanda Aanor sans lever les yeux.

— Cela, ma chère, c'est mon petit secret. Et soyez certaine que je vous réserve encore d'autres surprises.

— De votre part je ne m'attends à rien de bon, dit Aanor.

— Comme vous y allez ! s'offusqua La Bête. Votre vision est typique des habitants d'Hedonis. Pour mes frères cauchemars, je suis au contraire le héros de la révolution.

— Une révolution qui n'aurait jamais eu lieu sans votre intervention, observa Aanor.

— C'est vrai, admit La Bête. Il fallait un meneur pour éveiller la colère qui était latente chez ces misérables ;

pour les pousser à réclamer justice ; pour leur montrer que c'était possible. Il leur fallait un sauveur, et je me flatte d'être celui-là.

— Vous parlez d'un sauveur ! lança Aanor en relevant la tête. Vous ne respectez rien ! Ni les lois, ni les mœurs, ni même ces gens que vous prétendez aider et que vous méprisez.

— On ne m'avait pas menti, dit le ténébreux apollon d'une voix de miel.

— À quel sujet ?

— Au sujet de votre intelligence, princesse, susurra La Bête. Je reconnais que mes méthodes ne sont pas des plus élégantes. Mais vous devez admettre qu'elles fonctionnent.

— Vos méthodes ont un nom, rétorqua la princesse. On les appelle terrorisme. Et rien, absolument rien ne peut les justifier.

— Tout dépend du point de vue. Ici, nous appelons cela de la résistance. Nous ne faisons que lutter contre l'oppression de la CRAMO avec les seules armes qu'on nous a laissées.

— Non ! tonna la princesse. Ce serait peut-être de la résistance si vous vous attaquiez directement à la CRAMO. Mais vous envoyez vos troupes s'attaquer à des civils inoffensifs, violer des femmes, kidnapper des enfants, brûler des maisons, torturer, massacrer. Vous vous gargarisez lorsqu'un Oza-Gorien innocent a été tué, alors que vous savez pertinemment que le peuple du Sable n'a rien à voir avec tout cela. C'est ignoble. Vous devez cesser cette infamie !

La princesse s'était levée de sa chaise, les poings crispés sur la nappe immaculée. De grosses larmes de colère avaient roulé le long de ses joues. La Bête l'observa longuement, mains croisées devant la bouche, l'air songeur. Puis il abaissa calmement ses mains jointes et avança son buste jusqu'à toucher la table.

— Nous sommes au moins d'accord sur ce point, dit-il.

Décontenancée, Aanor se rassit en silence.

— Je crois en effet que la guerre psychologique n'a qu'un temps, continua La Bête, et que notre action va devoir passer à une nouvelle phase. Une phase pleine de promesses, qui aura pour objet d'éclairer la population d'Oniria tout entière sur la pureté de nos intentions. Et c'est vous, ma chère, qui allez nous permettre de passer des ténèbres à la lumière.

— Moi ? s'étonna la princesse.

— Oui, vous. Dans six jours, je vous épouserai devant le peuple cauchemar réuni. Nous l'annoncerons au dernier moment pour éviter tout désagrément avec nos amis de la CRAMO. Ce sera une grande fête, vous verrez. En devenant mon épouse, vous montrerez aux Oniriens qu'il n'y a rien à redouter des cauchemars et que nous sommes des citoyens du Royaume comme les autres.

— Jamais ! siffla Aanor, dont le teint d'ivoire venait de virer au papier mâché. Je refuse !

La Bête frappa dans ses mains. Immédiatement, la porte s'ouvrit et les trois femmes-araignées reprirent leur poste.

— Je ne vous demande guère votre avis, ma chère, lâcha-t-il avec nonchalance. Dans six jours. Soyez prête.

Il fit quelques pas, puis s'arrêta et adressa à la princesse un sourire machiavélique.

— Oh, une dernière chose, dit-il. N'espérez pas faire part de cette petite information à madame votre mère ou à qui que ce soit d'autre. L'une des vertus de ce délicieux clafoutis auquel vous avez goûté tout à l'heure est de brouiller les communications télépathiques. Ce n'est que temporaire, bien sûr. Vous retrouverez toutes vos facultés après notre mariage. Je vous souhaite le bonsoir.

La Bête se retourna en faisant claquer ses bottes d'humain et quitta la pièce.

2

COMPLICATIONS

Depuis que l'Eurostar était sorti du tunnel sous la Manche et que son téléphone était de nouveau connecté au réseau, Christine n'avait pas cessé de passer des coups de fil. Des appels professionnels, bien sûr. Christine n'arrêtait jamais de travailler. Même le dimanche. C'était d'ailleurs pour cela qu'on lui avait récemment proposé le poste de ses rêves dans un important cabinet d'avocats d'affaires à Londres. Et c'était pour cela que la famille Lafontaine venait de passer un week-end dans la capitale britannique, à la recherche d'un appartement à louer.

Habitués à se faire oublier, les trois enfants lisaient en silence. Chloé dévorait un roman dont la couverture arborait une princesse avec jean et diadème perchée sur un poney. Juliette, elle, était plongée dans un livre documentaire sur le corps humain. Quant à Eliott, il essayait tant bien que mal de s'intéresser à sa leçon de grammaire. Il s'acharnait à comprendre les subtilités de l'accord du participe passé quand le niveau sonore augmenta brusquement. Il tourna la tête vers sa belle-mère. Christine s'énervait au téléphone.

— Mais enfin, tempêtait-elle, vous avez bien UNE baby-sitter disponible cette semaine ! Sinon à quoi cela sert-il que je fasse appel à une agence ?

— …

— Comment ça, mes critères sont trop sélectifs ? J'ai besoin de quelqu'un qui soit à la fois suffisamment autoritaire pour se faire respecter par un garçon de douze ans récalcitrant, et suffisamment intelligent pour faire réciter leurs leçons à deux petites filles précoces en classe de CE1. Ça ne doit pas être si compliqué que ça !

— …

— Je vous l'ai déjà dit : de 16 heures à 22 heures. Et je veux que ce soit la même personne tous les jours. Faites un effort, c'est seulement pour quelques semaines ! Nous déménagerons pendant les vacances de Noël.

— …

— Bien sûr que non, je ne peux pas rentrer plus tôt le soir ! J'ai du travail et je le fais à fond, moi, madame ! Parce que, contrairement à vous, je fais tout mon possible pour répondre aux demandes de mes clients !

Christine appuya rageusement sur le bouton rouge de son téléphone et baissa les yeux vers les enfants qui la dévisageaient.

— Qu'est-ce que vous avez à me regarder comme ça ? croassa-t-elle.

Immédiatement, les trois enfants replongèrent dans leur lecture.

Un taxi les attendait à la gare du Nord, et tous les quatre furent bientôt au pied de leur immeuble, rue de

Lisbonne, en plein cœur de l'un des quartiers chics de Paris. Heureux de se retrouver chez lui, Eliott grimpa l'escalier à toute allure. Arrivé au palier du deuxième étage, il appuya sur le bouton de la minuterie pour allumer la lumière. Et son cœur se figea. Assise sur le paillasson, la tête appuyée sur la porte de l'appartement, à moitié endormie, Mamilou les attendait.

— Mamilou ! crièrent en chœur Chloé et Juliette dès qu'elles atteignirent le palier.

Mamilou se réveilla en sursaut et accueillit dans ses bras ouverts les deux petits bolides qui avaient foncé vers elle.

— Je suis tellement contente de te voir ! s'écria Chloé en couvrant sa grand-mère de baisers.

— Tu nous as drôlement manqué ! ajouta Juliette.

— Vous aussi vous m'avez manqué, mes chéries, dit Mamilou en se relevant.

Eliott hésitait à aller lui aussi embrasser sa grand-mère. Bien sûr, il était content de la voir. Mais la dernière fois qu'ils s'étaient vus, leur discussion s'était terminée par une sacrée dispute. Mamilou releva la tête et posa un regard infiniment tendre sur son petit-fils. Infiniment triste aussi. Eliott comprit immédiatement que quelque chose s'était passé. Quelque chose de grave.

— Que faites-vous là, Louise ? claqua la voix glaciale de Christine, juste derrière Eliott.

— Bonjour, Christine, dit Mamilou, les jumelles toujours blotties contre elle. Je sais que vous m'avez demandé de garder mes distances. Et j'ai respecté votre souhait pendant toute la semaine passée. Mais j'ai quelque chose d'important à vous dire.

— Alors dites-le, dit Christine.

— Je crois qu'il vaudrait mieux qu'on rentre à l'intérieur, dit Mamilou.

La lumière s'éteignit. La minuterie était terminée. Christine appuya de nouveau sur le bouton. Sans rien dire, elle sortit son trousseau de clés, s'approcha de la porte et l'ouvrit. Eliott entra le dernier dans l'appartement. La gorge nouée, il referma doucement la porte derrière lui, craignant le pire.

Tout le monde se dirigea vers le salon. Les jumelles n'arrêtaient pas de piailler, racontant par le menu à leur grand-mère tout ce qu'elles avaient vu à Londres. Elles ne semblaient pas se rendre compte que Mamilou ne les écoutait pas.

— Alors, de quoi s'agit-il ? demanda Christine en s'asseyant sur l'un de ces fauteuils anciens qu'elle achetait une fortune chez les antiquaires.

— L'état de Philippe s'est dégradé, annonça Mamilou.

Le bavardage des jumelles cessa d'un seul coup. Eliott inspira longuement, espérant retenir les larmes qui lui montaient aux yeux.

— Il y a eu des complications, continua Mamilou d'une voix étouffée par l'émotion. Cela fait trop longtemps qu'il est dans le coma. L'un de ses reins a cessé de fonctionner. Pour l'instant, l'autre fonctionne, mais il ne tiendra pas longtemps tout seul. Quelques semaines maximum. Les médecins pensent que Philippe sera mort avant Noël.

Eliott cessa de lutter contre l'inévitable, et ses yeux s'humidifièrent. Christine poussa un soupir presque imperceptible. Seul Eliott le remarqua. Rien n'échappait à ce que le jeune garçon appelait lui-même son détaillomètre : une faculté d'observation bien supérieure à la moyenne. Il tourna la tête. Le visage de sa belle-mère était décomposé. Dès qu'elle perçut le regard d'Eliott, Christine se redressa et retrouva sa stature habituelle, aussi figée qu'une statue de cire.

— On peut vivre avec un seul rein ! objecta Juliette. Je l'ai lu dans mon livre sur le corps humain. Et puis, même si papa a un problème avec son deuxième rein, on peut lui faire une dialyse ! Et même une greffe !

— Les médecins mettraient votre père sous dialyse s'ils avaient un espoir de le sauver, Juliette, dit doucement Mamilou. Mais s'il est dans une unité de soins palliatifs, c'est justement parce qu'il se dirige doucement vers la mort. Cette histoire de reins ne fait qu'accélérer les choses.

Juliette adopta la mine renfrognée de celle qui refuse d'admettre la réalité. Chloé, elle, éclata en sanglots. Eliott eut encore le temps d'apercevoir Mamilou serrer les jumelles dans ses bras avant que les larmes ne brouillent complètement sa vision.

Au bout d'un moment, Christine se leva.

— Bien, dit-elle en désignant la porte d'entrée, merci d'être venue nous donner l'information, Louise. Maintenant, nous sommes tous fatigués, il est temps de dormir. Vous connaissez le chemin de la sortie.

— Oh, s'il te plaît, maman, gémit Chloé entre deux sanglots, est-ce que Mamilou peut rester avec nous comme avant ?

— Mamilou n'habite plus ici, dit Christine d'un ton las.

— Juste ce soir ! plaida Juliette.

— J'ai dit non ! glapit Christine. Maintenant Louise, partez, s'il vous plaît, avant que les enfants ne deviennent ingérables.

Mamilou ne bougea pas d'un pouce.

— Christine, dit-elle d'une voix douce mais ferme, je sais que nous avons nos différends. Et j'en prends ma pleine part de responsabilité. Mais je crois que ce n'est pas le moment de nous déchirer. La seule chose que nous devrions faire maintenant, c'est nous serrer les coudes.

Christine ne répondit pas.

— Je ne vous demande pas de revenir habiter ici, continua Mamilou. Vous ne voulez plus de votre belle-mère sous votre toit, et je peux vous comprendre. Mais laissez-moi au moins m'occuper des enfants. Laissez-moi aller les chercher à l'école et m'occuper d'eux jusqu'à votre retour chaque soir. Ils ont besoin de vous, et ils ont besoin de moi. Maintenant plus que jamais.

Christine ferma les yeux et inspira longuement.

— Je suppose que vous avez raison, lâcha-t-elle finalement.

Elle se dirigea vers la commode de l'entrée, ouvrit l'un des tiroirs et en tira une clé de l'appartement, qu'elle tendit à Mamilou.

— Je dois vous préciser qu'Eliott est consigné jusqu'à nouvel ordre, dit-elle. Et qu'il n'a plus droit à l'erreur au collège. Il a fait une fugue la semaine dernière pendant une heure de colle. La prochaine fois, c'est le conseil de discipline.

— Je veillerai à ce qu'il se tienne à carreau, assura Mamilou.

— Et les filles ont un examen de solfège jeudi soir, ajouta Christine.

— Je les ferai travailler, dit Mamilou.

— Bien, alors à demain, dit Christine. Je rentrerai tard. J'ai un dîner avec des clients.

— Pas de problème.

Mamilou attrapa la clé. Elle embrassa les jumelles, puis Eliott, et se dirigea vers la porte d'entrée.

— Louise ! l'interpella Christine.

Mamilou se retourna, prête à entendre de nouvelles instructions. Mais les instructions ne vinrent pas.

— Merci, dit Christine après un court silence.

Mamilou sourit.

— Il n'y a pas de quoi, répondit-elle.

Sans ajouter un mot, Christine se dirigea vers la cuisine, suivie par les jumelles. Mamilou s'éloigna dans la direction opposée.

— Mamilou, attends ! s'écria Eliott.

Il rattrapa sa grand-mère alors qu'elle s'apprêtait à ouvrir la porte, et se retourna pour vérifier que Christine et les jumelles ne pouvaient pas l'entendre. Puis il planta ses yeux dans ceux de Mamilou.

— Il reste encore un espoir de sauver papa, murmura-t-il.

Un éclair illumina le regard triste de Mamilou.

— Après notre dispute de la semaine dernière, continua Eliott, j'ai passé une nuit sans ton sablier. Pour me reposer. Tu avais raison, j'en avais besoin, et ça m'a fait du bien. Mais le lendemain soir, j'ai dormi avec le sablier autour du cou et je suis retourné à Oniria. Katsia et Farjo ont finalement accepté de m'aider. Et on a trouvé ton ami Jov'.

Ou plutôt c'est lui qui nous a trouvés. Enfin bref, Jov' a convaincu le chef de la caravane de marchandises dont je t'avais parlé de nous emmener avec lui jusqu'à Oza-Gora. Le voyage a été long et éprouvant, mais nous avons fini par arriver à destination hier soir. Je dois rencontrer le Marchand de Sable cette nuit.

— Oh, Dieu soit loué ! souffla Mamilou en prenant son petit-fils dans ses bras.

Grand-mère et petit-fils restèrent longuement serrés l'un contre l'autre. Au bout d'un moment, Mamilou desserra son étreinte et contempla le visage d'Eliott.

— Je suis tellement fière de toi ! dit-elle. Et je suis désolée pour l'autre jour. Je n'aurais pas dû te demander de me rendre le sablier. Mais j'avais vraiment peur qu'il ne t'arrive quelque chose si tu retournais là-bas.

— Et tu avais raison d'avoir peur, dit gravement Eliott. Le monde des rêves est vraiment dangereux. Surtout en ce moment. Il s'est passé des choses terribles la nuit dernière. Des cauchemars ont attaqué la caravane dans laquelle nous étions cachés. C'étaient des loups-garous. Un homme a été tué. Moi-même, j'ai eu beaucoup de chance de m'en tirer.

— Oh, Eliott ! gémit Mamilou.

— Mais je ne risque plus rien maintenant, assura Eliott. Hier, Sherpak nous a emmenés à l'Académie des Sages d'Oza-Gora. On a rencontré leur chef, le wadi Mashar. Il a autorisé Farjo et Katsia à rester sur place, et moi, il m'a officiellement invité à rejoindre la ville du Sable quand je veux par déplacement instantané. Alors j'ai enregistré les moindres détails de la grille d'entrée. Et, ce soir, je m'endormirai en la visualisant dans ma tête. Sherpak m'y attendra.

— Qui est ce Sherpak ?

— Le chef de la caravane. Un type formidable. C'est lui qui doit m'emmener voir le Marchand de Sable, tout à l'heure. Ne t'inquiète pas, je suis entre de bonnes mains maintenant.

Mamilou serra de nouveau Eliott dans ses bras et lui murmura quelques mots d'adieu. Puis elle se retourna et ouvrit la porte. Eliott la regarda partir. Et un doute l'envahit soudain.

— Mamilou ! appela-t-il.

— Oui, mon chéri, dit Mamilou en se retournant une nouvelle fois.

— Tu crois vraiment que le Marchand de Sable pourra guérir papa à temps ?

— J'en suis certaine, répondit Mamilou avec un sourire.

Et elle partit.

3

L'AUBE D'UN GRAND JOUR

Après le départ de Mamilou, Eliott refusa le bol de soupe que lui proposait Christine. Il prépara en vitesse son sac pour les cours du lendemain et se mit directement au lit. Il était épuisé à la fois par le voyage et par les terribles nouvelles de son père. Il était surtout impatient d'être à Oza-Gora et de rencontrer celui qui portait ses derniers espoirs : le Marchand de Sable. Il s'emmitoufla dans sa couette et ferma les yeux, la main posée sur le précieux sablier qui reposait sur sa poitrine. Il reconstitua dans sa tête l'image de la majestueuse grille en fer forgé qui constituait l'unique entrée d'Oza-Gora. Il se concentra sur chaque détail. Sur chaque volute métallique. Et sur le sablier – semblable au sien, mais beaucoup plus grand – qui se dressait au centre de la grille.

Sa respiration se fit de plus en plus régulière, de plus en plus profonde, et il s'endormit.

Eliott sut immédiatement qu'il était arrivé au bon endroit. Ce désert de cailloux aussi gris et triste qu'un lit de rivière asséché. Cette grille étincelante posée en plein milieu, reconnaissable entre mille. Et surtout Sherpak qui l'attendait, souriant, le bras droit largement ouvert en signe d'accueil. L'autre bras du caravanier, victime de la férocité des loups-garous qui avaient attaqué la caravane la veille, était plâtré de l'épaule jusqu'au poignet, ce qui ne diminuait en rien l'impression de force et de sérénité qui se dégageait de lui.

— Eliott ! s'écria Sherpak de sa voix grave. Je ne pensais pas te voir si tôt. Je viens juste d'arriver !

— Et moi je n'étais pas sûr que vous seriez déjà là, dit Eliott. J'avais tellement hâte de venir que je me suis couché à 20 heures sans dîner !

— Alors tu dois avoir faim, dit le caravanier. Ça tombe bien, un énorme petit déjeuner nous attend à la maison. Tiens, mets ça.

Sherpak tendit à Eliott une étrange membrane transparente dont l'aspect évoquait une méduse écrasée par un rouleau compresseur. C'était une charabiette : une seconde peau vivante qui permettait de comprendre, parler, lire et écrire n'importe quelle langue. Les charabiettes étaient inutiles dans le reste d'Oniria, où chacun pouvait comprendre l'autre depuis la nuit des temps sans que personne ne puisse expliquer pourquoi. Mais à l'intérieur du domaine d'Oza-Gora, leur port était obligatoire pour qui ne parlait pas la langue locale.

Eliott ne put s'empêcher de faire une grimace en attrapant la membrane flasque et visqueuse. Pour avoir porté une charabiette la veille, il savait que cela ne lui ferait pas mal. Cependant l'idée que cette chose allait insérer ses tentacules dans ses yeux, son nez, ses oreilles et sa bouche pour se connecter à son cerveau restait particulièrement écœurante.

Eliott inspira, puis posa la membrane sur son visage. Aussitôt, elle s'étira le long de sa peau jusqu'à épouser ses traits. Une sensation de fraîcheur intense envahit la peau, puis l'intérieur de la tête d'Eliott. Par réflexe, il toucha sa joue du bout des doigts. Elle était un peu collante, comme s'il venait d'y étaler de la crème solaire. Il cligna des yeux, se frotta les oreilles, chanta quelques notes. Tout était normal. Opération réussie : il était prêt à rencontrer le Marchand de Sable.

Sherpak s'approcha de l'immense grille et retira de son doigt l'anneau qui portait sa Pierre de Sable, cette pierre blanche et lumineuse qui, la veille, avait guidé la caravane jusqu'à Oza-Gora à travers l'extravagante géographie d'Oniria. Le caravanier plaça la pierre dans une encoche, et aussitôt la grille s'ouvrit.

Alors, du néant, jaillit Oza-Gora.

À gauche, une succession de falaises resplendissait dans d'infinies nuances de couleur ocre. À droite, un désert de dunes moutonnait jusqu'à l'horizon. Au milieu, à quelques kilomètres, un vaste ensemble d'habitations blanches et basses étincelait dans la lumière dorée du petit matin, au milieu d'une luxuriante oasis de végétation. C'était encore plus beau que la veille.

Eliott se laissa envoûter par la splendeur du paysage. Il prit une grande inspiration pour gaver ses poumons de l'air pur d'Oza-Gora et sourit. Malgré son angoisse, malgré sa fatigue, malgré la situation dramatique de son père, ici, il se sentait bien. Sans qu'il puisse expliquer pourquoi, il avait la sensation d'être chez lui dans ce domaine d'Oza-Gora dont il ne connaissait pourtant presque rien.

Lorsque Eliott sortit de sa contemplation, Sherpak s'était déjà engagé sur l'unique chemin de terre qui menait à la ville d'Oza-Gora. Il le rattrapa en petites foulées.

— Vous avez obtenu un rendez-vous avec le Marchand de Sable ? s'enquit-il.

— Dans deux heures.

Le reste du trajet se déroula en silence. Sherpak avait le naturel taciturne des grands voyageurs qui économisent leur salive lorsqu'ils n'ont rien à dire. Quant à Eliott, plus il avançait et plus son cœur se serrait. Il ne pouvait s'empêcher de repenser à ce qui s'était passé la veille, lorsqu'il avait suivi Sherpak sur ce chemin pour la première fois avec Katsia, Farjo et le reste de la caravane. Ils étaient arrivés épuisés, meurtris, blessés, avec deux caméléons en moins et un brancard portant le corps inanimé d'un caravanier. La caravane tant attendue portait en son sillage un effluve de malheur. Les visages d'abord joyeux qu'ils avaient croisés le long de cette route s'étaient vite transformés en masques de tristesse, de douleur et d'incompréhension. Mais le visage qui hantait surtout Eliott, c'était celui de cette mère pleurant sur le corps de son fils défunt.

Eliott avait-il pleuré, lui aussi, lorsqu'on lui avait annoncé à l'âge de deux ans qu'il ne reverrait plus jamais celle qui l'avait mis au monde ? Il n'en avait aucune idée. Son père avait toujours répondu à toutes ses questions, sauf à celles qui concernaient la mort de sa mère. Aussi loin que remontaient ses souvenirs, Marie Lafontaine n'avait jamais été pour lui qu'une photo sur une table de nuit et un immense vide dans son cœur.

Ce matin-là cependant, ce furent des visages emplis de reconnaissance et des signes de bienvenue qui accueillirent Eliott à Oza-Gora. Les quelques habitants que Sherpak et lui croisèrent dans l'artère principale encore calme semblaient tous le reconnaître. À un croisement, une femme âgée s'approcha de lui et lui baisa les mains avant de s'en aller sans rien dire. Le jeune Créateur interrogea Sherpak du regard.

— Oza-Gora est une grande ville, expliqua le caravanier, mais les nouvelles vont vite, et ton teint pâle trahit ton identité. Tout le monde sait que, sans ton intervention, aucun d'entre nous ne serait revenu vivant de cette expédition. Mes compatriotes sont reconnaissants envers leur héros.

Eliott sentit ses joues se colorer sous la charabiette qui les recouvrait, et il baissa la tête. Sherpak et lui quittèrent bientôt la rue principale pour s'engager dans un dédale de ruelles étroites et tortueuses.

Au bout de quelques minutes, ils atteignirent une charmante maison à un étage, toute blanche avec une porte bleue. Sherpak poussa la porte entrouverte. Eliott le suivit à l'intérieur dans un patio carrelé de bleu, autour duquel poussaient des plantes en pot de toutes sortes. Une femme aux cheveux frisés et aux yeux rieurs vint à leur rencontre, accompagnée d'une petite fille de cinq ou six ans qui lui ressemblait.

— Je pensais que t'étais plus grand ! s'écria la fillette en apercevant Eliott.

— Allons, Paki ! gronda la femme. C'est comme ça que tu accueilles notre invité ?

— Eliott, dit Sherpak, je te présente mon épouse Shaïa et notre fille Paki.

Shaïa tendit à Eliott une main chaleureuse.

— Bonjour, Eliott, dit-elle. Bienvenue chez nous !

— Bonjour, madame, répondit poliment Eliott en serrant la main de Shaïa. Katsia et Farjo ne sont pas là ?

— Ton ami Farjo dort encore, dit Shaïa. Quant à Katsia, elle s'est levée très tôt, mais je ne l'ai pas vue depuis un moment. Je ne sais pas où elle est passée.

— Alors je vais aller réveiller Farjo, dit Eliott, et il m'aidera à trouver Katsia.

— C'est par là, dit Sherpak en désignant l'escalier qui montait à l'étage. Deuxième porte à gauche.

Eliott monta les marches carrelées de l'escalier. Arrivé en haut, il fut saisi par le ronflement sonore qui s'élevait de l'une des chambres. Farjo vrombissait comme un moteur. Eliott décida de lui laisser encore quelques minutes de répit : il était intrigué par le petit escalier en colimaçon qui s'élevait à sa droite. Il s'y engagea, monta quelques marches et déboucha sur un large toit-terrasse. Du linge séchait sur une corde tendue entre deux piquets de bois. Eliott passa au milieu des vêtements humides pour s'approcher du parapet. La vue sur les toits de la ville était extraordinaire. Au milieu, dominant tout le reste, trônait la coupole de l'Académie des Sages où Sherpak l'avait emmené la veille avec Katsia et Farjo. Tout autour, c'était un entrelacs de murets, de terrasses, de cheminées, de pergolas, de fenêtres et de plantes d'où s'élevaient les sons et les odeurs du petit matin : douceur du pain chaud, tintement de la vaisselle, amertume du café, bruissement de l'eau qui coule, murmure étouffé des premières conversations…

Eliott fut tiré de sa contemplation par un bruit incongru. Un frottement. Juste à côté de lui. Il tourna la tête vers la porte du petit abri de bois qui se dressait sur sa gauche. À nouveau, le même frottement se fit entendre. Plus fort. Quelqu'un était caché dans cet abri. Le sang d'Eliott se figea. Et si un agent de la CRAMO avait réussi à se faufiler jusqu'ici ? Instinctivement, il porta la main à sa poitrine et serra dans ses doigts le sablier de Mamilou. Non ! Jamais il ne laisserait la Cellule de Renseignement, d'Attrapade et de Maintien de l'Ordre mettre la main sur le précieux sésame qui lui permettait de voyager d'un monde à l'autre.

Eliott ramassa un bâton qui traînait par terre et s'avança lentement vers la porte, sans bruit. Il leva son bâton des deux mains, prêt à frapper. Puis il prit une grande inspiration et ouvrit la porte d'un coup de pied sec.

— Qui va là ? cria-t-il, autant pour impressionner son adversaire que pour se donner du courage.

Au milieu d'un bric-à-brac de pots de fleurs vides et d'ustensiles de jardinage, assise en tailleur avec un livre ouvert sur les genoux, Katsia regardait Eliott d'un air goguenard.

— Ben alors, petit, railla l'aventurière, t'as encore vu un fantôme ?

— Oh ça va, hein ! maugréa Eliott en abaissant son inutile bâton. J'ai entendu du bruit et j'ai cru que c'était un agent de la CRAMO qui m'avait retrouvé.

— En plein Oza-Gora ? se moqua l'aventurière. Tu dérailles ! S'il y a bien un endroit dans tout Oniria où les troupes de ce maudit griffon ne viendront jamais te chercher, c'est ici ! Allez, détends-toi ! Profite du moment !

— Mmmhh, grommela Eliott. Facile à dire. On voit bien que ce n'est pas toi qui es poursuivie comme la pire des crapules par toute la police du Royaume ! Et puis qu'est-ce que tu fais dans cet abri, d'abord ?

— Je me cache, déclara Katsia.

— De qui ?

— De Paki.

Cette fois, ce fut Eliott qui faillit s'étrangler de rire. L'aventurière, experte en kung-fu, virtuose du revolver, qui portait un véritable arsenal caché dans le moindre repli de ses vêtements, cette fille qui n'avait peur de rien ni de personne se cachait pour échapper à une petite fille de cinq ans !

— Ouais, c'est ça, marre-toi, grogna Katsia. Ce n'est pas toi qui as dû partager la chambre de cette gamine. Depuis hier soir, elle n'arrête pas de me parler et de me poser des questions impossibles. J'ai dû me réfugier ici pour être un peu tranquille.

— J'ai l'impression que tu parles de mes sœurs, compatit Eliott.

— Tu as des sœurs ? demanda Katsia.

— Demi-sœurs, précisa Eliott. Des jumelles. Elles ont sept ans et elles n'arrêtent pas de parler. Allez, viens, allons réveiller Farjo. Nous sommes attendus pour le petit déjeuner.

Katsia remit son livre dans la besace qui ne la quittait jamais et se releva d'un geste souple. Eliott jeta un dernier coup d'œil aux toits de la ville avant de s'engager dans l'escalier en colimaçon, immédiatement suivi par l'aventurière. Arrivés au niveau des chambres, tous les deux se dirigèrent vers la porte d'où s'élevaient les ronflements de Farjo. Eliott frappa doucement. Aucune réaction. Il frappa plus fort. Toujours rien. Le singe avait le sommeil profond.

— Laisse-moi faire, j'ai l'habitude, déclara Katsia.

Eliott s'écarta. L'aventurière ouvrit la porte avec fracas, marcha vers la fenêtre d'un pas martial, tira les rideaux d'un coup sec, ouvrit les battants, puis elle se dirigea vers le lit et asséna au pauvre singe endormi une paire de claques retentissantes.

— Debout, fainéant ! beugla-t-elle aux oreilles de son ami.

Furieux, le singe marmonna une série d'onomatopées incompréhensibles avant de s'enrouler dans sa couverture en tournant résolument le dos à l'aventurière. Son répit fut de courte durée. Katsia arracha la couverture d'un geste vif, attrapa le singe par la queue et le souleva en l'air, tête en bas. Farjo proféra un chapelet d'insultes à faire rougir un vieux matelot, tout en gesticulant pour tenter de se libérer de la poigne de fer de son amie. En vain. Katsia attendit que son ami fût calmé pour le reposer enfin sur le sol.

— C'est l'heure du petit déj, dit-elle. Et essaie de ne pas me faire honte, hein ! Tu te tiens bien, pour une fois.

— Hé ! ho ! s'insurgea le singe. Quand on réveille les gens comme ça, on n'a pas le droit de donner des leçons de bonnes manières !

L'aventurière ignora la remarque et sortit de la chambre d'un pas résolu. Puis Farjo sortit à son tour.

— Salut, Eliott, dit-il en passant devant le jeune Créateur.

— Bonjour, Farjo.

— Alors c'est le grand jour, hein ! claironna le singe. C'est aujourd'hui que tous tes problèmes vont être résolus !

— Oui, c'est le grand jour. En tout cas je l'espère, dit Eliott sans grand enthousiasme.

— Oh toi, t'as quelque chose à raconter à ton vieil ami Farjo, dit le singe en plissant des yeux inquisiteurs. Qu'est-ce qui ne va pas ?

— J'ai eu des nouvelles de mon père, confia Eliott. De mauvaises nouvelles. Ça fait trop longtemps qu'il est maintenu endormi, et son corps ne tient pas le coup. Si le Marchand de Sable ne trouve pas une solution, il sera mort dans moins d'un mois.

Le singe regarda son ami avec sa grimace la plus sérieuse, celle qui le faisait loucher. Puis il lui asséna une grande claque sur la cuisse.

— T'inquiète pas, mon pote ! dit-il d'un ton assuré. Le Marchand de Sable est le gars le plus puissant des deux mondes réunis. Il trouvera une solution.

Eliott esquissa un sourire et suivit Farjo dans l'escalier.

Eliott se sentit immédiatement à l'aise dans le salon de Sherpak et Shaïa. C'était une pièce simple, plutôt sombre, mais égayée par un immense tapis rouge et des poufs en cuir de couleur. Quelques jouets traînaient par terre et tout un fouillis d'objets s'entassait dans des alcôves creusées dans le mur. Une table basse était garnie de crêpes, de petits pains chauds, de fruits et d'autres appétissantes merveilles qui firent gargouiller d'envie l'estomac vide du jeune Créateur. Sherpak, Shaïa et Paki étaient déjà à table. Eliott et Farjo s'assirent de part et d'autre de Shaïa, et une ombre de désespoir obscurcit les yeux de Katsia lorsque Sherpak l'invita à s'asseoir à côté de la petite Paki.

De fait, l'aventurière était à peine assise que la petite fille commençait à lui poser des questions.

— Ils habitent où, ton papa et ta maman ? demanda-t-elle.

— Je n'ai pas de parents, répondit Katsia d'un ton las.

— Oh, ils sont morts ? demanda la petite fille, navrée.

— Non, répondit Katsia d'une voix où pointait l'agacement, je n'ai pas de parents, c'est tout. Je n'en ai jamais eu.

— Ah bon ? s'étonna Paki. Mais comment tu as fait quand tu étais bébé ? Qui est-ce qui s'est occupé de toi ?

— Personne, puisque je n'ai jamais été bébé ! s'énerva l'aventurière.

— C'est pas vrai ! cria Paki. T'es qu'une menteuse !

— Allons, allons, ma chérie, ne t'énerve pas, dit doucement Sherpak. Katsia n'est pas une menteuse. Simplement, elle vient d'un endroit où les choses sont très différentes d'ici. Les Oniriens ne naissent pas comme nous d'un papa et d'une maman. Ils sont créés par des Mages venus du monde terrestre, avec un certain nombre de caractéristiques qui restent les mêmes tout au long de leur existence.

Sherpak releva la tête vers Katsia.

— Quel âge as-tu, Katsia ? demanda-t-il.

— Dix-sept ans, marmonna Katsia. J'ai toujours eu dix-sept ans et a priori j'aurai toujours dix-sept ans, sauf si mon Mage décide un jour de changer ça.

— Et je suppose que tu n'as ni parents, ni frères et sœurs, devina le caravanier.

— Bien vu, répondit Katsia. Aucune famille. À part Farjo, qui est comme mon frère.

Paki dévisagea le singe, puis se tourna vers sa mère d'un air incrédule.

— C'est vrai tout ça, maman ? demanda-t-elle.

— Oui, c'est vrai, confirma Shaïa. Tu apprendras tout ce qu'il faut savoir sur les Mages et leurs créations à l'école quand tu seras plus grande.

— Mais c'est maintenant que je veux savoir ! s'insurgea Paki. Et d'abord, c'est quoi un Mage ?

Shaïa poussa un soupir résigné.

— Un Mage est un rêveur qui vient du monde terrestre et qui crée des rêves et des cauchemars, expliqua-t-elle. Tu sais, ce sont les gens que le Marchand de Sable endort.

— Ah oui, dit la petite fille. Ceux qui fabriquent Oniria et tous ses habitants, sauf nous.

— C'est ça, confirma Sherpak.

Paki resta pensive un moment. Puis elle releva la tête vers Eliott.

— Mais alors, tu es un Mage, toi ? Tu peux créer des gens ? demanda-t-elle en fronçant les sourcils.

— Je ne suis pas un Mage, corrigea Eliott, je suis un Créateur.

Eliott extirpa son sablier de sous son tee-shirt et l'exhiba devant les yeux ahuris de la petite fille.

— Je ne suis pas venu à Oniria grâce au Sable que distribue le Marchand de Sable, mais grâce à ce sablier, expliqua-t-il.

— Et c'est quoi, un Créateur ? demanda Paki.

— C'est un peu comme un Mage, mais en mieux, dit Eliott. Les Mages ne maîtrisent pas ce qu'ils créent, alors que moi je décide de tout ce que je veux créer.

— Mais tu fais comment pour créer quelque chose ? insista Paki.

— Je ferme les yeux, je visualise dans ma tête ce que j'ai envie de créer, je me concentre pour n'oublier aucun détail, et quand j'ouvre les yeux c'est là, devant moi.

— Oh, c'est magique ! s'extasia Paki. J'aimerais tellement pouvoir faire ça, moi aussi ! Tu peux me montrer ?

— J'aimerais bien, dit Eliott, mais c'est impossible. Je ne peux pas utiliser mes pouvoirs de Créateur à l'intérieur du domaine d'Oza-Gora.

— Et surtout, tu es une Oza-Gorienne et pas une Créatrice, ajouta Sherpak en caressant doucement les cheveux de sa fille. Même si Eliott te montrait ce qu'il sait faire, tu ne pourrais pas en faire autant.

— C'est pas juste, ronchonna la petite fille, les bras croisés sur la poitrine.

Katsia leva les yeux au ciel.

— Eh bien, moi je n'ai pas de parents. Ce n'est pas juste non plus, mais je ne me plains pas, dit-elle avec fermeté. Alors arrête un peu de bouder et prends ton petit déjeuner, ça t'évitera de dire des bêtises.

Paki leva la tête vers Katsia, les yeux plissés et la moue toujours boudeuse.

— Si tu veux, déclara-t-elle, je veux bien te prêter mon papa et ma maman de temps en temps. Peut-être que ça te rendra plus gentille.

Tout le monde éclata de rire, sauf la petite Paki, qui ne comprenait pas ce qu'il y avait de si drôle et se réfugia sur les genoux de sa mère.

Shaïa invita chacun à se servir et Eliott empila dans son assiette une demi-douzaine de crêpes, qu'il nappa d'un jus délicieux qui ressemblait à du miel mais avait plutôt le goût d'un sirop de sucre d'orge. Il était en train de se lécher les doigts lorsqu'un Sherpak miniature – mêmes yeux clairs, même teint hâlé, même stature solide – fit son entrée dans le salon.

— Voici Maïto, notre fils aîné, annonça le caravanier. Il a douze ans comme toi, Eliott.

Eliott dévisagea Maïto. Il ne voulait pas croire que ce garçon et lui avaient le même âge. Maïto faisait une bonne tête de plus que lui et ses bras étaient plus épais que les cuisses d'Eliott.

— Ça va mieux ? demanda Shaïa.

— Si on veut, marmonna le garçon en s'installant à côté d'Eliott.

— Maïto a le trac, expliqua Shaïa. Aujourd'hui est un grand jour pour lui aussi : il va passer son aiguillage.

— C'est quoi, ça ? demanda Katsia.

— L'aiguillage est une série d'entretiens que passent tous les jeunes Oza-Goriens à l'âge de douze ans, expliqua Sherpak. Ils rencontrent des représentants des principaux corps de métier, puis, en fonction des besoins, de leurs souhaits et de leurs aptitudes, un maître aiguilleur décide de leur orientation professionnelle. C'est ainsi que je suis devenu caravanier, et Shaïa logisticienne.

Eliott ouvrit des yeux ronds.

— Je gère l'approvisionnement des carrières de Sable en matériel et en chaméléons, précisa Shaïa.

— Et toi, Maïto, tu voudrais faire quel métier ? demanda Eliott.

— Sablonnier, répondit le garçon.

— Et ch'est quoi, chablonnier ? demanda Farjo, la bouche pleine à craquer de ce qui ressemblait à une tarte aux pruneaux.

— Les sablonniers sont les assistants du Marchand de Sable, expliqua Maïto. Si je réussis mon aiguillage, dès la semaine prochaine je deviendrai apprenti, et je commencerai à étudier le raffinage et la distribution du Sable.

— Ouah, s'exclama Eliott avec des étoiles dans les yeux, ça doit être beaucoup plus intéressant que les leçons de grammaire !

— C'est quoi, la grammaire ? demanda Paki.

— Mon pire cauchemar, répondit Eliott. Ça et les mathématiques.

— Tu devrais déjà être content d'aller à l'école, intervint Katsia avec agressivité. Tu as de la chance de ne pas dépendre d'un Mage pour acquérir de nouveaux savoir-faire.

Eliott rougit jusqu'à la racine des cheveux. Il avait oublié la chance qu'il avait de pouvoir apprendre. Pour les Oniriens comme Katsia et Farjo, c'était impossible. Leur Mage les créait avec un certain nombre de capacités

– dont certaines pouvaient être extraordinaires, comme les facultés au combat de Katsia ou le don de métamorphose de Farjo – mais ils ne pouvaient pas en acquérir de nouvelles. Même s'ils prenaient des cours pendant dix ans, Katsia et Farjo ne sauraient jamais dessiner ou jouer d'un instrument de musique. Comme la plupart des Oniriens, Farjo s'en fichait complètement. Mais pas Katsia : cela la faisait enrager.

— Je crois qu'il est temps d'y aller ! lança Sherpak, interrompant le silence gêné qui s'était installé autour de la table. Votre rendez-vous avec le Marchand de Sable est dans une demi-heure.

4

Téléphone rouge

La reine Dithilde était assise à son bureau, yeux fermés, mains sur les tempes. Elle s'était levée tôt, après une nuit sans sommeil. Depuis qu'elle avait quitté son lit, elle n'avait eu de cesse de tenter de contacter sa fille par télépathie. En vain.

Brusquement, elle releva la tête et balaya d'un geste de la main les papiers qui traînaient sur son bureau.

— Mais pourquoi ? s'énerva-t-elle. Pourquoi bloque-t-elle les communications ? Croit-elle que c'est facile, pour moi ?

La robe de la reine, rouge l'espace d'un instant, vira au gris sombre, et elle se mit à pleurer. Elle resta ainsi plusieurs minutes, prostrée sur son bureau, la tête posée sur ses bras croisés. Puis les sanglots s'espacèrent et la robe reprit sa teinte violette habituelle. La teinte qu'elle prenait lorsque la reine parvenait à maîtriser ses émotions.

La reine se leva de sa chaise, puis s'agenouilla pour ramasser les papiers éparpillés sur le sol.

La reine Dithilde tressaillit lorsqu'elle entendit la sonnerie du téléphone. Son regard inquiet se porta immédiatement sur la petite table ronde en marqueterie tapie dans un coin de la pièce. Sur la table, un seul objet. Un gros boîtier rouge équipé d'un unique bouton qui clignotait. La reine se releva, lissa les plis de sa robe, prit une grande inspiration, puis se dirigea vers le boîtier rouge et appuya sur le bouton.

Aussitôt, une image apparut juste à côté du boîtier. La silhouette grandeur nature d'un homme. Mashar, wadi d'Oza-Gora et président de l'Assemblée des Sages, venait d'apparaître en trois dimensions dans le bureau de la reine.

— Bonjour, Votre Majesté, dit Mashar. Je suis désolé de vous déranger à une heure aussi matinale.

— Vous ne me dérangez pas, Mashar, dit la reine. Mais je déduis de votre mine déconfite que le sujet est grave.

— En effet, il l'est, dit Mashar. Notre caravane est rentrée hier soir dans un piteux état. Un homme a été tué. Plusieurs ont été blessés. La caravane a été attaquée par des loups-garous.

— Je suis désolée d'entendre cela, souffla la reine d'un ton las. Je vous assure que la CRAMO fait déjà le maximum pour éviter ce genre d'incidents avec les cauchemars. Mais le risque zéro n'existe pas…

— Je sais, interrompit Mashar. Je ne vous appelle pas pour vous reprocher quoi que ce soit. Je vous appelle pour vous prévenir que l'attaque a été revendiquée.

— Revendiquée ? répéta la reine avec inquiétude.

Mashar fouilla dans la poche de sa longue tunique et en tira un parchemin qu'il déroula devant la reine.

— Avec les compliments de La Bête, lut la reine à mi-voix.

— Ce parchemin a été retrouvé aux pieds du caravanier tué, précisa Mashar. Nous n'avons pas encore entendu la déposition du chef de la caravane pour déterminer les circonstances exactes de la confrontation. Mais tout laisse à penser que les révolutionnaires cauchemars ont sciemment attaqué un convoi oza-gorien. C'est une étape supplémentaire dans leur action. Ils veulent probablement vous prouver leur détermination.

La reine pinça les lèvres.

— Merci de m'avoir prévenue, dit-elle. Je vais convoquer le Grand Conseil immédiatement. Nous prendrons les mesures qui s'imposent.

— Pardonnez-moi de vous demander cela, dit Mashar avec déférence, mais puis-je savoir de quelles mesures vous parlez ?

— Nous allons augmenter les contrôles et la répression, lâcha la reine Dithilde. Il n'y a malheureusement rien d'autre à faire.

Ce fut au tour de Mashar de pincer les lèvres.

— Le contrôle et la répression sont importants, admit-il. Mais votre CRAMO ne peut pas surveiller Oniria tout entière. Ne pensez-vous pas qu'à ce stade il serait plus efficace d'entamer des discussions avec les révolutionnaires ?

— C'est hors de question, rétorqua la reine, dont la robe avait soudain pris une teinte écarlate. Je vous rappelle que ces gens ont enlevé ma propre fille !

— Pas plus que vous je n'approuve leurs méthodes, admit Mashar. Mais je crois que…

— Je ne négocierai pas avec des terroristes ! coupa la reine. Au revoir, Mashar.

La reine appuya sur le bouton du téléphone rouge. L'image du wadi d'Oza-Gora disparut aussitôt. La reine Dithilde attendit que sa robe reprenne une couleur violette. Puis elle se dirigea vers l'interphone situé sur son bureau et appuya sur le premier bouton.

— Oui, Votre Majesté ? dit une voix endormie à l'autre bout de l'appareil.

— Convoquez le Grand Conseil, ordonna la reine. Dans une demi-heure. Réunion d'urgence.

5

Le Palais de Verre

Sherpak, Eliott, Katsia et Farjo marchèrent cinq minutes à travers les rues désormais plus animées d'Oza-Gora. Le caravanier portait sous son bras valide un mystérieux paquet rectangulaire qu'il prenait grand soin de ne pas secouer. Il les entraîna jusqu'à un bâtiment bas, que rien ne distinguait des autres maisons du voisinage hormis le flux ininterrompu de personnes qui entraient et sortaient par ses deux très larges portes.

— C'est là que travaille le Marchand de Sable ? demanda Eliott.

— Non ! s'amusa Sherpak. C'est une station de BULL, les Bolides Urbains de Locomotion en Ligne. Le métro oza-gorien si tu préfères.

— Il y a un métro ici ? s'exclama Eliott. Mais on ne voit ni câbles ni fils électriques, pas de voitures dans les rues, rien qui ressemble à un ordinateur ou à un téléphone portable… On se croirait au Moyen Âge !

— Nous faisons très attention à ce que tous nos outils technologiques s'adaptent parfaitement à notre habitat naturel, expliqua Sherpak. Et la Pierre de Sable, notre principale source d'énergie, ne nécessite ni câbles ni réseaux.

Mais suivez-moi, vous allez voir à quoi ressemble notre métro à nous.

Tous les quatre pénétrèrent à l'intérieur de la station, se faufilèrent dans le hall jusqu'à un ascenseur bondé et descendirent vers les quais, situés plusieurs dizaines de mètres sous terre.

— On ne prend pas de ticket ? s'étonna Eliott.

— L'utilisation des BULL est gratuite, répondit Sherpak.

L'ascenseur s'immobilisa et les portes s'ouvrirent sur un spectacle qui relevait plus de la science-fiction que du banal trajet en transports en commun. Pas de couloirs, pas de panneaux indicateurs, seulement une vaste plate-forme illuminée comme en plein jour autour de laquelle s'agglutinaient des centaines de sphères transparentes.

— Et voilà les fameux BULL ! annonça Sherpak.

Eliott était impressionné. Certes, les Oza-Goriens avaient accès à des ressources magiques en provenance d'Oniria. Mais il était tout de même évident qu'ils maîtrisaient des technologies bien plus avancées que celles des Terriens.

Le caravanier mena les trois visiteurs vers une sphère vide et les invita à monter à bord. La sphère, qui mesurait environ trois mètres de diamètre, semblait flotter à côté du quai, séparée des sphères voisines par une fine barrière lumineuse. À l'intérieur, cinq fauteuils confortables, un large espace pour les bagages et une tablette transparente. Les deux Oniriens s'installèrent sur les fauteuils sans poser de question. Après tout, ils avaient probablement plus l'habitude des moyens de transport farfelus que du bon vieux métro. Eliott en revanche cherchait désespérément des yeux un plan, une direction, quelque chose qui lui aurait permis de se sentir moins perdu… En vain.

— Mais comment sait-on que ce BULL va au bon endroit ? demanda-t-il avec anxiété.

— C'est nous qui décidons de sa destination, répondit Sherpak.

Le caravanier effleura du doigt la tablette transparente, et un plan lumineux s'afficha aussitôt, parsemé de points représentant des stations. L'un des points clignotait. Sherpak le montra du doigt.

— C'est la station où nous sommes, dit-il.

Puis il appuya sur un autre point lumineux, dont le label indiquait « Belvédère ». Aussitôt, la porte se referma sans bruit, et le BULL quitta le quai. Il avança avec fluidité le long de la barrière lumineuse, prenant de la vitesse au fur et à mesure qu'il s'éloignait du quai. Les lumières de la station s'évanouirent et le BULL fut bientôt plongé dans le noir. On ne voyait rien d'autre que l'éclairage intérieur du BULL et la barrière lumineuse qui défilait. Puis Eliott aperçut au loin ce qui semblait être une ouverture latérale percée dans un tunnel, dans lequel des dizaines de sphères illuminées circulaient à grande vitesse dans les deux sens. Le BULL accéléra, se dirigeant tout droit vers le flot incessant des autres sphères.

— Mais on va en percuter un ! hurla Eliott.

— Ne t'inquiète pas, le rassura Sherpak, nous allons seulement rejoindre la voie rapide. Le mouvement des BULL est réglé avec une parfaite minutie par un système centralisé. Il n'y a jamais d'accident.

De fait, leur BULL s'immisça dans la voie rapide entre deux autres BULL avec une précision sans faille. Momentanément soulagé, Eliott s'adossa à son fauteuil. Mais chaque croisement avec un BULL qui arrivait dans l'autre sens, chaque changement de direction le faisait frémir.

— Le réseau de BULL est drôlement grand, fit remarquer Katsia, penchée sur la tablette de verre. J'avais l'impression que la ville d'Oza-Gora n'était pas si étendue que ça…

— Oh, mais le réseau ne se limite pas à la ville d'Oza-Gora ! répondit Sherpak. Il dessert aussi les autres villes.

— Il y a d'autres villes ? s'étonna l'aventurière.

— Oza-Gora est la plus ancienne et la plus petite ville de notre domaine, expliqua Sherpak. Autrefois, il y a très longtemps, c'était la seule. Mais, pour faire face à la croissance démographique, cinq autres villes ont été construites au fil des siècles. Il y a deux villes troglodytiques construites dans la falaise et trois dans des oasis en plein désert. Sans compter les villages, bien sûr.

— Ça alors ! s'écria Farjo. Mais vous êtes combien d'Oza-Goriens ?

— Environ trois millions, répondit Sherpak.

— C'est fou ! commenta Katsia. J'ai toujours cru que vous n'étiez qu'une poignée.

— Les Oniriens savent bien peu de choses sur nous, dit Sherpak en haussant les épaules.

Le BULL quitta soudain l'obscurité souterraine et fut projeté dans les airs. Il s'éloignait du sol à vue d'œil, flottant le long de trois filins à peine visibles, sans autre structure apparente. Eliott se cramponna à son fauteuil, en proie à une peur panique. Le paysage défilait à une vitesse telle qu'il était impossible de le voir. Tout ce que pouvait distinguer le jeune Créateur, c'était la falaise ocre vers laquelle fonçait le BULL, et dans laquelle il ne pouvait distinguer aucune ouverture. Incapable de supporter plus longtemps ce spectacle, Eliott ferma les yeux. Le BULL opéra un virage brutal et la lumière ambiante diminua d'un coup. Puis le BULL réduisit sa vitesse, flotta encore quelques secondes et s'immobilisa. Eliott ouvrit les yeux. Ils étaient arrivés à la station « Belvédère ». Le jeune Créateur desserra son emprise. Il avait agrippé son siège tellement fort qu'il avait des crampes aux doigts.

— Il n'y a pas grand monde ici, fit remarquer Farjo en sautant d'un pas alerte sur le quai désert.

— Disons que cette station a un intérêt principalement touristique, et qu'il n'y a pas beaucoup de touristes à Oza-Gora, dit Sherpak.

Eliott, Katsia et Farjo échangèrent des regards intrigués avant de suivre le caravanier vers l'ascenseur vide. Le hall de la station, entièrement creusé dans le roc, était impressionnant avec son plafond couvert de stalactites. Mais le véritable spectacle se situait à l'extérieur, sur la large plate-forme à ciel ouvert qui surplombait le vide. Eliott avança vers la balustrade et tomba en arrêt, le souffle coupé par le tableau grandiose qui venait de surgir devant ses yeux. À flanc de falaise, majestueux dans son écrin de pierre et de sable, se dressait un formidable palais de verre dont les milliers de parois cristallines changeaient les rayons du soleil en autant de reflets colorés. Une longue file de chaméléons reliait dans un gigantesque trait d'union ce palais de verre avec le désert de sable qui s'étendait au loin.

— On dirait un château de conte de fées ! s'extasia Eliott.

— Le Palais de Verre rivalise en beauté avec les plus beaux monuments d'Oniria, dit fièrement Sherpak. Il y a une station de BULL qui mène directement à l'intérieur, mais je ne voulais pas que vous ratiez ce spectacle !

— Ce truc brille comme un diamant, remarqua Farjo. Vous avez fait appel à des magiciens d'Oniria pour le construire ?

— Non, répondit Sherpak, le Palais de Verre a été entièrement construit par le peuple oza-gorien, sans magie. Le verre est essentiellement composé de sable. Or le sable est notre spécialité depuis toujours, et il n'a plus aucun secret pour nos maîtres verriers.

Les trois compagnons restèrent longtemps bouche bée, subjugués par la splendeur de ce qu'ils voyaient.

— Allez, en avant ! dit Sherpak, les arrachant à leur contemplation. Le Marchand de Sable vous attend.

Le caravanier s'engagea sur un chemin en pente douce qui descendait à flanc de rocher vers le Palais de Verre, et les deux Oniriens lui emboîtèrent le pas. Eliott, en revanche, fut soudain incapable de mettre un pied devant l'autre. Son souffle était court, il avait les mains moites, son cœur battait aussi vite que s'il venait de sauter à l'élastique, et le trajet en BULL n'y était pour rien.

Ce qui le mettait dans cet état, c'était de savoir que le moment qu'il attendait était enfin arrivé. Il allait rencontrer le Marchand de Sable. Depuis que Mamilou lui avait donné son sablier, Eliott avait focalisé son attention sur le moyen de trouver le Marchand de Sable. Mais il n'avait jamais imaginé sa rencontre avec lui. Jusqu'à maintenant. À quoi ressemblait-il ? Était-il aussi impressionnant que son palais ? Comment l'aborder ? Par quoi commencer ? Accepterait-il de l'aider ? Fallait-il parler de Mamilou ? Les questions jaillissaient et disparaissaient dans l'esprit d'Eliott telles des étoiles filantes, aussitôt chassées par la question suivante.

Et ses jambes refusaient d'avancer.

Eliott ferma les yeux. Il pensa à son père, gisant sur son lit d'hôpital avec un rein qui ne fonctionnait plus et le corps entier en train de dépérir. Il repensa aux terribles paroles de Mamilou : « Les médecins pensent que Philippe sera mort avant Noël. » Il pensa à toutes les épreuves qu'il avait dû subir pour arriver jusqu'ici, et à l'espoir fou qui l'avait poussé à ne jamais abandonner malgré les difficultés. Il pensa à l'heureux futur que seul le Marchand de Sable pouvait rendre possible : son père ramené à la vie et de retour à la maison ; son père souriant, le serrant tendrement dans ses bras.

Eliott rouvrit les yeux. Il était prêt.

— Attendez-moi ! cria-t-il à ses compagnons de route.

Et il les rejoignit au pas de course.

Le soleil commençait à cogner comme un boxeur sur la tête des quatre marcheurs lorsqu'ils arrivèrent au seuil d'une haute porte en bois. Sherpak actionna le heurtoir et frappa trois coups secs qui résonnèrent à l'intérieur. Un pas traînant se fit entendre, puis une grosse femme à la mine patibulaire entrouvrit une petite fenêtre percée au milieu de la porte. Elle détailla les quatre visiteurs de la tête aux pieds.

— C'est pour quoi ? demanda-t-elle d'un ton parfaitement désagréable.

— Bonjour, Nanni, dit Sherpak. Nous avons rendez-vous avec le Marchand de Sable à 9 heures. Nous sommes un peu en retard, désolé.

— Hum, se contenta de répondre la femme avant de refermer la porte.

Une série de loquets et de verrous grincèrent et cliquetèrent, puis la porte s'ouvrit en entier et la corpulente gardienne leur fit signe d'entrer. Ils pénétrèrent dans une pièce vaste et lumineuse qui évoquait un couvent du troisième millénaire : de fines arches de pierre blanche et lumineuse – sans doute de la Pierre de Sable – soutenaient une voûte de verre et de métal savamment ouvragée qui, par un miracle d'architecture qu'Eliott ne s'expliquait pas, laissait passer la lumière tout en maintenant dans la pièce une douce fraîcheur.

— Attendez ici, dit Nanni en désignant des banquettes sobrement recouvertes de velours vert, avant de s'éloigner d'un pas traînant.

— Eh bien, commenta Farjo, elle n'est pas commode, celle-là !

— Nanni prend sa tâche de gardienne très à cœur, commenta Sherpak. Elle est persuadée que des tas de gens veulent s'emparer des secrets du Sable, ce qui la rend légèrement paranoïaque. Mais, en réalité, nous ne sommes passés par la grande porte que par politesse. Il existe bien d'autres issues au palais et aucune d'entre elles n'est gardée.

— Elle a raison de se méfier ! intervint Katsia. Il y a de nombreux Chercheurs de Sable à Oniria qui paieraient cher pour s'emparer des secrets que recèle ce palais.

— Oh, bien sûr, concéda Sherpak, mais jamais aucun n'a réussi à venir jusqu'ici. Nous ne sommes pas très inquiets à ce sujet. Les protections d'Oza-Gora sont suffisantes.

— Si vous le dites, dit Katsia avec une moue sceptique.

Sherpak invita les trois visiteurs à s'asseoir sur les banquettes désignées par la gardienne, en face d'un mur couvert d'horloges qui affichaient les heures en divers points des deux mondes. Il était 9 h 15 à Oza-Gora, qui avait exactement douze heures d'écart avec Londres, où il était 21 h 15. Il était 22 h 15 à Paris, 3 h 45 à Delhi et 18 h 15 à São Paulo. Cependant Eliott ne tarda pas à se rendre compte que quelque chose clochait.

— Cela fait au moins dix minutes que nous sommes assis ici, dit-il, mais les horloges d'Hedonis et d'Ephialtis n'ont pas bougé... Je crois qu'elles sont en panne.

— Elles sont pas en panne, mon pote, dit Farjo. Il est toujours midi à Hedonis, et toujours minuit à Ephialtis.

— Quoi, le temps ne s'y écoule pas ? demanda Eliott, stupéfait.

— Le temps ne veut rien dire à Oniria, puisqu'il n'a aucun effet sur des êtres qui ne vieillissent pas, expliqua Sherpak.

— Pourtant les Oniriens comptent les années, comme nous ! argua Eliott. Je me souviens, quand Jov' a parlé du...

— Nous utilisons le temps d'Oza-Gora comme référence pour placer les événements historiques, coupa Katsia.

— Et caler le rythme des journées, ajouta Sherpak. Ça permet un minimum d'organisation.

— Et ici, à Oza-Gora, ça fonctionne comment ? demanda Eliott.

— Exactement comme dans le monde terrestre, répondit le caravanier. Vos secondes sont nos secondes, vos années sont nos années.

— Eh bien, vos secondes, elles durent beaucoup trop longtemps ! déclara Farjo. J'en ai marre d'attendre ! On le voit quand, ce Marchand de Sable ?

À ce moment précis, le pas traînant de l'antipathique gardienne se fit entendre, et les quatre visiteurs se retournèrent. Nanni était accompagnée d'un grand jeune homme énergique à la peau foncée, qui vint à leur rencontre en souriant. Ses hautes bottes et sa tunique verte maintenue à la taille par un large ceinturon lui donnaient un faux air de Robin des bois.

— Quoi, ce n'est quand même pas lui le Marchand de Sable ! chuchota Farjo à l'oreille d'Eliott. Il est beaucoup trop jeune !

— On va vite être fixés, murmura Eliott, le cœur battant.

Le jeune homme s'arrêta à deux mètres du groupe, les bras grands ouverts.

— Désolé de vous avoir fait attendre, s'excusa-t-il d'une voix claire qui résonna dans tout le hall. Bienvenue au Palais de Verre ! Je m'appelle Til. Le Marchand de Sable m'a demandé de vous faire visiter les lieux.

— Je croyais qu'on devait le voir tout de suite, s'inquiéta Katsia. Il y a un problème ?

— Aucun problème, assura le jeune sablonnier, seulement un contretemps. Le Marchand de Sable est occupé pour l'instant, mais il vous recevra tout à l'heure.

— Bonjour, Til, intervint le caravanier. Je suis Sherpak. Et voici Eliott, Créateur, ainsi que Katsia et Farjo, qui viennent d'Oniria.

— Bonjour, chers visiteurs, dit le jeune homme avec l'entrain d'un animateur de club de vacances. Je suis ravi de vous accueillir ici. Je vais tenter de tout vous expliquer sur le Sable et sa distribution. On y va ?

— Sans moi, dit Sherpak, je dois malheureusement vous laisser.

— Vous partez ? s'écria Eliott, qui pensait pouvoir compter sur la présence rassurante du caravanier.

— Oui, je dois faire une déposition devant l'Assemblée des Sages à propos de ce qui s'est passé hier avec les loups-garous. Mais nous nous retrouverons chez moi après, d'accord ? Vous reconnaîtrez le chemin ?

— Il est gravé ici, dit Katsia en désignant son front. Comme tous les endroits où je suis déjà passée. Mémoire d'aventurière.

Sherpak sourit, puis tendit à Eliott le paquet qu'il tenait à la main.

— Tiens, dit-il, tu donneras ça au Marchand de Sable de ma part, c'est une commande qu'il m'avait faite. Attention à ne pas trop le secouer, c'est fragile.

— D'accord, acquiesça Eliott d'une voix que le trac faisait trembler. Alors, à tout à l'heure !

— Ne t'inquiète pas, dit Sherpak en lui donnant une petite tape sur l'épaule, tout va bien se passer.

6

INSOMNIE

Juliette se retourna dans son lit pour la dixième fois. Dans l'obscurité, elle apercevait la silhouette de sa sœur, immobile sur son lit de l'autre côté de la pièce. Pourtant, elle sentait que Chloé ne dormait pas. C'était le genre de choses que les jumelles savaient l'une de l'autre, sans avoir besoin de se consulter.

— Tu dors ? demanda inutilement Juliette.

— Non, je n'y arrive pas, répondit Chloé. Pas après ce que Mamilou vient de nous apprendre.

— Moi c'est pareil, chuchota Juliette. Je n'arrive pas à croire que, dans moins d'un mois, on n'aura plus de papa.

Un silence pesant s'installa dans la chambre, troublé uniquement par les glouglous de la chaudière. Puis des sanglots se firent entendre, provenant du lit de Chloé. Juliette, elle, ne pleurait pas. Elle fixait le plafond, furieuse. Elle en voulait à la Terre entière de ne pas pouvoir sauver son père.

— Tu crois qu'Eliott arrive à dormir, lui ? demanda-t-elle.

— Je ne sais pas…

Les deux petites filles n'eurent pas besoin de s'en dire plus. Elles se levèrent d'un même élan, enfilèrent pantoufles et robe de chambre, et se faufilèrent dans l'obscurité du couloir jusqu'à la chambre de leur frère. Doucement, Juliette ouvrit la porte. Et elles se frayèrent un passage au milieu du bric-à-brac qui jonchait la moquette, jusqu'au lit de leur frère.

— Il dort comme un bébé, chuchota Chloé avec envie. Je ne sais pas comment il fait.

— Moi non plus, souffla Juliette. Mais tu sais, j'ai du mal à le comprendre en ce moment. Tu ne trouves pas qu'il est bizarre ?

— Si, approuva Chloé. Il parle encore moins que d'habitude, il a des cernes jusqu'en bas des joues, et pourtant il n'arrête pas de se coucher super tôt.

— Je suis sûre qu'il nous cache quelque chose, déclara Juliette.

— Tu crois ?

— Oui, affirma Juliette. Quelque chose de grave.

— Oh non ! s'alarma Chloé. Tu ne crois quand même pas qu'il prend de la drogue ? Il paraît qu'il y en a qui en prennent, au collège.

— J'espère que non, chuchota Juliette. Mais on n'en saura pas plus en le regardant dormir. Allez viens, on y va. Demain, on mènera l'enquête.

7

Replicae dormitivae

Til entraîna Eliott, Katsia et Farjo à travers un dédale de couloirs dont les murs et le plafond étaient constitués d'épais verres colorés. Le pétulant jeune guide débitait des explications enthousiastes sur chaque détail architectural en faisant de grands gestes. À l'écouter, le Palais de Verre était la plus merveilleuse construction des deux mondes réunis.

Au fur et à mesure qu'ils avançaient, les couloirs devinrent de plus en plus fréquentés, jusqu'à ce qu'ils rejoignent une artère plus large où des centaines de personnes se pressaient en tous sens. Tous portaient la même tunique que Til, mais dans différentes couleurs : la grande majorité arborait des uniformes bleus, mais on en croisait aussi des jaunes, des verts, des rouges, des gris, et même de rares uniformes noirs.

Til s'arrêta devant une porte métallique de couleur bleue, sur laquelle était peinte en larges lettres blanches l'inscription suivante, « serre de distribution numéro 37 ».

— Préparez-vous à avoir chaud, annonça-t-il avec un sourire.

Il ouvrit la porte sur une salle plus longue qu'un stade, entièrement couverte par une immense verrière. La chaleur était étouffante. Til et les trois visiteurs s'avancèrent sur un promontoire qui leur offrit une magnifique vue d'ensemble. Sur toute la longueur de la salle et sur plusieurs étages, des millions de plantes à larges feuilles s'alignaient à intervalles réguliers sur de longues tables blanches. Dans les allées s'affairaient des milliers de personnes portant des tuniques bleu foncé. L'endroit était tellement immense que cela donnait le vertige.

— Qu'est-ce qui se passe ici ? demanda Farjo. Vous cultivez de la salade ?

— Non, s'amusa Til. Vous êtes dans une unité ultramoderne de distribution du Sable.

— Le Sable n'est pas distribué directement dans le monde terrestre ? s'étonna Eliott, qui avait en tête la représentation traditionnelle du Marchand de Sable volant au-dessus du lit des enfants et leur lançant de grandes poignées de Sable pour les endormir.

— Pour une toute petite partie, si. Mais la Terre a connu une explosion démographique sans précédent ces dernières années, alors que la population d'Oza-Gora est restée à peu près stable. Ça devenait impossible pour nous d'endormir tout le monde, même en travaillant d'arrache-pied. Alors le Marchand de Sable a mis au point une nouvelle technique qui permet d'effectuer la distribution à distance, grâce à ces plantes.

— Je ne vois vraiment pas le rapport, dit Katsia avec une moue sceptique.

— Suivez-moi, vous allez comprendre, dit Til.

Le jeune homme dévala le large escalier et attendit les visiteurs près de la première plante de la rangée la plus proche.

De près, ces plantes ressemblaient à n'importe quelle plante verte en pot à larges feuilles. À un détail près : elles bougeaient. Pourtant, il n'y avait pas le moindre souffle de vent.

— Voici une *Replica dormitiva*, annonça Til en désignant la plante. C'est une plante qui ne pousse que dans une toute petite zone située au fin fond du désert d'Oza-Gora. Eliott, peux-tu nous lire ce qui est écrit ici ?

Il désignait une large étiquette collée sur le pot en terre dans lequel la plante plongeait ses racines.

— Samuel L. Jones, masculin, dix ans ; 1256 Broadway, New York City, USA, lut Eliott à voix haute. C'est le nom et l'adresse d'un enfant.

— Exactement, confirma Til. C'est le nom et l'adresse de la personne qui est attachée à cette plante.

Farjo se précipita sous la table sur laquelle était posée la plante.

— Tu dis n'importe quoi, mon pote, personne n'est attaché ici ! s'exclama-t-il.

Til éclata d'un rire sonore.

— *Attaché* au sens figuré, précisa-t-il. Le Marchand de Sable a mis au point un procédé qui permet de lier chaque Terrien à une *Replica dormitiva*. Grâce à cette invention, il suffit de verser le Sable sur la plante pour faire dormir le Terrien qui lui est *attaché*. Plus besoin de rendre visite à chacun. Cela permet de gagner énormément de temps.

— Mais alors, chaque Terrien a une plante ? demanda Farjo.

— Oui, tout le monde. Sauf les nourrissons. Il faut quelques semaines, parfois quelques mois, avant de pouvoir attacher une *Replica dormitiva* à un bébé.

Farjo poussa Eliott du coude.

— Tu sais ce que ça veut dire, mon pote ? chuchota-t-il à l'oreille du jeune Créateur.

— Oui, répondit Eliott le cœur battant. Ça veut dire que mon père a une *Replica dormitiva* quelque part dans ces serres.

— On pourrait demander à Til d'aller la voir ! suggéra Farjo.

— Non, dit Eliott. Je préfère en parler d'abord au Marchand de Sable.

— Comme tu veux.

Pendant qu'ils parlaient, Til s'était approché d'une plaque de verre inclinée posée sur un pied en bois, tout au bout de la rangée de plantes. Il l'effleura de la main et plusieurs icônes apparurent dans des couleurs fluorescentes.

— Eliott, tu peux me donner ton nom complet, ton âge et ton adresse, s'il te plaît ? demanda-t-il.

— Eliott Lafontaine. Douze ans. J'habite rue de Lisbonne, à Paris.

Til cliqua sur l'une des icônes et traça avec le doigt le nom d'Eliott, son âge et son adresse.

— On a de la chance, déclara Til. Ta *Replica dormitiva* est dans cette serre. On va aller la voir. Suivez-moi.

Le jeune Oza-Gorien entraîna ses visiteurs à l'autre bout de la salle, se frayant un passage entre les sablonniers en tunique bleue qui s'affairaient autour des plantes. Certains se contentaient d'observer les *Replicae dormitivae*, tandis que d'autres jetaient sur leurs feuilles des poignées d'une poussière ultra-fine qu'ils puisaient dans de petites bourses accrochées à leur ceinture. Farjo était monté sur les tables et slalomait entre les plantes. De son côté, Eliott lisait en passant les étiquettes collées sur les innombrables pots.

— Ces plantes sont toutes liées à des enfants, s'étonna-t-il.

— Oui, nous sommes dans l'une des serres réservées aux enfants de neuf à treize ans, expliqua Til. Il y a plus de deux cents serres comme celle-ci dans le palais. En fait, on essaie de regrouper dans une même salle des personnes qui ont des besoins similaires. Pour les enfants, c'est en fonction de l'âge. Par exemple, les bébés doivent être endormis trois ou quatre fois par jour, les petits enfants font la sieste, les adolescents font la grasse matinée le week-end… Ensuite, à l'intérieur de chaque salle, on classe les gens par fuseau horaire et par habitudes de sommeil. C'est une sacrée logistique !

— Mais comment faites-vous pour savoir quand distribuer le Sable à chacun ? questionna Katsia.

— On observe. Vous avez sans doute remarqué que les *Replicae dormitivae* ne sont pas statiques ?

— Bien sûr qu'on l'a remarqué, dit Farjo, elles n'arrêtent pas de me chatouiller depuis tout à l'heure !

— C'est parce qu'elles bougent pour exprimer l'état d'activité de la personne qui leur est liée. Les sablonniers botanistes qui travaillent ici sont experts dans l'art de déceler le moment précis où la personne est au repos et prête à s'endormir. L'étude des *Replicae dormitivae* est une science très complexe.

— Et que se passe-t-il si le sablonnier se trompe ? s'inquiéta Eliott.

— On essaie de l'éviter au maximum, expliqua Til, mais il peut arriver que du Sable soit distribué au mauvais moment. Cela dit, rassure-toi : si le Terrien n'était pas en situation de s'assoupir, il ne tombera pas endormi d'un coup. Il aura un petit coup de pompe, somnolera ou rêvera éveillé, c'est tout.

— Alors je crois que le sablonnier qui s'occupe de ma *Replica dormitiva* prend un malin plaisir à me distribuer du Sable pendant les cours de maths ! maugréa Eliott.

Til éclata de rire. Farjo et Katsia, qui n'avaient jamais fréquenté les bancs d'une école, se regardèrent avec perplexité.

Til entraîna les trois visiteurs dans le labyrinthe des allées, et ils arrivèrent enfin devant une étiquette sur laquelle était inscrite la mention « Eliott Lafontaine, masculin, douze ans ; 16, rue de Lisbonne, Paris 17e, France ». Les feuilles de la *Replica dormitiva* d'Eliott ondulaient dans un délicat mouvement régulier. Le jeune Créateur n'osait pas s'approcher : il trouvait très dérangeant de se trouver devant un organisme vivant si intimement connecté avec lui.

— Alors qu'est-ce qu'elle raconte, cette plante ? demanda-t-il d'un ton faussement détaché.

— Elle raconte que tu dors à poings fermés, expliqua Til. C'est logique, puisque tu es ici avec nous.

— Et il se passe quoi si je la touche ? demanda Farjo en approchant sa patte de la plante d'Eliott d'un air espiègle.

Eliott fit une grimace d'appréhension. Til s'empressa de couper court aux enfantillages du singe.

— Il ne se passe rien du tout, dit-il. Allez, suivez-moi, je vais vous montrer l'une des salles de raffinage.

8

Les coulisses du pouvoir

Le griffon Sigurim, l'homme fort d'Oniria, directeur de la Cellule de Renseignement, d'Attrapade et de Maintien de l'Ordre, n'avait pas l'habitude que la reine Dithilde prenne des décisions sans lui avoir demandé son avis. Et il n'aimait pas ça. La reine avait convoqué le Grand Conseil sans le consulter, c'était un signe indiscutable que son influence auprès de la souveraine continuait de décroître.

Cela avait commencé peu de temps après l'enlèvement de la princesse Aanor. Quand la mauvaise fortune avait commencé à s'acharner sur le griffon.

Le plan très secret – et peu orthodoxe – fomenté par Sigurim pour mater la révolution était simple : grâce au sablier de ce jeune Créateur qui avait récemment fait son apparition à Oniria, il pourrait envoyer un agent dans le monde terrestre afin de tuer le Terrien qui avait créé La Bête. Toutes les créatures oniriennes créées par ce Terrien disparaîtraient avec lui, et c'en serait fini de La Bête et de la révolution des cauchemars. Certes, ce plan impliquait de violer quelques-unes des sacro-saintes lois immuables d'Oniria. Mais Sigurim était le genre d'hommes d'action qui considèrent que les grands desseins légitiment les petits compromis.

Le plan était simple, mais il nécessitait une chose. Une seule. Mettre la main sur le sablier de ce Créateur. Or, malgré l'avis de recherche lancé à travers tout le Royaume, le Créateur en question avait pour l'instant réussi à échapper aux troupes de Sigurim. Pour le griffon, c'était une source de contrariété immense. Qu'il ait été incapable de mettre la main sur Jov' le rebelle depuis quatre ans passait encore : Jov' était connu pour ses nombreux appuis, et cela n'étonnait personne qu'il parvienne à rester caché. Mais ce Créateur était jeune, inexpérimenté, et n'avait aucun appui connu à Oniria. S'il continuait à échapper aux troupes de la CRAMO, c'était bien simple : Sigurim deviendrait bientôt la risée de tout le Royaume.

Quant à la révolution des cauchemars, elle devenait tout simplement incontrôlable. Même en travaillant jour et nuit, les escadrons de la CRAMO, trop peu nombreux, ne parvenaient plus à protéger la population. Et la terrible nouvelle que Sigurim venait apporter à la reine était la preuve flagrante que la situation lui échappait complètement…

Sigurim adressa un signe de tête à peine poli à la jeune déesse aux dix bras qui s'activait dans le secrétariat, puis frappa deux coups secs à la porte du bureau de la reine.

— Entrez, dit une voix fébrile.

Lorsqu'elle vit apparaître le griffon, la reine Dithilde eut l'air déçu. Elle baissa aussitôt la tête pour continuer à mettre de l'ordre dans la pile de papiers qui trônait, instable, au milieu de son bureau.

— Vous attendiez quelqu'un d'autre, Votre Majesté ? devina le griffon.

— En effet, répondit la reine sans plus de précisions. De quoi voulez-vous me parler, Sigurim ?

— Je dois vous faire part d'une nouvelle importante, annonça le griffon.

La reine releva brusquement la tête, une lueur d'espoir dans les yeux.

— Avez-vous réussi à mettre la main sur le jeune Créateur ? demanda-t-elle.

— Non, dit le griffon. J'ai bien peur d'avoir au contraire une mauvaise nouvelle à vous annoncer.

La reine ferma les yeux et inspira longuement.

— Et quelle est cette nouvelle ? demanda-t-elle d'un ton résigné.

— Mes informateurs à Ephialtis m'ont appris ce matin que des loups-garous ont attaqué une caravane oza-gorienne la nuit dernière, dit le griffon. Apparemment, ils avaient la bénédiction de La Bête.

— Je suis au courant, dit la reine. C'est d'ailleurs pour cela que j'ai convoqué le Grand Conseil. Rien d'autre ?

Le griffon était stupéfait. S'il n'était même plus le premier à apporter les nouvelles à la reine, sa situation devenait véritablement préoccupante.

— Excusez-moi, Votre Majesté, dit Sigurim, mais puis-je savoir comment vous avez obtenu cette information ? Est-ce par votre fille ?

— Non, elle coupe toujours les communications, dit amèrement la reine. J'ai appris cette triste nouvelle directement de Mashar. Il m'a contactée ce matin pour m'informer que la caravane était rentrée hier avec un homme en moins, à cause d'une attaque de loups-garous revendiquée par La Bête. Nous en parlerons tout à l'heure avec les autres membres du Grand Conseil.

— Je ne savais pas que les loups-garous avaient tué un homme, marmonna Sigurim.

— Eh bien, dites à vos informateurs d'être plus précis la prochaine fois, déclara la reine.

— Ce que je veux dire, reprit le griffon, c'est que quelque chose ne colle pas. Les loups-garous sont quasiment incontrôlables. Une fois qu'ils ont reçu l'ordre d'attaquer, ils ne peuvent plus s'arrêter, le goût du sang est trop fort pour eux. Or, ils n'ont tué qu'un seul homme. C'est très étonnant. Malgré leur rapidité légendaire, les Oza-Goriens ne sont pas capables de se défendre efficacement contre une attaque de loups-garous. Ils auraient dû subir plus de pertes.

— Eh bien je ne sais pas, s'agaça la reine. Il s'agit tout de même du peuple sacré ! Peut-être La Bête a-t-il ordonné aux loups-garous de ne faire qu'une seule victime, pour l'exemple.

— J'en doute, grimaça le griffon.

— Et vos doutes vous mènent-ils à une conclusion intéressante pour nous ? demanda la reine avec froideur.

— Pas pour l'instant, Votre Majesté, admit le griffon.

— Alors veuillez les garder pour vous, s'il vous plaît, ordonna la reine. J'ai déjà assez de soucis comme ça.

Sigurim n'eut pas le temps de répondre. Une volée de petits coups secs percuta la porte. La reine fit signe au griffon de l'ouvrir. Quelques secondes plus tard, un minuscule oiseau vert faisait son apparition dans le bureau de la reine Dithilde.

— Bogdaran, j'ai du travail pour vous, dit la reine sans prendre le temps de saluer le nouveau venu.

— À vos ordres, Votre Majesté, pépia l'oiseau en se posant sur le dossier d'une chaise. De quoi s'agit-il ?

— Vous espionnerez La Bête et tous ceux qui habitent avec lui dans son manoir, y compris ma fille.

— À... à Ephialtis ? gémit le minuscule oiseau.

— Oui, à Ephialtis, confirma la reine d'un ton dur. À moins que vous ne préfériez retomber en disgrâce ?

— Non non non, dit l'oiseau en secouant la tête, j'irai à Ephialtis. Tout ce que vous voudrez, Votre Majesté.

— Bien, dit la reine. Je veux savoir tout ce qui se passe dans ce manoir, et surtout je veux que vous dénichiez la faille dans l'organisation de La Bête. Il y en a forcément une. Je veux que vous trouviez le moyen de libérer la princesse Aanor des mains de cet horrible monstre.

— Si je puis me permettre, intervint le griffon, mes agents d'Ephialtis se sont déjà vu confier cette mission...

— Et ils ont prouvé leur incompétence ! coupa la reine. Cela fait cinq jours que vous me faites patienter sans avancer d'un pouce sur le sujet, Sigurim. Je dois changer de stratégie. Bogdaran est un pleutre, mais c'est un excellent espion qui passe inaperçu à peu près partout. Il l'a prouvé en suivant ma fille à son insu pendant des années.

Je ne doute pas qu'il saura trouver les informations qui permettront ensuite à vos équipes d'intervenir.

— À propos d'informations, intervint Bogdaran, dont le duvet vert se dressait fièrement sur le torse bombé, Votre Majesté sera sans doute heureuse de connaître le contenu de la conversation qu'ont eue Sa Majesté la princesse Aanor et le jeune Créateur juste avant l'enlèvement.

La reine et le griffon dévisagèrent en chœur le petit oiseau.

— C'était il y a cinq jours, dit sèchement la reine. Et c'est maintenant que vous vous décidez à m'en parler ?

— Vous m'avez chassé juste après l'incident, Votre Majesté, dit l'oiseau en s'inclinant. Je n'étais plus à votre service…

— Eh bien, vous y êtes de nouveau ! croassa la reine. Alors qu'attendez-vous ? Parlez !

— Le garçon est venu à Oniria avec pour objectif de rencontrer le Marchand de Sable, dit l'oiseau. Madame votre fille a décidé de l'aider. Elle lui a suggéré de monter à bord de la caravane d'Oza-Gora afin de rejoindre la ville du Sable.

— Voilà qui explique tout ! s'écria le griffon. Je ne sais pas comment il a réussi ce tour de force, mais il est évident que le Créateur était dans la caravane. C'est lui qui a sauvé les caravaniers de l'attaque des loups-garous. Il est doué. Il en est capable. C'est pour cela qu'un seul caravanier a été tué.

La robe de la reine avait pris la teinte bleue de la réflexion.

— Alors, si vous dites vrai, murmura-t-elle, cela veut dire que le garçon a réussi à rejoindre la ville du Sable.

— Oui, confirma le griffon. Et cela veut dire aussi que les Oza-Goriens sont au courant de sa présence. Il n'est pas entré clandestinement à Oza-Gora. Pas après avoir sauvé les caravaniers. Il y a été accueilli. C'est certain.

— Et Mashar ne m'en a rien dit, lâcha la reine, dont la robe était en train de virer au rouge sombre de la colère.

Le griffon n'attendit pas un instant. Il venait de marquer un point, et la colère de la reine la rendait vulnérable. S'il voulait agir, c'était maintenant.

— Bogdaran, siffla-t-il en adressant à l'oiseau son plus mauvais regard, vous êtes encore là ? La reine vous a donné un ordre. Allez tout de suite prendre votre poste à Ephialtis. Ne revenez que lorsque vous aurez des informations intéressantes.

— Bien, monsieur, dit l'oiseau apeuré avant de s'enfuir à tire-d'aile.

Dès qu'il eut refermé la porte, le griffon s'approcha lentement de la reine.

— Votre Majesté, susurra-t-il à l'oreille de la souveraine, je ne vois plus malheureusement qu'une seule solution pour faire face à la situation présente.

— Je vous écoute, dit la reine d'un ton las.

— Nous devons convaincre le Grand Conseil de déclarer l'état d'urgence, déclara le griffon. C'est le seul moyen de protéger la population de l'agressivité croissante des cauchemars.

— Mashar ne me donnera jamais son accord, répondit la reine. Il voudrait au contraire que j'entame des négociations avec les cauchemars…

— C'est parce qu'il ne sait pas aussi bien que vous à quel point ces cauchemars sont dangereux, affirma le griffon. Mashar se berce d'illusions. Il ne regarde pas la réalité en face. Peut-être se sent-il à l'abri dans son désert inaccessible… Mais vous, vous savez bien que, si nous ne les arrêtons pas maintenant, les cauchemars sont capables de marcher sur Hedonis et de prendre le pouvoir à Oniria.

La reine frissonna.

— Je n'arriverai jamais à le convaincre, murmura-t-elle.

— Qui parle de le convaincre ?

La reine releva la tête.

— Pour proclamer l'état d'urgence, je dois obtenir l'accord d'Oza-Gora, dit-elle sur le ton de l'évidence. C'est l'usage.

— Exactement ! dit le griffon avec un sourire mielleux, c'est l'usage. Mais ce n'est inscrit nulle part dans les lois d'Oniria. Vous êtes *in fine* la seule décisionnaire. Il vous suffit de l'appui du Grand Conseil, que je m'engage à vous obtenir, et vous pouvez décréter seule l'état d'urgence. Vous savez que c'est l'unique solution.

La reine resta pensive.

— Croyez-vous que déclarer l'état d'urgence soit vraiment nécessaire ? demanda-t-elle finalement. Il s'agit d'une mesure d'exception. Le Royaume tout entier sera paralysé, Oza-Gora privée de vivres…

— En l'état actuel des choses, assura le griffon, c'est le seul moyen de permettre à mes équipes de mater la révolution des cauchemars. Si nous attendons, nous allons être dépassés.

La reine ferma les yeux. Elle prit une grande inspiration.

— Alors allons convaincre le Grand Conseil, dit-elle.

La reine passa devant le griffon pour sortir de son bureau. En la regardant s'éloigner, Sigurim ne put s'empêcher d'esquisser un sourire. Il était entré dans ce bureau au bord de la disgrâce, il en ressortait plus fort que jamais. Car avec l'état d'urgence ses pouvoirs seraient bientôt quasiment illimités.

9

HAUT DÉBIT

Après avoir quitté l'atmosphère étouffante de la serre numéro 37, Til, Eliott, Katsia et Farjo empruntèrent un petit train qui les conduisit à travers des couloirs de plus en plus sombres. Peu à peu, les parois de verre firent place à des murs de pierre et la lumière naturelle à une lumière artificielle diffusée par de larges plaques blanches dont Til confirma qu'il s'agissait de Pierres de Sable.

— Nous sommes à l'intérieur de la falaise, expliqua Til. Le Palais de Verre s'étend encore sur plusieurs dizaines de kilomètres de galeries. La partie extérieure abrite essentiellement les serres. Les autres activités nécessitent une maîtrise précise de la chaleur et de la lumière, c'est pourquoi elles se déroulent majoritairement dans la partie rocheuse.

Le petit train s'arrêta et Til fit signe aux visiteurs de descendre. Ils empruntèrent un couloir latéral, puis grimpèrent un interminable escalier qui débouchait sur un vaste espace évoquant une gare de triage. Des dizaines de rails se croisaient en tous sens et des centaines de wagonnets tirés par des forces invisibles convoyaient du sable gris en direction de larges portes rouges qui se soulevaient pour les laisser passer.

— C'est ici qu'arrive le Sable brut extrait des carrières, expliqua Til. Suivez-moi, nous allons voir ce qu'on en fait. Attention aux wagonnets, ils pèsent plusieurs tonnes !

Tous les quatre s'engouffrèrent sous l'une des portes rouges. De l'autre côté, les wagonnets déversaient leur contenu à haut débit dans un gigantesque entonnoir, puis repartaient vers la gare de triage. Til poussa une petite porte grise, et un vacarme assourdissant saisit les visiteurs. Ils s'avancèrent sur une plate-forme métallique qui surplombait une salle immense, remplie de larges cuves rondes autour desquelles s'affairaient des sablonniers en tunique rouge. Convoyé d'un bout à l'autre de la salle par une énorme vis sans fin, le Sable se déversait dans les cuves à travers de grands cercles de métal.

— Ce sont des tamis, expliqua Til d'une voix forte. Ils permettent de séparer les grains plus gros, sombres et froids du Sable à cauchemars des grains plus fins, clairs et chauds du Sable à rêves. Il faut savoir que, dans le Sable brut, il y a en moyenne quatre-vingt-dix pour cent de Sable à cauchemars. Il est totalement impropre à la distribution.

— Et donc, le Sable qui est dans ces cuves, c'est celui qu'on distribue ? demanda Farjo.

— Pas encore. Il faut en moyenne trois passages dans des tamis de plus en plus fins pour obtenir un résultat de bonne qualité. On doit réduire la proportion de Sable à cauchemars à moins de trente pour cent.

— Et qu'est-ce qu'on fait des déchets ? demanda Katsia.

— Un tas de choses, dit Til. On utilise principalement les qualités réfrigérantes du Sable à cauchemars pour rafraîchir les maisons quand il fait trop chaud ou pour conserver les aliments. Il a aussi des propriétés anti-inflammatoires... Mais regardez, cette cuve va être vidée.

Un homme trapu en tunique rouge s'approcha de la cuve que désignait Til et enfonça un long tube dans le Sable.

— Qu'est-ce qu'il fait ? demanda Katsia.

— Il prend la température du Sable. Comme le Sable à rêves est chaud et le Sable à cauchemars froid, la température permet de déterminer la composition du mélange que contient chaque cuve. La température idéale est d'environ trente-six degrés Celsius. Toutes les cuves sont maintenues à cette température pour ne pas biaiser la mesure du Sable. À part dans quelques cas exceptionnels, la température est toujours trop basse après le premier tamisage. On la prend par simple formalité.

L'homme en tunique rouge retira le thermomètre de la cuve de Sable. Puis il contrôla plusieurs voyants et actionna un levier. Aussitôt, une trappe s'ouvrit dans le bas de la cuve et le Sable se déversa à grande vitesse dans un toboggan dont l'extrémité disparaissait dans le sol.

— Je parie qu'il y a deux autres salles en dessous, s'exclama Farjo. Pour les trois passages au tamis ! C'est pour ça qu'on a monté cet escalier interminable tout à l'heure.

— Bien vu ! confirma Til, il y a effectivement trois niveaux de salles superposées, avec des tamis de plus en plus fins. Si au troisième niveau le Sable est toujours trop froid, on le tamise manuellement. Sinon il est envoyé dans des cuves de stockage, prêt pour la distribution.

Appuyé contre la rambarde de la plate-forme, le regard fixé sur les aiguilles d'une énorme horloge accrochée au mur, Eliott n'écoutait que d'une oreille distraite les explications du jeune sablonnier. La visite avait beau être passionnante, ce n'était pas pour cela qu'il était venu au Palais de Verre. Et il était déjà 10 h 15.

— Ça va, Eliott ? demanda Til. Tu as l'air ailleurs.

— C'est juste que… On avait rendez-vous il y a plus d'une heure, et je commence à m'inquiéter. Est-ce que le Marchand de Sable va vraiment nous recevoir ?

— Bien sûr que oui, affirma Til. Le Marchand de Sable est souvent en retard, mais il honore toujours ses rendez-vous, vous pouvez me croire.

— Eh bien il a intérêt, intervint Katsia, la main ostensiblement posée sur la crosse de son revolver. Parce que ce rendez-vous est très important pour le petit. Et si ton chef ne le reçoit pas ce matin, il aura affaire à moi, tout Marchand de Sable qu'il est.

Til regarda l'aventurière avec stupéfaction.

— Ne vous inquiétez pas, assura-t-il, le Marchand de Sable vous recevra. Il m'informera dès qu'il sera disponible et je vous mènerai immédiatement à son bureau. En attendant, je vous propose de continuer la visite… Sauf si vous préférez attendre devant son bureau ?

— Tu rigoles, mon pote ? On continue la visite ! s'écria Farjo avec enthousiasme.

Katsia et Eliott opinèrent du chef, et Til les fit sortir de la salle de raffinage.

10

Des fous et des Sages

L'auditorium de l'Académie des Sages d'Oza-Gora était aussi bondé que silencieux. Des dizaines de Sages en toge blanche, immobiles sur leurs bancs de bois, avaient les yeux braqués sur Sherpak. Le caravanier, debout face à l'assistance, venait de terminer son exposé des funestes événements de la veille. C'était le moment des questions.

Une femme d'âge mur au chignon grisonnant leva la main.

— Dans votre récit, Sherpak, vous avez mentionné le fait que le jeune Créateur est recherché par la CRAMO, dit-elle. Et pourtant vous l'avez caché et amené jusqu'ici. Grand bien vous en a pris, puisqu'il a sauvé la caravane des loups-garous. Mais, en l'acceptant à bord, vous avez défié l'autorité de la reine. Pourquoi ?

— Le garçon m'a été confié par Jov', dit Sherpak. Vous savez comme moi la haute estime en laquelle le Marchand de Sable tient son ami… et la reconnaissance que nous lui devons tous pour les services qu'il a rendus par le passé.

— Mais les temps ont changé, intervint un grand barbu. Aujourd'hui, Jov' est un paria recherché par la CRAMO. Est-il toujours digne de confiance ?

— Jov' est entré en clandestinité pour s'opposer à la politique ségrégationniste de la reine Dithilde en libérant d'innocents cauchemars de l'enfer d'Ephialtis, argua Sherpak. Je pense qu'aucun d'entre nous ne peut lui reprocher cela ! Je vous rappelle que, il y a quelques années, l'Assemblée des Sages d'Oza-Gora avait envoyé en vain une ambassade auprès de la reine pour lui demander l'arrêt de cette même politique.

— Vous avez raison, approuva la femme au chignon, Jov' reste à mes yeux digne de confiance. Mais cela ne nous dit toujours pas pourquoi le garçon est recherché, ni pourquoi il faudrait le protéger.

Le caravanier sortit de la poche de sa tunique une lettre décachetée et l'exhiba devant les Sages.

— Ceci est la lettre par laquelle Jov' m'a demandé de prendre en charge le garçon. Elle éclaire bien des choses. Officiellement, Eliott est recherché pour complicité dans le cadre de l'enlèvement de la princesse Aanor. Mais, d'après Jov', tout cela n'est qu'un prétexte. C'est La Bête lui-même qui a enlevé la princesse. Eliott était présent sur les lieux, mais il a essayé d'empêcher l'enlèvement, ce que la reine sait pertinemment. Cette version a été confirmée en tous points par les informateurs de Jov'.

— Alors pourquoi le garçon est-il recherché ? s'impatienta la femme au chignon.

— Ce n'est pas lui qui est recherché, dit gravement Sherpak, c'est son sablier. Le griffon aurait l'intention de s'en servir pour envoyer un agent dans le monde terrestre. L'objectif serait d'éliminer le Terrien qui a créé La Bête, et avec lui toutes ses créatures oniriennes. Tout cela avec la bénédiction de la reine.

— Mais, s'écria la femme au chignon, les lois immuables interdisent aux Oniriens de se rendre dans le monde terrestre ! Et avec le sablier d'un Créateur, qui plus est ! L'esprit du jeune Créateur restera coincé à Oniria et...

— Cela ne semble gêner ni Sigurim ni la reine, coupa Sherpak.

Des cris horrifiés s'élevèrent dans toute la salle. Les visages étaient aussi inquiets que scandalisés. Un homme plus jeune que la moyenne se leva.

— Il faut envoyer une ambassade auprès de la reine Dithilde pour la ramener à la raison ! s'exclama-t-il. Son attitude est aussi irresponsable qu'inacceptable !

— Elle devient folle ! lança une voix.

— Et ce griffon est un danger public ! clama une autre.

Le wadi d'Oza-Gora, assis au milieu des autres Sages, s'éclaircit bruyamment la gorge. Aussitôt, le brouhaha cessa. Toutes les têtes se tournèrent vers Mashar.

— Je crains malheureusement que la reine Dithilde ne soit pas disposée à nous écouter, dit-il. Je l'ai appelée ce matin pour l'informer de l'attaque de la caravane revendiquée par La Bête. J'ai suggéré qu'elle entame des négociations avec les cauchemars. Elle m'a opposé une fin de non-recevoir.

Un murmure de protestation s'éleva dans toute la salle.

— Et que compte-t-elle faire ? demanda un homme chétif aux cheveux blancs.

— Selon ses propres mots, « augmenter les contrôles et la répression », répondit Mashar d'un ton las.

Les objections fusèrent de plus belle.

— Encore !

— Mais ça ne sert à rien !

— Il faudrait qu'elle commence par rendre leur liberté aux cauchemars !

— Elle n'a rien compris.

Lorsque le calme fut revenu, une femme minuscule leva la main.

— Mashar, avez-vous parlé à la reine de la présence du jeune Créateur à Oza-Gora ? demanda-t-elle d'une voix aussi minuscule qu'elle.

— Non, répondit Mashar. Vu la gravité de la situation, il me semble que notre devoir est au contraire de protéger le jeune Créateur et son sablier. Nous ne pouvons pas laisser la reine enfreindre impunément les lois immuables.

Une approbation générale suivit cette déclaration.

— Et où est le Créateur, en ce moment ? demanda un homme à la peau particulièrement foncée.

— Il est au Palais de Verre, répondit Sherpak. Il a rendez-vous avec le Marchand de Sable. C'est la perspective de ce rendez-vous qui l'a poussé à venir à Oniria en premier lieu.

— J'ai demandé au Marchand de Sable d'attendre l'issue de notre réunion pour recevoir le garçon, ajouta Mashar. Ce garçon est venu demander l'aide des Oza-Goriens dans une affaire personnelle, et je voulais m'assurer que l'Assemblée était disposée à la lui accorder.

— La situation est critique, reprit l'homme à la peau foncée. Si le griffon parvient à prendre le sablier du Créateur et à envoyer un agent dans le monde terrestre, je n'ose imaginer ce qui se passera. Nous savons tous que la violation d'une loi immuable met Oniria tout entière en danger. Je ne connais pas la raison pour laquelle ce garçon sollicite l'aide du Marchand de Sable, mais cela ne peut pas être aussi grave que ce qui arrivera s'il se fait prendre son sablier. Ne serait-il pas plus sage de lui demander de rentrer chez lui et de ne plus revenir dans le monde des rêves jusqu'à nouvel ordre ?

Un murmure d'approbation s'éleva dans la salle. Mashar s'apprêtait à répondre lorsqu'une timide jeune fille fit son apparition dans l'auditorium. Elle s'approcha sans bruit du wadi et lui remit une missive qu'il ouvrit aussitôt. Après quelques secondes, Mashar reposa lentement la missive sur ses genoux, puis releva un visage blême.

— On m'informe que la reine Dithilde a fait adopter l'état d'urgence, annonça-t-il d'une voix de croque-mort. Dorénavant, plus aucun Oza-Gorien n'est autorisé à sortir du territoire. Les caravanes sont suspendues jusqu'à nouvel ordre. La communauté doit s'organiser pour vivre sur ses réserves. Nous ne savons pas combien de temps cela durera.

11

PLONGÉE EN BLEU OU BLANC

Til, Eliott, Katsia et Farjo descendirent du petit train juste devant l'entrée d'un long couloir en pierre ocre, percé à intervalles réguliers de petites portes vertes. Til entraîna ses visiteurs jusqu'à l'une des portes et frappa quelques coups discrets. Une voix les autorisa à entrer. Til fit signe aux autres de se taire et ils pénétrèrent tous les quatre dans une salle basse voûtée où régnaient une lumière tamisée et un silence absolu. Une dizaine de sablonniers en tunique verte étaient allongés, les yeux fermés, sur de confortables banquettes. Une femme d'une trentaine d'années en tunique blanche surveillait les indications qui s'affichaient sur une tablette en verre située à la tête de l'une des banquettes.

Eliott frissonna. Cette scène lui rappelait le service de soins palliatifs où gisait son père.

— Ah c'est toi, Til, chuchota la femme en tunique blanche. Tu n'es pas programmé pour ce matin, je crois...

— Bonjour, Denia, répondit le jeune sablonnier. Je ne viens pas pour bosser, j'ai des visiteurs avec moi, je leur fais faire le tour du propriétaire. Ça ne te dérange pas si on reste ici un petit moment pour que je leur explique le transpassage ?

— D'accord, mais ne faites pas de bruit, répondit la jeune femme. J'ai deux sablonniers qui viennent tout juste de plonger, leur sommeil est encore fragile.

— OK, merci. On fera attention.

Til fit signe aux autres de le suivre et s'arrêta à côté de l'un des corps endormis.

— Alors, que voyez-vous ? interrogea-t-il.

— Ben… une femme qui dort, dit Farjo.

— Oui. Et vous ne remarquez rien ? demanda Til.

— Elle a un sac en peau de chaméléon, dit Farjo en désignant avec envie la bourse qu'on devinait à peine, attachée à sa ceinture.

— Et elle porte un sablier qui ressemble au mien ! remarqua Eliott. Mais ce sable-là est blanc et lumineux, alors que le mien est bleu et absorbe la lumière.

Le jeune sablonnier attrapa délicatement le sablier qui pendait au cou de la femme endormie et le souleva en position verticale.

— Rien d'autre ? interrogea-t-il.

— Si ! souffla Eliott. Le sable s'écoule du haut vers le bas !

— Et alors ? dit Katsia. C'est normal, non ?

— Alors ce sablier ne fonctionne pas comme le mien, répondit Eliott. Quand je suis à Oniria, le sable de mon sablier s'écoule du bas vers le haut. Regarde !

Eliott exhiba son précieux pendentif. Le sable bleu foncé était collé tout en haut de son écrin de verre.

— En fait, ce sablier est exactement l'inverse de celui d'Eliott, expliqua Til. Cette femme est en train de transpasser. On dit aussi « plonger » dans notre jargon. Pendant que son corps est endormi ici dans cette salle, grâce au sablier blanc qu'elle porte autour du cou, son esprit voyage vers le monde terrestre. C'est l'inverse du sablier bleu d'Eliott, qui permet à l'esprit d'un Terrien de rejoindre le monde des rêves.

Eliott en resta bouche bée. Si les sabliers des Oza-Goriens n'étaient pas les mêmes que le sien, si son sablier à lui permettait seulement à l'esprit d'un Terrien de venir dans le monde des rêves, et s'il fallait un sablier différent pour effectuer le voyage inverse, alors pourquoi Sigurim voulait-il s'emparer de son sablier à lui pour envoyer un agent dans le monde terrestre ? Quelque chose lui échappait forcément…

Eliott se pencha vers Farjo.

— Tu savais ça, toi ? demanda-t-il.

— Non, répondit le singe. Je croyais que les Oza-Goriens utilisaient les mêmes sabliers que les Créateurs.

Eliott plissa le front et se tourna vers Til.

— Et si jamais un Onirien utilisait mon sablier bleu, qu'est-ce qui se passerait ? demanda-t-il d'une voix étouffée.

— Un Onirien ? répéta Til d'un air grave. C'est interdit par les lois immuables !

— Mais s'il le faisait quand même, insista Farjo qui venait de saisir où son ami voulait en venir. Si quelqu'un de monde des rêves prenait le sablier d'Eliott et s'endormait avec, il se passerait quoi ?

Til jeta au singe un regard suspicieux.

— Détends-toi, coco, intervint Katsia. Personne ici n'a l'intention de piquer le sablier d'Eliott.

— C'est juste par curiosité, ajouta le jeune Créateur.

— Eh bien, répondit Til, si quelqu'un du monde des rêves s'endormait avec le sablier d'Eliott, son esprit ET son corps se déplaceraient vers le monde terrestre. De même que si Eliott utilisait un sablier blanc, son esprit ET son corps voyageraient dans le monde des rêves.

Eliott tordit la bouche, perplexe.

— Et que peut faire l'esprit d'un Oza-Gorien en plongée dans le monde terrestre ? demanda Katsia. Le sablier bleu permet à Eliott de créer tout ce qu'il imagine quand il est à Oniria… Je suppose que le sablier blanc aussi donne des super-pouvoirs aux transpasseurs.

L'aventurière venait de poser exactement la question qui brûlait les lèvres d'Eliott.

— Tu as raison, répondit Til. L'esprit d'un transpasseur en plongée a des facultés qui lui sont indispensables pour distribuer le Sable à grande vitesse à l'intérieur des maisons : il est pratiquement invisible, il peut se déplacer très rapidement sur le sol et dans les airs, passer à travers les murs et les portes…

— Comme les fantômes ? demanda Farjo.

— Tu ne crois pas si bien dire ! dit le jeune sablonnier. Il arrive qu'un transpasseur peu discret soit aperçu par un Terrien. C'est à cause de ça que les Terriens croient aux fantômes ou aux esprits et…

— Mais l'esprit d'un transpasseur, coupa Katsia, est-ce que… Est-ce qu'il pourrait par exemple tuer quelqu'un ?

Til dévisagea l'aventurière en fronçant les sourcils.

— Par simple curiosité, ajouta Katsia. Je pensais aux risques du métier…

Le visage de Til se détendit un peu.

— Le risque est très faible, répondit-il. Éventuellement, si un Terrien un peu fragile aperçoit l'esprit d'un transpasseur, il peut prendre peur et faire une crise cardiaque. Mais sinon, aucun risque de blesser directement quelqu'un. Là-bas, nos esprits ne peuvent ni toucher quelqu'un ni attraper un objet, puisque nous passons à travers tout ce qui appartient au monde terrestre. Les seules choses que nous pouvons toucher, c'est ce que nous apportons avec nous dans nos sacoches en peau de caméléon : le Sable et la sarbacane qui nous permet de l'envoyer dans les yeux des Terriens. Aucun risque de blesser quelqu'un avec ça !

Til s'éloigna de quelques pas vers le fond de la salle. Katsia s'approcha d'Eliott.

— Maintenant, tu sais pourquoi le griffon a besoin d'un sablier bleu, chuchota-t-elle à son oreille. Avec un sablier blanc, son agent ne pourrait tuer personne.

Til revint avec une boîte en bois qu'il ouvrit délicatement. À l'intérieur, de petits sachets de différentes couleurs se serraient les uns contre les autres.

— Pour plonger, expliqua-t-il, nous utilisons ces sachets de tisane de Sable. Elle permet de contrôler le temps de plongée avec précision en fonction du dosage. Quelques gorgées suffisent.

— Moi, je ne vois pas à quoi ça sert de plonger, puisque vous pouvez faire la distribution plus rapidement avec les plantes qui chatouillent, dit Farjo.

— En fait, nous continuons à plonger pour deux catégories de personnes essentiellement. Les nourrissons, avant qu'on ne leur associe une *Replica dormitiva*, et les personnes qui ont modifié leurs habitudes de sommeil, par exemple parce qu'elles ont changé de travail ou parce qu'elles voyagent. En plongeant, on peut identifier d'où vient la modification et au besoin changer leur plante de serre ou de rayon. Et puis on fait régulièrement des plongées de routine pour vérifier que tout va bien pour chaque Terrien.

Le cœur d'Eliott bondit. Des visites de routine. Voilà ce qui avait manqué à son père depuis six mois ! Était-ce parce que les sablonniers avaient perdu sa trace ?

— Et si les gens déménagent ou se retrouvent à l'hôpital, comment les retrouvez-vous ? demanda-t-il avec émotion.

— Les étiquettes des *Replicae dormitivae* se mettent à jour automatiquement, dit Til. Il suffit de lire...

Eliott aurait aimé demander de quand datait la dernière plongée de routine dont avait bénéficié son père, mais un voyant rouge se mit à clignoter sur le panneau situé à la tête d'une banquette, juste derrière Farjo.

— Ce transpasseur va se réveiller, annonça Til.

Denia leur fit signe de s'écarter et s'approcha de la banquette avec une épaisse couverture, qu'elle posa sur le corps de l'homme d'âge mûr qui était allongé là.

— On a toujours froid quand on rentre d'une plongée, expliqua Til, devançant la question qu'Eliott s'apprêtait à poser.

Le voyant lumineux cessa de clignoter et afficha une lumière verte continue. Puis les paupières du transpasseur se mirent à papilloter, jusqu'à s'ouvrir complètement.

— Ça s'est bien passé ? demanda Denia.

— Pas facile, mais le résultat est là, dit le transpasseur.

Il fouilla dans sa sacoche et en tira un petit tube à essai rempli de quelques gouttes de liquide transparent qu'il exhiba sous le nez de Denia.

— Je les ai enfin eues, ces fichues larmes. Ça n'a pas été simple, je te jure !

— Des larmes ! soufflèrent en même temps Eliott, Katsia et Farjo.

Le transpasseur s'aperçut soudain de leur présence et jeta à Til un regard interrogateur.

— Ce sont des visiteurs pour le grand patron, expliqua le jeune sablonnier. Eliott vient du monde terrestre, Farjo et Katsia sont d'Oniria. Tu pourrais leur montrer à quoi servent ces larmes, s'il te plaît ?

— Fichtre, ça fait un bail qu'on n'a pas eu ce genre de visite ici ! dit le transpasseur.

Il sauta de sa banquette et fit signe aux visiteurs de le suivre vers le fond de la pièce. Là, toujours emmitouflé dans sa couverture, il ouvrit une grande armoire dans laquelle étaient disposés des pots de fleurs remplis d'une belle terre brune, un sac de petites graines et un grand carton. Il attrapa un pot, qu'il plaça dans les bras de Farjo sans lui demander son avis, prit dans le carton ce qui ressemblait à une étiquette blanche, puis tendit une graine à Eliott.

— C'est une graine de *Replica dormitiva*, expliqua-t-il. Plante-la dans la terre, petit. Bien au milieu du pot.

Eliott posa le paquet de Sherpak sur le sol, attrapa la graine et la planta dans le terreau. Rien ne se passa. Puis le transpasseur déboucha son tube à essai.

— Ce sont les larmes d'un bébé de quatre mois que j'ai récoltées avec toutes les peines du monde, expliqua-t-il. Jamais vu un bébé de cet âge qui se tortillait autant... Enfin bref, regardez.

Il versa quelques larmes à l'endroit où Eliott venait de planter la graine. Instantanément, une jeune pousse de *Replica dormitiva* apparut devant les yeux ébahis d'Eliott. Puis le transpasseur versa encore une larme sur l'étiquette qu'il avait prise dans l'armoire. Aussitôt, une inscription apparut en belles lettres anglaises : le nom, l'adresse et l'âge du bébé. Il colla l'étiquette sur le pot d'un geste expert.

— Et voilà ! proclama le transpasseur. Maintenant, direction la serre et zou ! plus besoin d'aller dans le monde terrestre pour endormir ce nourrisson plusieurs fois par jour.

Une sonnerie à peine audible retentit. Til mit précipitamment la main dans sa poche et en retira un gros galet plat, qu'il frotta énergiquement du bout des doigts. Le galet cessa de sonner et Til consulta le message qui s'affichait en lettres rouges sur la surface plane et lisse de l'étrange caillou.

— Ça y est, annonça-t-il. Le Marchand de Sable est prêt à vous recevoir.

12

Larmes réelles et larmes artificielles

Le bureau du Marchand de Sable était situé au sommet du Palais de Verre, sous une magnifique verrière en forme de dôme. Eliott, Katsia et Farjo tombèrent en arrêt devant la baie vitrée du hall d'attente. Elle offrait une vue imprenable sur les centaines de serres démesurées qui s'alignaient en contrebas.

— Ouah ! s'exclama Farjo. C'est tellement…

— Grand ! compléta Katsia, les yeux exorbités.

— Il doit falloir des heures pour aller d'un bout à l'autre de ce palais ! ajouta Farjo.

— Il faudrait même des jours si on voulait le faire à pied, confirma Til. Il faut de la place pour faire pousser pas loin de sept milliards de *Replicae dormitivae* !

Les yeux d'Eliott étaient eux aussi braqués sur le paysage, mais son esprit était ailleurs. Car c'était l'instant de vérité. Mamilou, Jov', Farjo… Tout le monde semblait croire comme une évidence que le Marchand de Sable pourrait guérir son père en un rien de temps. Et pourtant, sans qu'il puisse expliquer pourquoi, il avait un mauvais pressentiment.

— On y va ? suggéra-t-il, arrachant Katsia et Farjo à leur contemplation.

— On y va, répondirent en chœur les deux Oniriens.

— Suivez-moi, c'est par ici, dit Til.

Eliott emboîta le pas au jeune sablonnier, suivi par ses deux amis. Til les conduisit jusqu'à une modeste porte en bois. Il s'apprêtait à frapper lorsqu'une puissante déflagration retentit à l'intérieur. Tous reculèrent d'un bond. Un raffut incroyable s'éleva de l'intérieur de la pièce, comme si on déménageait des meubles. Puis plus un bruit. Til attendit quelques secondes avant de frapper deux coups secs. Une voix enrouée lui dit d'entrer.

Til ouvrit la porte, et les quatre visiteurs se retrouvèrent pris dans un nuage de fumée blanche épaisse, qui les aveugla complètement et les prit à la gorge. Le nuage s'éclaircit peu à peu et Eliott, le nez plongé dans la manche de sa chemise, commença à distinguer ce qui l'entourait. Des murs carrelés de blanc, des étagères et des tables encombrées de récipients et d'éprouvettes, des instruments aux formes bizarres... L'endroit ressemblait plus à un laboratoire scientifique ultra-moderne qu'à un simple bureau.

Les dernières volutes de fumée s'évanouirent, et la silhouette d'un homme apparut au milieu de la pièce. Il était grand, et pourtant il flottait dans une tunique de sablonnier noire trop large pour lui. Il portait sur le dos une cape vert sombre, à moitié brûlée, qui était attachée au niveau de la poitrine par un sablier blanc de transpasseur. Ses rares cheveux blancs étaient décoiffés. Il tenait un extincteur d'incendie dans des gants de jardinier jaunes.

Il souriait. Ses dents bien blanches contrastaient avec le noir de la suie qui recouvrait son visage.

Il n'y avait personne d'autre dans la pièce. C'était forcément lui. C'était le Marchand de Sable.

— Excusez le désordre, dit-il avec simplicité, je viens de terminer une petite expérience qui n'a hélas pas tourné exactement comme je l'espérais.

De cet homme à la dégaine négligée et au sourire juvénile émanait une prestance hors du commun. Il était impressionnant. Eliott s'avança et lui tendit d'une main tremblante le paquet que lui avait confié Sherpak.

— Ah, c'est ma commande, je suppose ! s'enthousiasma le Marchand de Sable.

— Oui, confirma Eliott, c'est Sherpak qui m'a donné ce paquet pour vous.

— Ce bon Sherpak ! Il ne m'a pas oublié.

Le Marchand de Sable posa l'extincteur, retira ses gants, s'essuya grossièrement le visage avec un chiffon qui traînait par terre et ouvrit le paquet avec l'excitation d'un enfant le jour de son anniversaire. Celui-ci contenait une grande boîte dans laquelle se trouvaient une centaine de fioles remplies de liquides colorés. Le Marchand de Sable en choisit une et la déboucha. Immédiatement, un agréable parfum d'herbe fraîchement coupée envahit le bureau, recouvrant l'odeur de brûlé.

— C'est parfait ! s'exclama-t-il.

— Qu'est-ce que c'est ? demanda Farjo.

— Ce sont des odeurs, répondit le Marchand de Sable avec une lueur pétillante dans les yeux. De puissantes odeurs, enfermées dans ces petits flacons sous la forme de gouttelettes de parfum très concentré. Il y en a de toutes sortes : menthe, fleur d'oranger, brioche, risotto aux crevettes, l'odeur de la mer, celle de l'herbe coupée ou encore celle du bois de cèdre... Je suis persuadé qu'en parfumant le Sable avec des odeurs agréables on peut améliorer la qualité des rêves...

Soudain, le Marchand de Sable se tut, leva la tête et scruta le visage d'Eliott d'un œil vif.

— Tu dois être le jeune Créateur dont Sherpak m'a parlé ? dit-il.

— Oui. Je m'appelle Eliott.

— Eliott... répéta le Marchand de Sable, comme si c'était le plus beau nom qu'il ait jamais entendu. Alors voici le petit-fils de Lou !

— Vous connaissez ma grand-mère ! s'exclama Eliott.

— Oui, je la connais même très bien, dit le Marchand de Sable. Ou plutôt je la connaissais... C'était il y a longtemps.

Eliott était à la fois stupéfait et fier que sa grand-mère connaisse personnellement quelqu'un d'aussi important que le Marchand de Sable. Mais, en même temps, il ne pouvait s'empêcher d'en vouloir à Mamilou : pourquoi ne le lui avait-elle jamais dit ? Ça aurait pu lui être utile !

— Eliott, je suis vraiment navré de t'avoir fait attendre, s'excusa le Marchand de Sable. Des contraintes indépendantes de ma volonté...

— Ce n'est pas grave, dit Eliott.

— J'espère au moins que la visite du Palais de Verre vous a intéressés, lança le Marchand de Sable.

— C'était passionnant ! s'enthousiasma Katsia.

Le Marchand de Sable posa la boîte aux cent parfums sur une chaise déjà encombrée et se tourna vers l'aventurière.

— Vous devez être la jeune et impétueuse aventurière, dit-il. Sherpak m'a loué vos talents au combat.

Katsia parut flattée du compliment. Elle s'avança vers le Marchand de Sable et lui tendit une main décidée.

— Je m'appelle Katsia, dit-elle d'une voix claire. Je suis très heureuse de vous rencontrer.

— Moi aussi, Katsia, très heureux, assura le Marchand de Sable en serrant chaleureusement la main de l'aventurière ravie.

Farjo s'était mis à sautiller sur place pour se faire remarquer. Objectif atteint : le Marchand de Sable s'approcha de lui… en faisant les gros yeux.

— Quant à vous, monsieur, dit-il d'un ton sévère, j'ai l'impression de déjà vous connaître. On m'a prévenu que vous étiez râleur, glouton, fouineur, prétentieux, bavard et même parfois grossier, si j'ai bien compris…

Farjo se ratatina sur lui-même. Le Marchand de Sable continua à le fixer d'un regard dur pendant quelques secondes, puis tout d'un coup il sourit.

— Mais on m'a dit aussi que vous étiez un joyeux luron au grand cœur, et surtout un ami fidèle. Ce sont de très grandes qualités ! Allez, relevez-vous.

Le Marchand de Sable remercia Til de s'être occupé de ses visiteurs et ouvrit la porte pour le laisser partir. Il avait encore la main sur la poignée lorsqu'il se retourna vers Eliott.

— Tu souhaites peut-être que nous parlions seul à seul ? suggéra-t-il. Je suis sûr que Til serait heureux de continuer la visite avec Katsia et Farjo pendant que nous...

— Non ! intervint Eliott. Farjo et Katsia sont déjà au courant de toute l'histoire, et ils m'ont aidé à venir jusqu'ici. Je n'ai rien à leur cacher.

— Dans ce cas, installez-vous, dit le Marchand de Sable en refermant la porte par laquelle Til venait de s'éclipser.

Il les entraîna au fond de la pièce, dans un recoin tapissé d'étagères encombrées de livres et d'objets divers. Là trônait un bureau encore plus mal rangé que la chambre d'Eliott. Sur un signe de leur hôte, les visiteurs époussetèrent trois chaises et s'installèrent dessus. Le Marchand de Sable ne prit pas autant de précautions : il s'assit sur son fauteuil en faisant valser les cendres et la poussière qui en recouvraient l'assise. Puis il cala ses coudes sur le bureau, posa son menton sur ses mains jointes et prit une expression concentrée.

— Alors, dit-il, que me vaut le plaisir de ta visite, Eliott ? Explique-moi tout. Et n'oublie pas les détails, car les détails sont toujours très importants.

Eliott entama son récit, s'efforçant de ne rien oublier. Il expliqua la maladie de son père ainsi que la théorie de Mamilou, selon laquelle le sommeil ininterrompu de Philippe était dû à une manipulation malveillante du Sable. Il expliqua comment sa grand-mère lui avait confié le sablier bleu de Créateur qu'elle n'avait plus le droit d'utiliser elle-même, espérant qu'Eliott trouverait auprès du Marchand de Sable le moyen de guérir son père. Il raconta encore tout ce qui lui était arrivé depuis la première fois qu'il avait mis les pieds à Oniria en tant que Créateur : sa rencontre avec Aanor ; puis avec la reine Dithilde, qui lui avait demandé de créer une armée pour lui permettre de combattre la révolution des cauchemars ; puis avec Farjo et Katsia, qui avaient accepté de l'aider ; l'enlèvement d'Aanor par La Bête ; le projet de Sigurim le griffon, qui voulait utiliser le sablier d'Eliott pour envoyer un agent dans le monde terrestre afin de tuer le Terrien qui avait créé La Bête – seul moyen de faire disparaître définitivement un Onirien ; la rencontre avec Jov' le rebelle ; et enfin le trajet avec la caravane et l'attaque des loups-garous.

À la fin de son récit, la bouche sèche d'avoir tant parlé, Eliott leva un regard plein d'espoir vers le Marchand de Sable. Le grand homme ne souriait plus. Au contraire. Il avait blêmi et paraissait avoir pris vingt ans d'un seul coup. Quand il fut certain que le jeune garçon avait terminé son récit, il souffla longuement.

— On m'avait raconté les épisodes récents de ton aventure onirienne, mais je n'en connaissais pas le début, dit-il en secouant la tête. Je suis vraiment désolé que tu aies eu tant de mal à venir me trouver. Il fut un temps où tout cela était moins compliqué. Mais Oniria est entrée dans une époque bien sombre…

Le Marchand de Sable resta pensif un instant, les yeux dans le vide.

— En ce qui concerne la maladie de ton père, reprit-il, je ne vois qu'une seule explication. Mais je dois procéder à une petite vérification pour en avoir le cœur net. Suivez-moi.

Le Marchand de Sable attrapa sur son bureau une plaque de verre semblable à celle que Til avait consultée dans la serre numéro 37. Il traça quelques lignes qu'Eliott ne put distinguer, puis se leva et fouilla dans ses étagères jusqu'à ce qu'il trouve un étrange appareil qui ressemblait à un scanner de supermarché portatif. Puis il fit signe à ses visiteurs de le suivre. Eliott mourait d'envie de poser des questions, mais il était trop impressionné par la mine préoccupée du Marchand de Sable pour oser demander quoi que ce soit.

Tous les quatre descendirent plusieurs étages par un étroit escalier et empruntèrent une série de longs trottoirs roulants avant de pénétrer dans une serre encore plus impressionnante que celle qu'ils avaient visitée avec Til : la serre numéro 102. Cette serre, plus vaste qu'un terminal d'aéroport international, était entièrement construite au-dessus du vide, et son sol était transparent. Depuis le seuil on pouvait distinguer, cinq étages plus bas, une file de chaméléons chargés de sacoches remplies à ras bord de Sable noir… Spectacle à la fois fascinant et effrayant à plus de trente mètres de hauteur.

Eliott resta figé un instant sur le seuil, n'osant poser le pied sur ce sol transparent. Lorsqu'il releva la tête, Katsia et le Marchand de Sable s'étaient avancés dans l'allée bordée de *Replicae dormitivae*, et Farjo, transformé en tourterelle, voletait autour de leurs têtes. Eliott s'efforça de regarder droit devant lui et les rejoignit, non sans appréhension.

Le Marchand de Sable les conduisit d'un pas décidé à travers le labyrinthe feuillu avant de s'arrêter devant l'une des plantes. Eliott lut l'étiquette, et son cœur bondit tel un diable hors de sa boîte. C'était la *Replica dormitiva* de son père.

Le Marchand de Sable sortit de sa poche l'étrange scanner qu'il avait apporté et le passa délicatement devant l'une des feuilles de la plante. L'objet émit un petit bip et quelque chose s'afficha sur l'écran de contrôle.

— C'est bien ce que je pensais, marmonna le Marchand de Sable.

— Quoi ? demanda Eliott d'une voix chancelante.

Le Marchand de Sable tourna l'écran du scanner vers Eliott. Un seul mot s'affichait en lettres brillantes sur toute la largeur de l'écran : « inconnu ». Eliott fixa l'écran sans comprendre, la gorge sèche, incapable de faire le ménage parmi toutes les questions embrouillées qui jaillissaient dans son esprit.

— Cela veut dire que cette *Replica dormitiva* n'est pas celle de ton père, expliqua le Marchand de Sable. C'est un leurre, qu'on a fait pousser avec des larmes artificielles.

— Mais alors où est la plante du père d'Eliott ? demanda Farjo. Dans une autre serre ?

— Retournons dans mon bureau, répondit le Marchand de Sable d'un air grave. Je préfère que nous soyons au calme pour répondre à cette question.

Katsia et Farjo fixèrent Eliott d'un air penaud. Le jeune Créateur détourna le regard. Son intuition agitait le drapeau rouge. Il emboîta le pas au Marchand de Sable, les yeux fixés sur la longue cape verte. Au coin de sa paupière gauche, une unique larme s'était formée.

Bien réelle, celle-là.

13

L'APPRENTI SORCIER

Torturé par l'attente, imaginant le pire, Eliott se décomposait peu à peu. Sur tout le trajet du retour, le Marchand de Sable resta muet, la mine grave. Il ne commença à parler que lorsqu'il eut refermé derrière eux la porte de son bureau.

— Ce que je m'apprête à vous révéler est d'une nature absolument secrète, dit-il. Je vous demanderai la plus grande discrétion.

— Vous pouvez compter sur moi, murmura Eliott, qui sentait la sueur de l'angoisse perler sur son front.

— Je sais garder ma langue, déclara Katsia.

Le Marchand de Sable jeta un regard interrogateur à Farjo, qui se tenait ratatiné sur sa chaise, les deux pattes en travers de la bouche et les yeux exorbités.

— Et je sais surveiller Farjo pour qu'il garde la sienne, ajouta l'aventurière. Ne vous inquiétez pas. Il ne parlera pas.

— Bien, dit le Marchand de Sable.

Il planta son regard dans celui d'Eliott.

— Eliott, dit-il, la *Replica dormitiva* de ton père a été volée.

Eliott eut l'impression qu'une flèche à la pointe acérée venait de lui transpercer la poitrine. Il fut incapable de répondre.

— Volée ! s'exclamèrent en chœur Katsia et Farjo. Mais par qui ?

— Par l'un de mes apprentis, dit le Marchand de Sable en secouant la tête de dépit. Un certain Jabus. Un élément brillant mais instable, qui a disparu il y a plusieurs mois. Personne ne sait où il est. Je ne savais pas jusqu'ici qu'il avait emporté du matériel. Je vais devoir faire scanner toutes les *Replicae dormitivae* du palais pour vérifier qu'il n'en a pas emporté d'autre. Il a dû aussi emporter du Sable et du matériel technique…

— Attendez, intervint Katsia. Comment pouvez-vous être sûr que c'est bien ce Jabus qui a volé la plante ? Vous n'avez aucune preuve !

— C'est vrai, admit le Marchand de Sable. Mais deux indices sérieux soutiennent ma présomption. Le premier, c'est que les dates concordent. Eliott dit que son père est tombé malade il y a un peu plus de six mois, le 25 mai. Ma dernière entrevue avec Jabus date de quelques jours auparavant seulement. Depuis, aucun Oza-Gorien ne l'a jamais revu.

— Et le second indice ? demanda Katsia.

— Le second, c'est le mobile, déclara le Marchand de Sable d'une voix sinistre. Jabus voulait être le premier à créer des analogons négatifs. Il n'a pas été autorisé à le faire dans l'enceinte du palais… Il s'est donc débrouillé pour pouvoir le faire à l'extérieur.

— C'est quoi, des analogons négatifs ? demanda Eliott d'une voix tremblante.

— Les analogons sont des images que l'on projette dans l'esprit d'un Terrien juste avant de lui administrer la pluie de Sable qui le fera dormir et rêver. L'image projetée reste gravée dans son esprit et influence le commencement de son rêve. On peut ainsi, sinon contrôler, du moins orienter le rêve du Terrien.

— Mais la loi immuable numéro cinq interdit d'influencer les rêves des Mages ! fit remarquer Farjo.

— La loi interdit seulement d'influencer les rêves des Mages pour son bénéfice personnel, corrigea le Marchand de Sable. Nous utilisons les analogons uniquement à des fins thérapeutiques, pour le bénéfice du Terrien lui-même.

— Je ne vois pas le rapport ! intervint Katsia.

— Imaginez par exemple qu'un enfant ne dorme plus car il fait trop de cauchemars, au point qu'il refuse d'aller au lit. Nous pouvons l'aider à retrouver un sommeil plus paisible en lui diffusant plusieurs nuits de suite des images positives, comme des gens qui sourient, des animaux qui jouent ou encore des paysages apaisants.

— Et ça fonctionne ? demanda l'aventurière avec une moue sceptique.

— Relativement bien, oui, dit le Marchand de Sable. Mais ce n'est pas une science exacte. Notamment parce qu'un même analogon n'éveille pas nécessairement les mêmes sentiments chez différentes personnes : pour l'un, l'image de la mer sera apaisante, pour un autre, elle sera terrifiante. On peut se tromper. Cela demande beaucoup d'observation du Terrien que l'on souhaite aider, et beaucoup de doigté. C'est une science récente, en perpétuelle amélioration.

— Moi, ce que je voudrais savoir, s'impatienta Eliott, c'est ce que c'est qu'un analogon négatif et pourquoi ce Jabus fait subir ça à mon père !

— Un analogon négatif, c'est un analogon qui provoque des cauchemars, expliqua le Marchand de Sable.

— Mais ça ne peut guérir personne, ça ! s'exclama Farjo.

— Non, confirma le Marchand de Sable, et c'est bien pour cela que nous n'en avons jamais créé au sein du palais. Mais pour Jabus créer des analogons négatifs était une idée fixe. Il disait que ça stimulerait l'imagination des humains, que ça les rendrait plus puissants, plus déterminés. La force était son obsession, on aurait dit que c'était la seule chose qui comptait pour lui. Il vouait un véritable culte aux cauchemars…

Le Marchand de Sable frappa rageusement du poing sur son bureau couvert de suie, faisant tressauter tous les objets qui s'y trouvaient.

— Jabus est venu me voir un soir dans mon bureau, peu de temps avant sa disparition. Il m'a demandé l'autorisation de créer une cellule de recherche spécialisée dans les analogons négatifs. J'ai refusé, bien sûr : fabriquer des analogons négatifs est une hérésie, c'est vouloir jouer aux apprentis sorciers ! Mais Jabus s'est emporté. Il a dit que rien ni personne ne l'empêcherait de mener son projet à bien et il a quitté mon bureau. On ne l'a plus jamais revu. Sur le moment, je n'ai pas pris ses menaces au sérieux. J'ai eu tort.

Eliott sentit une vague de fureur monter en lui. Il n'avait que faire des regrets du Marchand de Sable.

— Mais pourquoi mon père ? pressa-t-il. Il y a près de sept milliards de *Replicae dormitivae* dans vos serres.

Pourquoi ce Jabus a-t-il choisi précisément celle de mon père pour faire ses fichues expériences ?

Le Marchand de Sable réfléchit un instant, les yeux perdus dans le vide.

— Je ne sais pas, dit-il. Ce n'est peut-être qu'un hasard… Mais le fait qu'il ait choisi le fils d'une ancienne Créatrice est une coïncidence troublante…

— Et donc ? s'impatienta Eliott.

Le Marchand de Sable fixa le jeune Créateur.

— Donc, pour répondre à cette question et mettre un terme au sommeil de ton père, il n'y a qu'une seule solution : il faut retrouver Jabus.

14

La robe blanche

Perchée sur un petit tabouret, Aanor se tenait parfaitement immobile pendant que la couturière terminait les derniers ajustements dans le bas de sa robe. La vieille femme fripée et édentée tremblait de tout son être. Seules ses mains expertes échappaient par miracle aux soubresauts, virevoltant avec précision au milieu du nuage de mousseline blanche. La Bête avait donné des instructions précises. Ce mariage était un symbole, il devait marquer les esprits. La mariée devait être époustouflante, c'était indispensable.

Et Aanor l'avait bien compris.

Sur le lit de la princesse gisaient côte à côte les cadavres lamentables de deux autres robes. L'une était maculée de taches : rouge à lèvres, encre, jus de cassis… Aanor avait déversé sur sa première robe de mariée tout ce qu'elle avait trouvé à portée de ses mains pendant les quelques secondes que lui avaient laissées ses gardiennes avant de l'immobiliser. Quant à l'autre robe, la princesse l'avait déchiquetée à grands coups de ciseaux momentanément « empruntés » à la couturière.

Pour cette troisième tentative, les femmes-araignées avaient pris plus de précautions. Tout ce qui pouvait tacher avait été retiré de la chambre de la princesse, et les ciseaux de la couturière étaient exilés dans l'antichambre. Quand l'ouvrière manifestait le besoin d'aller les chercher, l'une des gardiennes attachait les mains d'Aanor dans son dos à l'aide d'un solide fil de soie.

Une crampe se fit sentir dans le pied droit d'Aanor, et elle leva le talon. Aussitôt, les trois femmes-araignées s'approchèrent, prêtes à intervenir.

— Tout doux, dit la princesse, j'ai une crampe au pied. Je dois le bouger un peu.

L'une des femmes-araignées hocha la tête. Aanor effectua quelques rotations de la cheville, puis reprit docilement sa pose. À la demande de la couturière, les gardiennes s'éloignèrent de quelques centimètres, sans quitter Aanor des yeux.

Détruire la troisième robe allait être plus difficile.

Pourtant, Aanor avait un plan. Elle risquait d'y laisser sa peau en même temps que sa robe, mais après tout ce n'était pas plus mal. Car on n'épouse pas une princesse morte. Si elle mourait, La Bête serait obligé de repousser le mariage. D'attendre qu'elle ressuscite. Cela lui ferait perdre un temps précieux.

Un temps qui permettrait peut-être à Eliott de trouver un moyen de la sauver.

— C'est terminé, annonça la couturière.

La princesse fut autorisée à descendre de son tabouret, et ses gardiennes la poussèrent vers le grand miroir doré qui trônait dans la chambre.

— Vous êtes resplendissante, souffla la couturière.

Aanor ne pouvait pas dire le contraire. C'eût été mentir. Cette femme connaissait son affaire.

— Vous êtes très douée, madame, dit-elle. Mais il manque quelque chose.

— Vous croyez ? s'inquiéta l'habile ouvrière.

— Oui, il manque un manteau, continua Aanor. Je suis habituée à la douceur du climat d'Hedonis. J'ai froid ici. Il me faudra un manteau. Vous sauriez faire ça ?

— Bien sûr, dit la couturière en s'inclinant. Il me faudrait seulement de la fourrure blanche. De l'hermine, de préférence.

— Je pense que La Bête peut nous offrir cela, décrêta Aanor.

La princesse avança d'un pas aérien vers le secrétaire, ses trois gardiennes dans son sillage. Elle attrapa une petite clochette qu'elle agita avec délicatesse. Aussitôt, un laquais à tête de crapaud ouvrit la porte.

— Apportez-nous deux mètres de fourrure d'hermine, s'il vous plaît, ordonna-t-elle. Et, pendant que vous y êtes, allez aussi chercher du bois. Le feu de cette cheminée est presque éteint, et j'ai froid.

— À vos ordres, Votre Majesté, dit le crapaud.

Il revint quelques minutes plus tard les bras chargés de bois. Puis il rassembla les braises du feu mourant, plaça trois bûches dans la cheminée, actionna le soufflet, et de belles flammes jaillirent dans l'âtre.

— J'apporterai la fourrure dans une demi-heure, annonça-t-il en s'inclinant.

— Parfait, merci, dit Aanor.

Et le crapaud disparut.

— En attendant la fourrure, suis-je autorisée à m'asseoir ? demanda la princesse.

— Surtout pas, dit la couturière, cela abîmerait votre traîne !

— Bon, alors suis-je au moins autorisée à marcher ? demanda Aanor. Je n'en peux plus de rester immobile. J'ai besoin de me dégourdir les jambes.

Les femmes-araignées se consultèrent du regard. L'une d'elles finit par hocher la tête en signe d'approbation.

Et Aanor se mit à faire les cent pas. Lentement d'abord, puis de plus en plus vite. Aussi vite que sa robe le lui permettait, et toujours talonnée par ses trois gardiennes. Elle décrivait des ronds dans sa chambre. Des ronds de plus en plus larges. Elle passait devant le lit, puis devant la porte, le miroir, le secrétaire, les étagères, la cheminée, la fenêtre, la coiffeuse, et à nouveau devant le lit. Ses pas se firent de plus en plus légers, de plus en plus gracieux, comme une danse. Puis la princesse leva les bras, semblant enlacer un cavalier imaginaire. Et la danse devint valse. Aanor se mit à tourner, tourner dans un tourbillon de mousseline blanche. Un-deux-trois, un-deux-trois, un-deux-trois… La couturière leva le nez de ses patrons pour l'admirer. Les femmes-araignées elles-mêmes prirent un peu de distance avec leur captive, étourdies par le spectacle. C'était une féerie. La robe tournoyait et la traîne caressait les pieds du lit, le bas du miroir ; un-deux-trois ; et la traîne glissait sur le plancher ancien au pied des étagères ; un-deux-trois…

Dans un dernier tourbillon, la traîne d'Aanor s'engouffra dans la cheminée. Aussitôt, la mousseline de soie s'enflamma, et en quelques secondes la princesse se transforma en torche vivante.

Tout se passa très vite. Une femme-araignée agita la clochette, un crapaud arriva, repartit aussitôt, revint accompagné de deux autres chargés de baquets d'eau qui furent déversés sur la princesse. La robe calcinée se détacha en lambeaux sous le poids de l'eau, et la princesse couverte de brûlures se précipita vers la cheminée. Elle fut rattrapée *in extremis* par deux des femmes-araignées, tandis que la troisième l'emmaillotait des chevilles aux épaules dans un cocon de soie.

Vaincue et épuisée, la princesse se laissa choir sur le sol trempé. Elle avait détruit la troisième robe, mais elle n'avait pas réussi à mourir. Ses blessures, superficielles, commençaient déjà à cicatriser.

— Attendez ! cria-t-elle alors que le dernier valet à tête de crapaud allait quitter la pièce.

Le valet se retourna avec déférence vers la forme blanche qui gisait à terre.

— Dites à votre maître que, s'il veut m'épouser, cette camisole est la seule robe blanche qu'il parviendra à me faire porter.

Le valet devint plus vert encore qu'il ne l'était déjà. Il ne faisait pas bon apporter de mauvaises nouvelles à La Bête.

— Je transmettrai votre message, Votre Majesté, dit-il en s'inclinant.

15

Mission impossible

— Alors, qu'allez-vous faire pour retrouver Jabus et sauver mon père ? s'impatienta Eliott.

Le jeune Créateur s'était redressé sur sa chaise, tendu comme une peau de tambour. Le Marchand de Sable secoua la tête avec tristesse.

— Dans l'immédiat, rien, malheureusement, dit-il.

Eliott fut tellement abasourdi qu'il en resta bouche bée. Il avait placé tous ses espoirs dans cet homme ; il avait risqué sa vie à plusieurs reprises pour venir le trouver ; il avait fini par arriver jusqu'ici et apprendre enfin pourquoi son père était dans cet état-là depuis six mois, tout cela pour s'entendre dire que rien ne serait fait ?

— Mais ce Jabus est l'un de vos apprentis ! explosa-t-il après quelques secondes de stupéfaction. Vous êtes responsable de ce qu'il fait avec VOTRE Sable et VOS *Replicae dormitivae* ! Vous devez l'arrêter !

Le Marchand de Sable poussa un long soupir.

— Peu avant votre arrivée dans mon bureau, j'ai reçu un message de Mashar, le wadi d'Oza-Gora. La reine Dithilde a déclaré l'état d'urgence. Cela signifie qu'aucun Oza-Gorien n'a le droit de sortir du domaine jusqu'à nouvel ordre. C'est également valable pour les caravanes. Nous allons devoir nous rationner pour vivre sur nos réserves aussi longtemps que nécessaire. Je suis dans l'incapacité d'envoyer une équipe à la recherche de Jabus jusqu'à ce que l'état d'urgence soit levé.

— Mais vous êtes le Marchand de Sable, s'enflamma Katsia, l'homme le plus puissant du monde des rêves, vous pouvez forcément faire changer la reine d'avis !

— C'est justement parce que de très lourdes responsabilités incombent à ma fonction que je n'ai aucun pouvoir de décision politique, expliqua le Marchand de Sable. Je ne siège même pas à l'Assemblée des Sages d'Oza-Gora. Quant à la reine d'Oniria, cela fait longtemps qu'elle ne m'écoute plus...

Eliott tremblait de colère et de désespoir. Il dut serrer les dents pour se retenir de mettre à sac le bureau du Marchand de Sable. Puis, peu à peu, sa rage devint froideur.

— Je vais donc devoir trouver Jabus seul, déclara-t-il alors avec dureté.

Le Marchand de Sable fit une grimace ennuyée.

— Eliott, dit-il, je sais que sortir ton père de son sommeil est très important pour toi et pour ta famille. Mais je ne sais pas si tu te rends compte du danger que représente le fait que Sigurim cherche à s'emparer de ton sablier. S'il arrive à ses fins, non seulement ton esprit sera séparé de ton corps, mais la CRAMO enfreindra une loi immuable en envoyant un agent dans le monde terrestre, ce qui mettra en danger le monde des rêves tout entier. Sans parler du Terrien innocent qui sera tué...

— Je sais parfaitement quels sont les risques, dit Eliott d'un ton tranchant.

— Alors tu dois comprendre qu'il vaudrait mieux que tu ne viennes plus à Oniria pendant quelque temps, argua le Marchand de Sable. L'Assemblée des Sages a d'ailleurs fait une recommandation dans ce sens...

— Je me fiche de ce que dit l'Assemblée des Sages ! explosa Eliott en se levant d'un bond. Je chercherai Jabus, que vous le vouliez ou non !

— Je vois que quelqu'un a hérité de la ténacité de sa grand-mère, murmura le Marchand de Sable.

Il posa ses deux mains à plat sur son bureau et se pencha vers Eliott.

— Je me dois d'insister, dit-il d'une voix ferme. L'Assemblée a décidé d'envoyer une ambassade pour déposer un recours auprès de la reine... D'ici là, il vaudrait vraiment mieux que tu restes dans le monde terrestre. Je te promets que nous chercherons Jabus ensemble quand l'état d'urgence sera levé.

— Mais il sera trop tard ! hurla Eliott. Dans trois semaines, mon père sera mort !

— Il sera mort ? répéta le Marchand de Sable d'un air interdit. Tu ne m'avais pas dit que...

— Il sera mort, répéta Eliott. Les médecins ont décidé d'arrêter de le maintenir en vie. Ils laissent son corps dépérir. D'après eux, papa sera mort avant Noël. Je dois retrouver Jabus maintenant ! Après, il sera trop tard.

Des larmes de colère roulèrent le long des joues du jeune Créateur. Il vibrait de la tête aux pieds. Il resta debout quelques secondes, puis, ne sachant plus quoi dire, il se laissa tomber sur sa chaise.

Le Marchand de Sable ne répondit pas tout de suite. Il fixait Eliott avec une intensité rare. Le jeune garçon détourna le regard. Il n'aimait pas être observé avec autant d'insistance.

— Alors je suppose que partir à la recherche de Jabus est ton destin de Créateur, murmura le Marchand de Sable comme pour lui-même.

Puis il se redressa sur sa chaise et se tourna vers les deux Oniriens.

— Katsia, Farjo, demanda-t-il d'une voix décidée, êtes-vous prêts à accompagner Eliott et à tout faire pour le protéger, ainsi que son sablier ?

— Bien sûr ! s'exclama Farjo. Je ne laisserai pas mon pote tout seul alors qu'il a toute la CRAMO aux trousses !

— Si cette saleté de griffon ou qui que ce soit d'autre ose toucher à un cheveu de ce gamin, assura Katsia, je l'embroche avec mon poignard, je le découpe en dés et je disperse les morceaux à travers Oniria.

— Et toi, Eliott, continua le Marchand de Sable, peux-tu me promettre que tu resteras en permanence sous la protection de Katsia et de Farjo ?

Eliot hocha la tête.

— La tâche ne sera pas facile, dit le Marchand de Sable avec gravité. Pour commencer, tout laisse à penser que Jabus se cache quelque part à Ephialtis, à proximité du Mage du père d'Eliott.

— Qu'est-ce qui vous fait croire ça ? demanda Katsia.

— Eliott dit que son père ne se réveille jamais. Jabus aurait pu faire ses expériences en le laissant se réveiller chaque matin. Mais cela l'aurait obligé à plonger chaque soir à sa rencontre, sans garantie de retrouver le Mage ensuite à Oniria. Il a visiblement choisi le contrôle maximum. Je pense qu'il n'a plongé qu'au début, jusqu'à ce qu'il parvienne à amener le Mage de Philippe là où il le souhaitait. Depuis, il doit asperger la *Replica dormitiva* de Sable en continu et pratiquer ses analogons directement sur le Mage de Philippe, sans passer par le monde terrestre.

— C'est possible, ça ? demanda Farjo.

— Oui, bien sûr. Le pouvoir de suggestion marche très bien avec les Mages. Mieux encore qu'avec les sujets en phase d'endormissement. Mais cela nécessite de se trouver à proximité du Mage. Jabus doit être en permanence relié physiquement au Mage de Philippe pour ne jamais le perdre.

— Et en quoi cela prouve-t-il qu'ils sont à Ephialtis ? demanda Eliott.

— Tu me dis que ton père ne fait que des cauchemars. Ce qui est d'ailleurs cohérent avec l'utilisation d'analogons négatifs. Avec la CRAMO qui patrouille dans tout Oniria, le seul moyen de créer des cauchemars de manière intensive sans éveiller les soupçons, c'est de le faire à Ephialtis.

— Mais Jabus est extrêmement vulnérable à Ephialtis ! objecta Katsia. C'est du suicide, pour lui, de rester là-bas !

— C'est vrai, admit le Marchand de Sable. C'est pourquoi je crois probable qu'il bénéficie de la protection d'un ou plusieurs cauchemars. Les travaux de Jabus visent à augmenter le pouvoir du peuple cauchemar… Il n'a pas dû avoir de mal à convaincre certains esprits assoiffés de vengeance de le soutenir dans ses recherches !

Il y eut un bref silence. Eliott avait la désagréable sensation que son esprit s'était détaché de son corps de Créateur et regardait la scène qui était en train de se dérouler comme s'il n'en faisait pas partie. Katsia s'affala sur le dossier de sa chaise.

— Ephialtis est immense, souffla-t-elle. Et c'est une véritable boîte noire. Nous n'avons aucune information sur ce qui se trouve à l'intérieur. Nous pourrions y passer des semaines sans retrouver Jabus.

— Je pense que la première chose à faire est d'aller voir Jov', conseilla le Marchand de Sable. Chez lui, Eliott sera en sécurité. Et si quelqu'un peut vous donner des informations sur Ephialtis, c'est lui.

— Vous pensez qu'il nous aidera ? demanda Katsia.

— Tu rigoles ? C'est sûr, qu'il nous aidera ! intervint Farjo. T'as pas vu comme il était content de rencontrer le petit-fils de son amie Lou ? Ce gars-là ferait n'importe quoi pour Eliott !

Le Marchand de Sable esquissa un sourire.

— Farjo a raison, dit-il. Je suis absolument certain que Jov' vous aidera.

Puis il se leva, fouilla dans l'une de ses étagères, tira un papier d'un album étonnamment bien ordonné, le mit dans une enveloppe et vint s'accroupir à côté d'Eliott.

— Tiens, Eliott, voici une photo de Jabus, dit-il en lui tendant l'enveloppe. Je suis vraiment désolé de ne pas pouvoir t'aider plus pour l'instant. Il va de soi que tu peux revenir ici quand tu veux, pour me demander de l'aide ou simplement pour te reposer. Je posterai nuit et jour quelqu'un à la grande grille pour te permettre d'entrer en cas de besoin.

— Merci, murmura Eliott.

Mais le cœur n'y était pas. La tâche qu'il devait accomplir était insensée, les obstacles étaient insurmontables ! Même avec Katsia, Farjo et Jov' à ses côtés, comment pourrait-il retrouver la trace de ce Jabus qu'il n'avait jamais vu dans l'immensité d'Ephialtis ? Il ne savait pas par où commencer, n'avait aucun indice…

Eliott attrapa machinalement la photo de Jabus, se leva de sa chaise et suivit les deux Oniriens vers la sortie comme un robot.

— Eliott ! l'interpella le Marchand de Sable alors que le jeune Créateur allait quitter le bureau.

— Oui, dit Eliott en tournant un visage renfrogné vers celui qui aurait dû être son sauveur.

— Fais attention à toi, dit le Marchand de Sable. Et n'oublie pas que tu n'es pas seul.

Eliott n'eut pas la force de répondre. Il quitta le bureau du Marchand de Sable sans un mot.

16

DEUX PETITS CADEAUX

Mamilou ouvrit un œil en entendant claquer la porte d'entrée et maudit intérieurement le manque de discrétion de son amie Colette.

Elle attrapa machinalement son réveil. 7 h 34. Il était déjà tard, pour elle qui était toujours debout et opérationnelle dès 6 h 30 du matin. Il faut dire qu'elle avait mal dormi. Tout était chamboulé dans sa tête : la dégradation rapide de l'état de santé de son fils, la rencontre de la dernière chance qui devait avoir lieu pendant la nuit entre son petit-fils et le Marchand de Sable, et tous ces souvenirs enfouis qui remontaient à la surface…

Mamilou se redressa, se frotta énergiquement les yeux, tendit la main pour reposer son réveil et s'arrêta net, le bras en l'air. Elle venait d'apercevoir deux objets sur sa table de nuit. Deux objets qui n'y étaient pas quand elle s'était couchée la veille. Un livre et une petite boîte oblongue en raphia. Tous les deux portaient la même marque : un sablier.

Mamilou sut immédiatement qu'ils venaient d'Oza-Gora.

Et son pouls s'accéléra.

Quelqu'un était donc venu lui rendre visite pendant la nuit. Était-ce Lui ? Oui, c'était forcément Lui. Qui d'autre ? Cela signifiait donc qu'Eliott avait réussi. Qu'il avait enfin rencontré le Marchand de Sable. Sinon, pourquoi Lui aurait-il rendu visite justement cette nuit, après tant d'années de silence ?

Mamilou posa son réveil et attrapa la boîte en raphia. Elle l'ouvrit délicatement. À l'intérieur, des sachets de tisane de différentes couleurs. Mamilou porta un sachet à ses narines en fermant les yeux, et une foule de souvenirs jaillit du tréfonds de sa mémoire... Elle n'avait pas humé l'odeur de la tisane de Sable depuis si longtemps !

Mamilou reposa le sachet dans la boîte et garda un instant les yeux fixés sur le camaïeu de papiers pliés. Pourquoi donc Lui avait-il apporté de la tisane de Sable ? La tisane ne pouvait pas s'utiliser seule : sans sablier – bleu ou blanc – elle ne servait à rien. Et Il savait bien qu'elle n'avait plus le droit d'utiliser son sablier. Alors pourquoi ? Était-ce Eliott qui était censé s'en servir ? Mais pour quoi faire ?

Mamilou referma le couvercle de la boîte en raphia, la reposa sur la table de nuit et attrapa le livre, espérant y trouver plus d'explications. La première page était couverte de signes alambiqués que Mamilou aurait été bien incapable de déchiffrer. Sans se démonter, elle examina le livre sous toutes ses coutures. Comme elle l'espérait, elle trouva un petit compartiment caché dans la troisième de couverture. Elle l'ouvrit et en tira une charabiette, qu'elle posa sans hésitation sur son visage. Puis elle retourna à la première page.

L'écriture était désormais parfaitement compréhensible. Ce livre s'intitulait *Histoire des Créateurs d'Oniria*. Elle le feuilleta rapidement. L'ouvrage commençait par quelques généralités sur les grandes tendances et les différentes vagues de Créateurs, suivies d'une partie plus importante qui dédiait quelques pages à chacun des Créateurs qui avaient compté à Oniria au cours des trente derniers siècles. Par curiosité, Mamilou s'arrêta sur les dernières pages du livre. Quatre pages étaient consacrées à ses propres aventures oniriennes, plus de quarante ans auparavant. Elle ne put résister à l'envie de les lire… L'auteur ne disait pas trop de bêtises. Même si, évidemment, il taisait l'essentiel.

Mamilou referma le livre avec un « clap » sonore. Ce n'était quand même pas pour lui rappeler ces souvenirs qu'Il lui avait apporté ce livre ?

Elle ferma les yeux un instant pour réfléchir. Puis elle rouvrit le livre, à la recherche d'un petit mot manuscrit, d'une indication, d'un indice quelconque… La seule marque qu'elle trouva fut un sablier, tracé à l'encre rouge dans le coin supérieur droit d'une page, au tout début d'un chapitre intitulé « Li Tang, celui qui est revenu – 1045-1053 ».

Mamilou souffla. Qu'est-ce que c'était que cette façon de faire des mystères au lieu de dire les choses clairement ? Que signifiait cette marque rouge ? Devait-elle lire ce chapitre ? Elle n'avait aucun autre indice…

Résignée à jouer aux devinettes, Mamilou ajouta un oreiller derrière son dos, allongea ses jambes, remonta la couverture jusque sous ses bras et commença sa lecture.

Le Créateur chinois Li Tang est arrivé à Oniria pour la première fois au cours de l'année terrestre 1045, à l'âge de dix-neuf ans, sous le règne du roi d'Oniria Salbus le Bienheureux. Sans être particulièrement doué – il ne parvint jamais à créer d'être vivant –, Li Tang s'initia rapidement au pouvoir des Créateurs et y prit goût au point de passer plus de la moitié de ses nuits à Oniria pendant près de trois ans…

La suite décrivait une série de créations et de réalisations plus ou moins remarquables dudit Créateur chinois. Mamilou ne voyait vraiment pas où résidait l'intérêt de cette lecture. Elle commença à lire en diagonale, jusqu'à ce que son regard soit attiré par un mot qui la fit sursauter : *« banni »*. Elle remonta au début du paragraphe.

En l'an 1048, emporté par son enthousiasme, Li Tang commit une faute impardonnable. En voulant faire la démonstration de ses pouvoirs, il tua un jeune Oza-Gorien. Son forfait fut immédiatement sanctionné par le Grand Conseil d'Oniria et Li Tang fut banni de notre monde. Un sortilège fut placé sur son sablier pour le dissuader de l'utiliser de nouveau : Li Tang fut autorisé à conserver son sablier afin que son esprit puisse retourner dans le monde terrestre ; mais s'il l'utilisait de nouveau, il mourrait dès son arrivée dans le monde des rêves.

Mamilou tressaillit. Ce sortilège était le même que celui qui avait été placé quarante ans plus tôt sur son propre sablier, lorsqu'elle-même avait été bannie d'Oniria !

Elle poursuivit sa lecture, le cœur battant.

Pendant plusieurs années, on crut que la menace avait été efficace et la sanction de bannissement respectée. Mais, un jour de l'année terrestre 1053, le cauchemar Grognac, membre du Grand Conseil et de la commission qui avait prononcé le bannissement de Li Tang, aperçut ledit Li Tang à quelques Portes d'Ephialtis, en pleine démonstration de ses pouvoirs devant une assemblée de jeunes paysans. Il était accompagné d'un autre jeune Chinois, un certain Li Xiao, qui faisait également la démonstration de ses pouvoirs. Les deux individus furent immédiatement arrêtés par la police du Royaume, et le sablier porté par le jeune Li Xiao fut confisqué pour le temps du procès.

Les minutes du procès nous apprennent que, après avoir été banni en 1048, Li Tang avait confié le sablier à son jeune frère Li Xiao. Mais au lieu de laisser son frère se rendre seul à Oniria, il avait pris l'habitude de s'endormir à ses côtés en le tenant par la main. Par ce contact physique, Li Tang avait pu continuer à voyager à Oniria en accompagnant son frère, sans déclencher le sortilège puisqu'il ne portait pas le sablier lui-même. Les deux frères avaient ainsi voyagé ensemble à travers Oniria pendant près de cinq ans.

Finalement, Li Tang fut condamné à mort pour ne pas avoir respecté la sanction qui lui avait été imposée. Son frère Li Xiao fut banni à son tour, et un sortilège identique au précédent fut placé sur le sablier. Li Xiao eut la sagesse de ne pas le contourner.

Mamilou reposa le livre sur ses genoux. Elle n'avait jamais imaginé qu'il était possible de contourner le sortilège qui avait été placé sur son sablier. Et pourtant ce Li Tang l'avait fait ! Cela lui ouvrait soudain des perspectives inconnues : en théorie, elle pouvait accompagner Eliott à Oniria… Mais à la condition expresse de ne pas être reconnue. Elle avait été experte dans l'art de la métamorphose et pouvait passer inaperçue si elle le désirait. Mais cela restait risqué, et elle ne tenait pas à être condamnée à mort !

Le message était désormais clair. Il allait falloir qu'elle accompagne Eliott à Oniria. Mais pour quoi faire ? Qu'est-ce qui pouvait bien justifier de prendre de tels risques ? Le Marchand de Sable n'avait-il pas pu trouver de solution à la situation dramatique de Philippe ? Ou alors s'agissait-il d'autre chose ? Eliott avait-il eu des ennuis ?

Mamilou se leva d'un geste vif. Il ne servait à rien de se creuser la tête dans le vide. Pour répondre à ces questions, il lui faudrait attendre le compte rendu qu'Eliott lui ferait de sa rencontre avec le Marchand de Sable. Pour l'instant, ce qu'elle avait de mieux à faire c'était de se préparer à recevoir son petit-fils.

Elle attrapa sa serviette de toilette, sortit de sa chambre et se dirigea d'un pas rapide vers la salle de bains.

17

Secret médical

Eliott regarda d'un air maussade les illuminations de Noël qui avaient été installées sur le boulevard encore endormi. « Plus que quelques semaines, Eliott ! Plus que quelques semaines ! » hurlaient les ampoules colorées, agencées en forme d'étoile ou de sapin, qui se balançaient au-dessus des voitures.

Le feu passa au vert pour les piétons et Eliott traversa le boulevard. Ses pieds connaissaient par cœur le chemin du collège. Il se laissa guider.

— Eliott ! cria une voix dans son dos.

Eliott se retourna. Dans la pénombre du petit matin, il aperçut la silhouette trapue de Théophile Sac-à-puces qui courait vers lui. Eliott n'avait aucune envie de subir les railleries de ce grand boutonneux, toutou attitré de son ennemi juré au collège : Arthur la Cocotte.

Eliott continua donc son chemin. Derrière lui, le souffle haletant de Sac-à-puces se rapprochait.

— Eliott, dit à nouveau Théophile en l'arrêtant d'un geste.

— Qu'est-ce que tu veux ? grogna Eliott.

— Il paraît que ton père va vraiment mal, dit Théophile d'une voix en pleine mue. C'est... C'est vrai qu'il va mourir ?

— Et alors ? maugréa Eliott. Qu'est-ce que ça peut te faire ?

— Je…

— Il va falloir apprendre à ta mère que les gens qui travaillent dans un hôpital sont censés garder pour eux ce qu'ils savent des patients dont ils s'occupent !

— Ce n'est pas sa faute ! plaida Théophile en rougissant. J'avais oublié mes clés, l'autre jour, et je suis passé à l'hôpital pour récupérer les siennes. Elle était en train de parler avec une collègue dans la salle de pause, j'ai entendu ce qu'elles disaient. J'étais à la porte, elles ne m'avaient pas vu…

— Eh bien, tu ferais mieux d'arrêter d'écouter aux portes ! rugit Eliott.

— Attends, t'énerve pas ! Je voulais seulement te dire que je suis désolé pour toi. C'est moche, ce qui arrive.

Eliott poussa de toutes ses forces contre le mur de l'immeuble le plus proche ce tas de muscles qui faisait une bonne tête de plus que lui.

— Si jamais tu en parles à Arthur et Clara, je porte plainte contre ta mère, menaça-t-il. Je n'ai pas besoin de ta pitié, ni de celle de tes copains. Je préfère encore qu'ils se foutent de ma gueule. Alors pas un mot. C'est compris ?

— Compris, balbutia Sac-à-puces.

Eliott laissa Théophile abasourdi contre le mur et pressa le pas vers l'entrée du collège. Il était furieux. Son père n'était pas encore mort. Personne n'avait le droit de l'enterrer trop tôt. Ni les médecins. Ni Christine. Encore moins les trois plus grands imbéciles du collège.

Eliott n'avait pas dit son dernier mot.

18

HORS-LA-LOI

La bonne nouvelle de la journée arriva à la fin du cours de géographie. Une surveillante entra dans la salle de classe au moment où la sonnerie retentissait, et annonça que M. Blanc, le prof de sport, était malade. Un soupir de soulagement parcourut la classe de 5e4. La journée de cours était terminée.

Eliott se rua vers la rue de Lisbonne, monta les escaliers de l'immeuble jusqu'au quatrième étage et sonna à la porte de Mme Binoche.

Ce fut Mamilou qui lui ouvrit.

— Eliott, tu ne devrais pas être au collège ? demanda-t-elle.

— Prof absent, marmonna Eliott en pénétrant à l'intérieur de l'appartement. Mme Binoche n'est pas là ?

— Elle ne rentre que ce soir.

— Tant mieux. Il faut qu'on parle, déclara Eliott.

Mamilou dévisagea son petit-fils, puis, sans un mot, l'entraîna dans le salon.

— Je t'écoute, dit-elle en s'asseyant sur le canapé sans réussir à masquer son impatience.

— J'ai rencontré le Marchand de Sable, dit Eliott. Je sais pourquoi papa est maintenu endormi. Mais le Marchand de Sable ne peut rien faire pour lui. En tout cas, pas maintenant. Il faut partir à la recherche d'un type qui s'est évaporé dans la nature, et il ne peut pas m'aider. Je vais devoir encore une fois me débrouiller seul. Enfin, pas vraiment seul : Katsia et Farjo m'aideront. Et Jov' aussi, si tout va bien. Mais j'ai toujours la CRAMO aux trousses et je ne sais pas par où commencer. Je sais seulement que ça va être dangereux : le type qu'on doit trouver se cache quelque part à Ephialtis. N'essaie pas de me dissuader de continuer, ma décision est prise, je pars à sa recherche. C'est le seul moyen de guérir papa à temps. Tout ce que je veux savoir, c'est si tu es avec moi ou pas.

Eliott avait parlé d'une traite. Il reprit sa respiration.

Mamilou avait le visage grave.

— Je ne comprends pas, dit-elle. Pourquoi le Marchand de Sable ne peut-il pas t'aider ?

— Je t'expliquerai tout si tu réponds à ma question, dit Eliott. Est-ce que tu vas m'aider ou pas ?

— Bien sûr, Eliott, dit Mamilou en prenant les mains de son petit-fils entre les siennes. Je ferai tout ce qui est en mon pouvoir pour t'aider.

Eliott scruta le regard bleu de sa grand-mère.

— Bon, dit-il finalement. Alors je vais te raconter tout ce que je sais.

Lorsque Eliott eut terminé son récit, Mamilou ne dit rien. Elle consulta sa montre, se leva, disparut par la porte du couloir et revint quelques minutes plus tard, une boîte en raphia et un réveil entre les mains. Eliott ne comprenait pas.

— Il est temps que je t'apprenne deux ou trois petites choses pour te permettre d'utiliser au mieux tes capacités de Créateur, déclara Mamilou. Tu sais déjà effectuer un déplacement instantané, faire apparaître quelques objets, et même des êtres vivants simples. C'est très bien, et déjà mieux que la grande majorité des Créateurs. Mais ce ne sera pas suffisant à Ephialtis. Pour te défendre contre les cauchemars, tu devras faire beaucoup mieux. Je vais te montrer.

— Me montrer ? s'étonna Eliott, mais comment ?

— Tu vas m'emmener dans le monde des rêves et nous allons faire une petite séance d'entraînement. J'étais une Créatrice très douée en mon temps, tu sais !

— Mais, Mamilou, tu as été bannie d'Oniria ! s'écria Eliott. Tu n'as pas le droit de retourner là-bas !

— C'est vrai, acquiesça Mamilou. Mais je sais maintenant qu'il y a un moyen de contourner cette interdiction. Si c'est toi qui portes le sablier et si je me contente de t'accompagner, tout ira bien.

Eliott observa sa grand-mère avec inquiétude. Il connaissait le terrible sortilège qui avait été placé sur le sablier de Mamilou lorsqu'elle avait été bannie d'Oniria.

— Tu es sûre qu'il n'y a aucun risque ? demanda-t-il.

— Certaine, affirma Mamilou. Si nous prenons certaines précautions.

Mamilou parla à son petit-fils des étranges cadeaux qu'elle avait trouvés sur sa table de nuit en se réveillant. Elle lui raconta l'histoire de Li Tang, et expliqua les perspectives que cette découverte leur ouvrait.

— Mais c'est hyper dangereux ! s'écria Eliott. Il est hors de question que tu sois condamnée à mort !

— Je suis bien d'accord avec toi, rétorqua Mamilou. Je ne tiens pas à mourir tout de suite moi non plus ! Mais nous allons faire en sorte que cela n'arrive pas.

— Comment ?

— En nous rendant dans un endroit où je serai sûre de n'être reconnue par personne.

— Comme un endroit désert, par exemple ? demanda Eliott. Ou alors dans le phare, chez Katsia et Farjo, ils ne te dénonceront pas…

— J'en suis certaine, coupa Mamilou, mais c'est encore trop risqué à mon goût. Le phare de tes amis a forcément au moins une Porte qui communique avec le reste d'Oniria. On pourrait nous surprendre. Il vaudrait mieux que tu nous emmènes dans une pièce, disons un gymnase, qui aurait pour particularité de n'avoir aucune Porte communiquant avec le reste d'Oniria. Comme ça nous serons sûrs de ne pas faire de mauvaise rencontre, et nous serons tranquilles pour nous entraîner.

— Mais tous les lieux d'Oniria ont des Portes ! objecta Eliott.

— Oui, parce que tout nouveau lieu qui est créé se connecte automatiquement aux lieux voisins par des Portes. Mais rien ne t'empêche de concevoir un lieu sans Porte. Le tout est de le prévoir dès le début. C'est possible, je l'ai déjà fait. Mais cette fois ce sera à toi de créer notre lieu d'entraînement, puisque c'est toi qui porteras le sablier. Est-ce que tu t'en sens capable ?

— Je pense que oui, répondit Eliott. Mais tu crois que ça marchera aussi avec les Portes du Réseau intergalactique ?

— Le Réseau intergalactique ? répéta Mamilou. Qu'est-ce que c'est que ça ?

— Tu ne connais pas ? s'étonna Eliott. C'est un immense espace rempli de planètes. Il est automatiquement relié à tous les lieux d'Oniria par des Portes spéciales : pour les ouvrir, au lieu de les toucher, il faut les lécher. C'est là que Jov' se cache depuis quatre ans avec Pom', leur équipe et tous les cauchemars qu'ils libèrent d'Ephialtis. Beaucoup de gens connaissent l'existence du Réseau, mais très peu savent comment y accéder.

— Et ce Réseau est relié à tous les lieux d'Oniria en temps réel ?

— Oui.

— Hum, fit Mamilou en se grattant le menton. Écoute, je pense que ça doit fonctionner de la même manière que pour les Portes classiques : si tu conçois notre gymnase sans Porte classique ni Porte du Réseau intergalactique, je ne vois pas pourquoi ça ne marcherait pas. Il faudra bien penser à exclure les deux types de Portes au moment de la création, c'est tout.

— Tu es sûre ? s'enquit Eliott.

— Presque, répondit Mamilou. Et ne t'inquiète pas, nous prendrons des précautions à notre arrivée. Tu es prêt ?

— Prêt !

— Alors allons-y ! déclara Mamilou. Nous allons prendre une tisane 1 heure. Je pense que ça suffira. Et de toute façon nous n'avons pas plus de temps, il faut que j'aille chercher les jumelles à l'école à 16 h 30. Je ne voudrais pas mettre Christine en rogne dès mon premier jour de retour parmi vous !

Mamilou se leva et se dirigea vers la cuisine d'un pas décidé. Eliott la suivit, un peu dépassé par les événements. Arrivé dans la cuisine, il s'accouda au plan de travail et contempla sa grand-mère. Elle remplissait la bouilloire électrique pour faire chauffer l'eau de la tisane de Sable.

— Tu sais, dit-il, quand je suis venu te voir aujourd'hui, je ne savais pas comment tu allais réagir, et encore moins comment tu pourrais m'aider. Je pensais que tu pourrais peut-être réfléchir avec moi à la meilleure stratégie pour trouver Jabus… Mais une séance d'entraînement, c'est encore mieux ! Je n'y aurais jamais pensé.

— Moi non plus, dit Mamilou avec un clin d'œil. Tout ça, c'est grâce au Marchand de Sable. Il n'allait pas te laisser partir à Ephialtis comme ça ! C'est pour ça qu'il m'a fait parvenir ces petits cadeaux. Cette séance d'entraînement, c'est lui qui l'a voulue.

— Alors il ne m'a pas laissé tomber, finalement, lâcha Eliott.

— Oh non ! dit Mamilou. Et, crois-moi, il ne te laissera jamais tomber. C'est un homme bien, tu sais. S'il ne t'aide pas plus pour le moment, c'est qu'il ne peut vraiment pas le faire.

— Tu le connais bien, n'est-ce pas ? demanda Eliott.

Une ombre nostalgique assombrit le regard de Mamilou l'espace d'une seconde.

— Je le connaissais très bien, dit-elle. Mais c'était il y a longtemps. Très longtemps.

19

RECETTES DE GRAND-MÈRE

Eliott et Mamilou s'installèrent confortablement sur le canapé du salon. Eliott tenait entre les mains une tasse rose avec une photo de chaton et « Je pense à toi ! » écrit en grosses lettres rouges. Mamilou avait hérité d'une tasse ornée de gros cœurs de toutes les couleurs. C'était ce qu'ils avaient trouvé de plus correct dans la collection de tasses kitchissimes de Mme Binoche.

Mamilou régla le réveil sur 16 h 20 « au cas où la plongée durerait un peu plus longtemps que prévu ». Puis elle enroula son bras autour de celui d'Eliott, et tous les deux trempèrent en même temps leurs lèvres dans le liquide brûlant.

Quelques minutes plus tard, ils dormaient.

Ils étaient à peine arrivés dans le gymnase imaginé par Eliott que Mamilou fit apparaître une vingtaine de robots en forme de petits chiens. Aussitôt, ils se mirent à tâter et lécher le moindre centimètre carré de la pièce afin de vérifier qu'il n'y avait pas de Porte.

— Ce n'est pas que je ne te fasse pas confiance, s'excusa-t-elle avec une grimace. Je suis sûre que tu as très bien conçu ce gymnase, mais je préfère vérifier...

— Je comprends, ne t'inquiète pas, répondit Eliott. Je préfère être sûr, moi aussi.

Mamilou semblait particulièrement tendue. Elle scrutait les moindres recoins du gymnase, et ses mains tremblaient.

— Ça va, Mamilou ? s'inquiéta Eliott.

— Très bien, dit-elle avec un sourire crispé. L'émotion de revenir ici après tout ce temps... Mais tout va très bien, je t'assure !

Eliott était impressionné de voir sa grand-mère aussi bouleversée. Le tremblement des mains de Mamilou s'apaisa cependant lorsque les robots-chiens rentrèrent de leur mission en affirmant qu'il n'y avait aucune Porte dans ce gymnase.

— Bien, souffla Mamilou. À présent, commençons notre séance d'entraînement. Nous allons d'abord faire quelques exercices de défense. Je vais faire apparaître des ennemis qui vont t'attaquer. À toi de les maîtriser. Sois inventif !

Au fur et à mesure qu'elle parlait, la voix de Mamilou avait pris plus d'assurance. Lorsqu'elle ferma les yeux, elle ne tremblait plus.

Un instant plus tard, un énorme cobra apparut juste devant Eliott, sifflant de manière menaçante. Eliott eut un mouvement de recul, mais il reprit très vite son calme. Avec Mamilou à ses côtés, il se sentait en sécurité. Sa première idée fut de créer un charmeur de serpents. Mais il savait que créer un être humain était encore trop difficile pour lui. En revanche, ce qu'il était capable de créer, c'était une flûte qui jouait toute seule. Il ferma les yeux. Quelques secondes plus tard, la mélodie nasillarde et entêtante de la flûte charmeuse résonnait dans tout le gymnase. Eliott rouvrit les yeux. Le serpent avait cessé de s'intéresser à lui et fixait l'extrémité de la flûte, en transe. Il était devenu parfaitement inoffensif.

— Bravo, un peu lent mais très bien ! dit Mamilou en faisant disparaître le serpent d'un clignement d'yeux.

Mamilou laissa à Eliott le temps de faire disparaître la flûte, puis ferma de nouveau les yeux. Une vingtaine de mygales apparurent immédiatement. Elles avançaient rapidement vers le jeune garçon, visiblement décidées à le piquer. Eliott avait toujours détesté les araignées, et Mamilou le savait. Paniqué, il prit ses jambes à son cou. Mais Mamilou ferma les yeux et les mygales progressèrent encore plus rapidement. Eliott n'avait aucune chance de leur échapper de cette manière. Il fit apparaître une lance à incendie et aspergea ses assaillantes d'un puissant jet de neige carbonisée. Cela les dérouta quelques instants, mais elles repartirent de plus belle. Il imagina alors un arbre, dans lequel il grimpa. Mais ce n'était qu'un piètre refuge : les araignées grimpèrent deux fois plus rapidement que lui et ne tardèrent pas à le rattraper. Crispé sur sa branche, incapable de faire un mouvement, Eliott fixait ces monstres poilus qui approchaient, totalement impuissant. La première mygale n'était plus qu'à vingt centimètres de lui. Dix centimètres. La première mygale grimpa sur son pied.

À cet instant précis, la mygale s'évapora, ainsi que toutes les autres. Mamilou s'approcha et tendit la main à Eliott pour l'aider à descendre de son arbre. Elle n'avait pas l'air fâchée, elle était simplement sérieuse. Très sérieuse. Et très sûre d'elle.

— Il faut que tu apprennes quelques « trucs » qui marchent presque à tous les coups, déclara-t-elle. Je vais te faire une petite démonstration. Reste derrière moi.

Mamilou fit apparaître à l'autre bout du gymnase une épouvantable créature à quatre pattes, poilue, dentée et griffue, qui les repéra en un quart de seconde et fonça droit sur eux à la vitesse d'un cheval au galop. Puis elle ferma de nouveau les yeux. Un instant plus tard, la créature était enfermée dans une cage aux lourds barreaux d'acier dont elle essayait désespérément de sortir, émettant de hideux glapissements.

— La cage, annonça Mamilou d'une voix de professeur. Très efficace contre les bêtes sauvages un peu agressives !

Eliott était émerveillé. Mamilou avait fait apparaître cette cage avec une rapidité déconcertante et paraissait ne pas avoir douté un instant de l'efficacité de ses pouvoirs. Pourtant elle ne les avait pas exercés depuis plus de quarante ans !

Mamilou fit disparaître la cage et son bruyant locataire, puis elle ferma les yeux de nouveau. Cette fois-ci, ce fut une nuée de rats affamés qui se précipita vers eux en poussant des cris stridents. Mamilou les laissa approcher jusqu'à moins de deux mètres d'elle. D'un battement de cils, elle fit apparaître une large tranchée juste devant les premiers rats du peloton. Ils y furent précipités par les autres qui poussaient derrière. Lorsqu'il ne resta plus que quelques rats, ceux-ci se mirent à courir en tous sens, totalement désorientés. Ils faisaient presque peine à voir.

— Le gouffre, dit Mamilou. Contre les agresseurs qui agissent en bandes. Tu aurais pu t'en servir avec les mygales.

On peut aussi l'utiliser en version circulaire, quand les ennemis arrivent de toutes parts.

En disant cela, Mamilou avait fait apparaître un gouffre circulaire tout autour d'eux. Eliott et elle se tenaient à présent sur un îlot de parquet ciré isolé du reste du gymnase.

Soudain, des sifflements. Par réflexe, Eliott se jeta à terre. À l'autre bout du gymnase, des militaires en treillis avançaient vers eux, fusil en joue, et tiraient sans s'arrêter. Eliott se releva lorsqu'il réalisa qu'aucune balle ne parvenait jusqu'à lui. Mamilou n'avait pas bougé d'un iota. En revanche, elle avait créé une paroi transparente en forme de dôme qui les protégeait tous les deux des balles.

— Si tes assaillants sont armés, tu peux compléter le gouffre par un écran pare-balles, commenta-t-elle.

Mamilou continua ainsi sa démonstration à un rythme effréné. Elle montra à Eliott comment utiliser le feu, l'eau, comment se fabriquer un scaphandre entièrement étanche ou se réfugier dans un abri atomique. Eliott ne savait plus où donner de la tête. Le gymnase était jonché d'ennemis terrassés. Mamilou maîtrisait parfaitement tout ce qu'elle faisait. À aucun moment, elle ou Eliott ne furent inquiétés. Lorsqu'elle eut terminé, Mamilou ferma les yeux un peu plus longuement et le gymnase reprit son aspect initial. Eliott avait l'impression d'avoir regardé vingt films d'action en version accélérée.

— L'important, conclut Mamilou, c'est de garder son calme et de savoir qu'on est plus puissant que son ennemi, quel qu'il soit. Si tu commences à paniquer, c'est là que les ennuis commencent. C'est pour cela que j'aimerais que tu retiennes par cœur quelques recettes que tu pourras appliquer automatiquement, sans avoir à réfléchir. Je te ferai une liste tout à l'heure. Récite-la vingt, trente, cinquante fois par jour si nécessaire, jusqu'à ce que tous ces petits trucs deviennent une évidence pour toi. C'est d'accord ?

— D'accord, acquiesça Eliott. Mais ça ne t'a pas fatiguée, toi, de faire tout ça ?

— Si, un peu, dit Mamilou. Je dois dire que je me sens un peu rouillée après tout ce temps sans exercice.

— Rouillée ! s'exclama Eliott. Je ne suis pas capable de faire le dixième de ce que tu viens de faire sans m'écrouler de fatigue ! Et je ne parle pas de la vitesse des enchaînements !

— C'est normal, répondit Mamilou. Tu ne maîtrises pas encore bien le processus de création. Tout cela te demande encore beaucoup d'efforts et de concentration. Mais tu verras, avec l'entraînement, les créations les plus courantes ne te fatigueront plus du tout.

Eliott se massa les tempes, sceptique. Ce n'était pas lui qui avait imaginé toutes ces créations, et pourtant il avait mal à la tête. Il aurait été heureux que l'entraînement s'arrête là, mais visiblement Mamilou en avait décidé autrement.

— Bien, dit Mamilou. Maintenant, nous allons travailler le déplacement instantané de précision.

— Qu'est-ce que c'est ?

Mamilou ne répondit pas. Elle sourit, puis tout à coup elle disparut. Eliott tourna la tête dans tous les sens et la retrouva derrière lui, perchée sur l'appui d'une fenêtre, à quatre mètres de hauteur.

— Comment as-tu fait ça ? s'exclama-t-il.

— J'ai effectué un déplacement instantané de précision : j'ai fermé les yeux et j'ai imaginé que j'étais assise sur cette fenêtre.

— On peut faire ça ? s'extasia Eliott.

— Bien sûr, répondit une voix dans son dos.

Mamilou était revenue juste à côté de lui. Elle avait à peine cligné des yeux.

— C'est spectaculaire, mais ce n'est pas difficile, assura Mamilou. Il suffit de savoir qu'on peut le faire. Allez, vas-y, essaie de te déplacer juste derrière moi.

Eliott ferma les yeux et essaya d'imaginer qu'il se trouvait derrière Mamilou. Mais quand il les rouvrit, il n'avait pas bougé d'un poil. En revanche, un jeune garçon se trouvait derrière Mamilou. Un jeune garçon qui ressemblait à Eliott en tout point et qui le regardait en souriant. C'était lui ! Ou plutôt un double de lui. Eliott eut un mouvement de recul. Mamilou tourna la tête.

— Ne t'inquiète pas, dit-elle, il disparaîtra dès que tu n'y songeras plus. Pense à la tête de Mme Binoche si elle rentre chez elle et nous trouve tous les deux profondément endormis sur son canapé.

Eliott pensa à Mme Binoche, et le garçon disparut aussitôt. Mamilou fit apparaître une chaise, sur laquelle Eliott s'assit. Il avait la tête qui tournait.

— Que s'est-il passé ? demanda-t-il d'une voix frêle.

— Tu as imaginé que tu étais juste derrière moi. Mais tu n'as pas changé de point de vue. Tu as donc fait apparaître un double au lieu de te déplacer.

— Un double ! gémit Eliott.

— Un double n'a rien d'inquiétant, assura Mamilou. On fait souvent des rêves dans lesquels on se voit évoluer comme si on était à la place d'un spectateur. Dans ce cas-là, c'est un double qui évolue devant nos yeux.

— Mais alors, j'ai un double ou même plusieurs qui existent à Oniria ? murmura Eliott, que cette idée mettait particulièrement mal à l'aise.

— Non, dit Mamilou. Les Terriens qui existent ou ont existé ne peuvent pas être *recréés* dans le monde des rêves. Ils appartiennent au monde terrestre et à lui seul. Si tu penses à Léonard de Vinci ou à ton professeur de mathématiques, tu pourras visualiser leur double et même leur parler. Mais ils n'apparaîtront que momentanément. Dès que tu n'y penseras plus, ils disparaîtront. Il n'en restera aucune trace à Oniria.

— Ça me rassure, dit Eliott. Je n'aurais pas aimé croiser un deuxième Eliott Lafontaine.

— Je te comprends, dit Mamilou avec un sourire espiègle. Un seul Eliott Lafontaine, c'est bien suffisant !

Eliott fit une grimace à sa grand-mère, puis se leva. Sa tête ne tournait plus.

— Bon, et si on réessayait ? suggéra-t-il.

— D'accord, dit Mamilou. Tu fais la même chose que tout à l'heure, mais en plus tu dois changer de point de vue. Si tu étais juste derrière moi, tu verrais l'autre côté du gymnase. Tu verrais la fenêtre où j'étais assise tout à l'heure et ces traces de balles laissées sur le mur par nos amis militaires. Il faut que tu aies cette vue-là en tête.

— OK, dit Eliott, plus décidé que jamais. Je me lance.

Il se retourna et observa longuement la partie du gymnase située derrière lui. Puis il ferma les yeux. Quand il les rouvrit, il voyait bien la fenêtre et les traces de balles, mais il lui semblait qu'il manquait quelque chose…

Quelqu'un lui tapota l'épaule.

— Tu n'aurais pas oublié quelque chose ? dit Mamilou.

— Toi ! s'écria Eliott. J'ai oublié de te visualiser de dos dans le tableau.

— Allez, recommence, dit Mamilou avec un sourire.

Eliott essaya une troisième fois. Cette fois-ci, il réussit. Il se retrouva juste derrière Mamilou sans avoir fait d'autre mouvement que fermer et ouvrir les yeux.

— Bravo ! applaudit Mamilou. Avec un peu de pratique, tu verras, tu y arriveras de plus en plus vite. Maintenant, dernier exercice avant que le réveil sonne. Tu vas apprendre à être quelqu'un d'autre en modifiant ton apparence et tes compétences.

— Tu veux dire en me déguisant ? demanda Eliott. Je sais déjà faire.

— Et c'est très bien, les déguisements sont utiles, dit Mamilou. Mais ils sont insuffisants la plupart du temps. Tu peux modifier ton apparence ou tes capacités de manière beaucoup plus radicale que cela.

— Ah bon ?

— Rappelle-toi que ton corps est toujours dans le monde terrestre et que seul ton esprit est ici dans le monde des rêves, dit Mamilou. Ton esprit prend naturellement les caractéristiques de ton corps terrestre. C'est normal, c'est ce à quoi il est habitué. Mais avec de l'entraînement, tu peux le persuader que tu es quelqu'un de totalement différent.

— Que je suis une fille, par exemple ?

— Oui, ou un vieillard, un champion de tir à l'arc ou une star de la chanson. Ton corps de Créateur peut devenir tout ce que tu veux qu'il soit. Tu peux même devenir un chimpanzé ou un bégonia si cela te chante.

— C'est fou ! dit Eliott. Mais je peux tout faire, alors ! Il n'y a pas de limites !

— En théorie non, dit Mamilou. Mais, en pratique, chaque métamorphose demande de l'entraînement. L'esprit est récalcitrant, il faut le persuader. Il acceptera facilement des changements mineurs, comme la longueur de tes cheveux ou la couleur de tes yeux, mais il aura plus de mal quand tu lui demanderas de devenir une plante.

— Oh ! soupira Eliott un peu déçu.

— En revanche, poursuivit Mamilou, ton esprit acceptera facilement les changements auxquels tu l'as habitué lors de tes rêves.

— C'est-à-dire ?

— Eh bien moi, par exemple, depuis que je suis toute petite je rêve que je sais voler. Je n'ai donc aucun mal à voler comme un oiseau quand je suis à Oniria.

En disant cela, Mamilou s'était élevée dans les airs. Elle fit plusieurs fois le tour de la salle en vol plané et effectua quelques gracieuses pirouettes avant d'atterrir comme une plume à la place qu'elle venait de quitter. Cela ne semblait lui avoir demandé aucun effort. Eliott n'en revenait pas.

— Et toi, demanda-t-elle, que sais-tu habituellement faire dans tes rêves ?

— Je ne sais pas, dit Eliott, pris au dépourvu... Il m'arrive de rêver que je suis un chevalier et qu'aucun dragon ne me résiste.

— Pour les dragons, on verra plus tard, dit Mamilou. Mais si tu es un chevalier, tu sais monter à cheval et manier une épée. On peut déjà essayer ça.

Mamilou n'avait pas terminé sa phrase qu'un fringant étalon noir, sellé et harnaché, faisait son apparition juste à côté d'Eliott. Le jeune garçon sursauta, mais le cheval ne broncha pas. Il se tenait patiemment à côté de lui, comme s'il attendait quelque chose.

— Quoi, tu veux que je monte dessus ? s'écria Eliott. Mais je n'ai jamais fait d'équitation !

— Dans tes rêves, si ! rétorqua Mamilou. Essaie de penser à l'un des rêves que tu as faits récemment, dans lequel tu étais un chevalier. Mais ne ferme pas les yeux, s'il te plaît, sinon tu risques d'effectuer un déplacement instantané sans le vouloir et de te retrouver je ne sais où, face à un dangereux dragon.

Eliott frissonna en pensant qu'il pourrait se trouver de nouveau face à La Bête.

— Si tu as confiance en toi, ajouta Mamilou, si tu arrives à faire accepter comme une évidence à ton esprit que tu sais monter à cheval depuis toujours, tu y arriveras.

— Tu crois ? demanda Eliott avec une grimace sceptique.

— J'en suis sûre. Allez, essaie.

Eliott se remémora sa dernière chevauchée en tant que Mage. Il galopait à vive allure à travers une plaine carbonisée par les flammes d'un dragon. Il dirigeait son cheval d'une seule main et l'animal obéissait au moindre de ses mouvements. Eliott était un excellent cavalier. Il l'avait toujours été. Il passait ses journées à cheval et sentait bon le crin et le cuir…

Eliott releva la tête vers l'étalon, qui était toujours là et n'attendait que lui. Sans hésiter, il sauta dessus par la croupe, comme dans les films, et lança l'animal à toute vitesse vers le fond du gymnase. Il fit quelques tours, puis s'enhardit et exécuta des figures de voltige. C'était tellement facile ! Et tellement grisant ! À plusieurs reprises, Mamilou fit apparaître des obstacles sur sa course : une rivière, un précipice et même une barrière de flammes. Rien ne pouvait arrêter Eliott lorsqu'il était à cheval. Eliott s'arrêta près de Mamilou. Il était aux anges ! Il se sentait léger, si léger !

— C'est un excellent début ! s'enthousiasma Mamilou. Maintenant, attrape ça et montre-moi que tu sais t'en servir !

Mamilou lança à Eliott une grande épée à double tranchant. Eliott l'attrapa au vol avec une adresse qu'il ne se connaissait pas, mais dès qu'il l'eut saisie, il fut entraîné sur le côté et faillit tomber de son cheval. Cette épée pesait une tonne ! Il parvint tant bien que mal à se relever et posa l'encombrante arme sur le dos du cheval.

— Comment veux-tu que je me serve de ce machin ? râla-t-il. J'arrive à peine à la tenir ! Je crois que je vais plutôt faire apparaître une épée moi-même, d'accord ?

— Non ! objecta Mamilou. C'est un excellent exercice. Souviens-toi toujours que si tu ne peux pas transformer ton environnement, tu peux te transformer toi-même.

— Autrement dit, réfléchit Eliott, si je ne peux pas rendre l'épée plus légère, c'est à moi de devenir plus fort...

— Exactement, dit Mamilou. Tu dois persuader ton esprit que tu es fort comme un chêne et que cette épée, si lourde soit-elle, n'est pas plus difficile à manier pour toi qu'un bâton de sucre d'orge.

La tâche était ardue. Eliott était épais comme une crêpe et terminait toujours dernier de sa classe dans les disciplines sportives qui nécessitaient de la force. Mais si son corps de Créateur savait monter à cheval, il devait aussi savoir manier une épée lourde comme une enclume. « Eliott, tu es fort comme un bûcheron : pour toi, cette épée est légère comme un canard en plastique, se répéta-t-il en fixant l'objet qui gisait devant lui. Eliott, tu es fort comme un bœuf et pour toi cette épée est légère comme une bulle de savon. Eliott... »

Lorsque Eliott tenta à nouveau de soulever l'épée, il parvint à la tenir d'une seule main. Il était en train de la faire tournoyer dans les airs lorsqu'une sonnerie assourdissante retentit dans le gymnase. L'épée redevint excessivement lourde et Eliott la laissa tomber bruyamment sur le sol. Il regarda Mamilou d'un air affolé. Elle essayait de lui dire quelque chose, mais Eliott ne l'entendait pas : la sonnerie était devenue beaucoup trop forte. Tellement forte qu'elle lui vrillait les tympans. Par réflexe, il plaqua ses mains sur ses oreilles. Sentant la faiblesse de son cavalier, le cheval partit au petit trot. Mamilou agrippa le pied d'Eliott et se mit à courir à côté du cheval. La sonnerie ne s'arrêtait pas. Le cheval avançait, et Mamilou courait...

La sonnerie se tut d'un seul coup.

Eliott était assis sur le canapé du salon de Mme Binoche. Mamilou était à côté de lui. C'était le réveil qui avait sonné. Il était 16 h 20.

— C'était moins une ! s'exclama Mamilou, qui peinait à reprendre son souffle. Heureusement que j'ai réussi à attraper ton pied. Sans cela tu repartais sans moi et mon esprit restait coincé à Oniria jusqu'à ce que tu viennes me rechercher !

20

MÉTAMORPHOSE

Perché sur l'un des tabourets de la cuisine, une énorme tartine de chocolat à la main, Eliott était concentré sur la liste des défenses « réflexes » que lui avait concoctée Mamilou :

— Bête sauvage seule : la cage.

— Animaux terrestres en grand nombre : le gouffre / le gouffre circulaire.

— Attaque armée ou aérienne : dôme de protection pare-balles.

— Impossibilité de bouger (enchaîné / ligoté...) : déplacement instantané de précision.

Eliott ferma les yeux et répéta le début de la liste dans sa tête. « Bête sauvage seule : la cage », « Animaux terrestres en grand nombre : le gouffre ou le gouffre circulaire », « Attaque armée »...

— Tu es déjà là ! s'écria une voix.

Eliott ouvrit précipitamment les yeux. Mamilou venait d'apparaître dans l'encadrement de la porte, accompagnée des jumelles. Il était tellement concentré qu'il ne les avait pas entendues rentrer. Juliette avait le regard rivé sur la feuille de papier posée sur la table, juste devant son frère. Eliott l'attrapa d'un geste vif et la fourra dans sa poche.

— Alors, on ne dit pas bonjour à sa grand-mère ? demanda Mamilou.

Eliott regarda sa grand-mère d'un air bête avant de comprendre. Certes il avait quitté Mamilou moins d'une demi-heure auparavant, mais les jumelles n'étaient pas censées le savoir. Et elles devaient absolument continuer à ignorer ce qu'Eliott et Mamilou manigançaient ensemble. Sinon Christine finirait forcément par l'apprendre elle aussi, elle confisquerait le sablier en traitant tout cela de balivernes, et c'en serait fini des escapades nocturnes d'Eliott à Oniria.

— Bonjour, Mamilou, dit Eliott avec un entrain forcé. Je suis sorti plus tôt, le prof de sport était absent.

— Tu en as profité pour apprendre tes leçons, j'espère ! dit Mamilou.

— Euh, oui, balbutia Eliott. J'étais justement en train d'apprendre ma leçon d'anglais...

— Bien, alors je te ferai réciter tout à l'heure, décréta Mamilou. Les filles, je prépare des tartines de chocolat pour vous aussi ?

Les jumelles ne répondirent pas tout de suite. Juliette regardait d'un air suspicieux la poche où Eliott avait rangé la feuille, et Chloé dévisageait son frère en grimaçant.

— Oui, merci Mamilou, dit finalement Juliette en s'installant sur un tabouret sans quitter Eliott des yeux.

Eliott se dépêcha de terminer sa tartine et sauta de son tabouret en déclarant qu'il avait des devoirs. Il ne se sentit soulagé qu'une fois la porte de sa chambre fermée à clé. Il était pourtant habitué depuis des années à jouer la comédie devant Christine. Mais les jumelles étaient de moins en moins faciles à berner... Et elles semblaient le tenir à l'œil ! Dorénavant il allait devoir prendre plus de précautions avec elles.

En attendant, il avait des défenses réflexes à apprendre par cœur avant de retourner à Oniria ce soir-là. Il devait rejoindre Katsia et Farjo dans leur phare pour aller ensemble demander l'aide de Jov'. Ensuite, c'était l'inconnu : avec Jov', tout pouvait s'accélérer d'un seul coup. Et qui sait... Eliott aurait peut-être besoin de ces défenses dès ce soir. Il fallait qu'il soit prêt !

Eliott s'assit à son bureau et déplia devant lui la liste de Mamilou.

Sa leçon d'anglais, elle, pouvait attendre.

Eliott, main levée, allait frapper à la porte du phare lorsqu'elle s'ouvrit brusquement, et il se retrouva nez à nez avec Katsia. Elle portait un ciré jaune, des lunettes de cosmonaute et une énorme tronçonneuse.

— Eliott ! s'écria-t-elle. Tu tombes à pic. Suis-moi. Et couvre-toi !

Sans plus d'explications, Katsia disparut derrière le phare. Eliott ferma les yeux pour s'équiper d'un ciré de marin et d'une paire de bottes, puis il suivit l'aventurière. Dès qu'il eut passé la ligne de séparation météorologique qui traversait le phare, il se retrouva au beau milieu de la plus épouvantable tempête qu'il ait jamais vue : la mer était déchaînée ; le ciel, plus noir que gris, déversait des litres d'eau qui ruisselaient sur les rochers et les rendaient glissants ; d'impressionnants éclairs zébraient l'horizon et le vent soufflait tellement fort qu'Eliott devait s'agripper aux providentiels barreaux qui avaient été fixés sur le mur du phare pour ne pas être emporté.

Katsia avait réussi à avancer quelques mètres plus loin. Elle se tenait à un arbre, juste à côté d'un gros tas de broussailles. Elle essaya à plusieurs reprises de démarrer la tronçonneuse. Mais, pour cela, elle avait besoin de ses deux mains. Et chaque fois qu'elle lâchait l'arbre pour actionner le démarreur, le vent la faisait tomber. À terre pour la quatrième fois, elle posa la tronçonneuse, enserra le tronc de l'arbre entre ses cuisses et mit ses mains en porte-voix pour crier quelque chose à Eliott.

— Je n'entends pas ! hurla le jeune Créateur.

Mais sa propre voix lui était à peine audible. Alors il ferma les yeux, et fit apparaître un dôme en verre assez grand pour les abriter tous les deux ainsi qu'une bonne partie de la végétation alentour. À l'extérieur du dôme, la tempête continuait de faire rage. Mais à l'intérieur, on pouvait enfin parler et se déplacer normalement.

— Eh ben voilà, je savais bien que tu pourrais te rendre utile ! approuva Katsia en se relevant. Je vais enfin pouvoir démarrer cette fichue tronçonneuse.

— Et tu comptes faire quoi avec cet engin ? demanda Eliott.

— Me sortir de là, geignit une voix en provenance du buisson de ronces le plus proche de Katsia.

Eliott s'approcha du buisson et le scruta du regard. Il repéra rapidement, coincée entre deux branches griffues, une touffe de poils bruns et humides. Le pelage de Farjo.

— Qu'est-ce que tu fais là ? demanda Eliott.

— Tombé de l'arbre, dit laconiquement le singe.

Eliott leva la tête. Plusieurs mètres au-dessus du buisson se penchait l'une des branches maîtresses d'un arbre immense. La branche était couverte de mousse. Vu le vent qu'il y avait à l'extérieur du dôme, il n'était pas étonnant que Farjo ait glissé.

— Mais qu'est-ce que tu es allé fabriquer sur cette branche ? demanda Eliott.

— Je cherchais le Réseau, marmonna Farjo avec une concision inhabituelle.

— Depuis que tu nous as déposés ici hier soir en rentrant d'Oza-Gora, expliqua Katsia, Farjo s'est mis en tête de trouver la Porte qui relie cette île au Réseau intergalactique, histoire de retrouver Jov' plus facilement. Il a passé sa nuit à lécher tout le phare et la partie ensoleillée de l'île, mais il n'a rien trouvé. Alors il a décidé qu'il devait prospecter le côté tempête de l'île… Et voilà le résultat !

— Et tu ne peux pas te transformer pour sortir de là ? s'étonna Eliott.

— Épine dans le dos, répondit piteusement Farjo.

Eliott interrogea Katsia du regard.

— Bien sûr, Farjo pourrait se transformer en un animal plus petit pour sortir de là, dit l'aventurière. Mais l'épine qui est plantée dans sa peau, elle, gardera la même taille. Une épine de deux centimètres dans le dos d'un singe, ça fait mal. Une épine de deux centimètres dans le dos d'un lézard, c'est un pieu mortel.

Eliott frissonna en imaginant son ami empalé sur un pieu.

— Mais ce n'est pas grave si Farjo meurt, fit-il tout de même remarquer. C'est un Onirien, il ressuscitera quelques minutes plus tard.

— Pas forcément quelques minutes, objecta Katsia. Ça peut prendre beaucoup plus de temps : des heures ou même des jours. On ne le sait jamais à l'avance. Je préfère le sortir de là vivant, ça ira plus vite.

Et Katsia démarra sa tronçonneuse.

Quelques minutes plus tard, Eliott tirait des ronces un Farjo ébouriffé, meurtri et tremblant de froid. Puis il fit apparaître une pince et lui retira son épine.

Un copieux petit déjeuner dans la cuisine du phare rendit à Farjo sa verve coutumière.

— Il ne nous reste plus qu'à passer par la table de cuisine de l'ancienne maison de Jov' à Hedonis, soupira-t-il en reposant le verre de jus de banane qu'il venait d'engloutir.

— Pourquoi ? demanda Eliott. Il suffit que je vous emmène dans le vaisseau de Jov' par déplacement instantané, et ce sera réglé !

— Impossible, objecta Katsia. Le Créateur qui a inventé le Réseau intergalactique a fait en sorte que lui seul puisse le rejoindre par déplacement instantané. Il va falloir passer par une Porte, comme tout le monde.

— Pourquoi crois-tu que je me détruis la langue à lécher le moindre centimètre carré de cette île depuis hier ?

grogna Farjo. Si j'avais trouvé la Porte qui relie notre phare au Réseau, ça nous aurait évité des complications.

— Quel genre de complications ? demanda Eliott.

— L'ancienne maison de Jov' à Hedonis est surveillée vingt-quatre heures sur vingt-quatre par les voisins payés par la CRAMO, précisa Katsia. Tout le monde à Oniria sait ça…

Eliott frissonna en se rappelant son entrevue avec Neptane la femme-poisson, l'une des voisines de Jov'. Il avait failli mourir noyé en voulant lui échapper, et l'idée de croiser à nouveau son chemin lui faisait froid dans le dos.

— Et la Porte par laquelle vous êtes sortis du Réseau pour rejoindre la caravane, l'autre jour ? suggéra-t-il. On ne peut pas l'emprunter ?

— On voit bien que ce n'est pas toi qui es passé par cette Porte ! grommela Farjo. Côté Réseau, elle donne sur une planète habitée par des araignées géantes ultra-venimeuses qui ne nous ont laissés tranquilles que parce qu'elles font commerce de leurs toiles et que Jov' est l'un de leurs meilleurs clients. Mais en l'absence de Jov' elles nous tailleront en pièces !

Eliott déglutit douloureusement. Son courage de Créateur invincible capable de faire face à n'importe quel ennemi grâce aux conseils de Mamilou s'était subitement volatilisé. Il préférait encore se frotter à Neptane qu'à une horde d'araignées géantes.

— Va pour la table de cuisine, alors ! déclara-t-il. Quel est le plan pour passer inaperçu ?

— Pour moi, aucun problème, dit Farjo. Je me transforme en mouche ou en n'importe quel autre petit animal.

— Sherpak m'a laissé une cape en peau de caméléon, dit Katsia. Avec ça, je ne serai pas invisible, bien sûr, mais je serai suffisamment discrète pour passer si les voisins relâchent leur vigilance quelques secondes. Le problème, c'est qu'on ne tiendra pas à deux sous cette cape. Il va falloir trouver un autre moyen de te camoufler.

— Eh bien, en théorie, je suis censé pouvoir me transformer en n'importe quoi, dit Eliott.

— Un déguisement ne suffira pas, rétorqua Katsia. Les voisins ne doivent pas se rendre compte que quelqu'un – qui que ce soit – est entré chez Jov'.

— Je ne parle pas d'un déguisement, corrigea Eliott. Je parle de me transformer. Vraiment. Comme Farjo.

— Quoi ! Tu peux te métamorphoser ? s'écria le singe.

— En théorie oui, dit Eliott. Mais je n'ai jamais essayé. Je ne sais pas si j'y arriverai. Certaines formes seront probablement plus faciles que d'autres. En quoi faudrait-il que je me transforme pour passer inaperçu ?

— En rat, affirma Katsia. Les rats organisés ou doués de parole ont tous été envoyés à Ephialtis. Ceux qui traînent encore dans la capitale sont totalement inoffensifs, et ils sont assez nombreux dans le centre d'Hedonis. Les voisins ne se méfieront pas.

Eliott fit une grimace sceptique. Il n'était vraiment pas sûr de réussir à convaincre son esprit qu'il était un rat !

— Bon, je vais essayer, dit-il sans trop y croire.

— Fais comme moi, c'est facile ! s'écria Farjo en se transformant en un sympathique rat brun et dodu à souhait.

— Parle pour toi ! marmonna Eliott.

Eliott essaya de faire le vide dans son esprit pour se concentrer. Après avoir longuement observé l'apparence de Farjo, il ferma les yeux. Il imagina qu'il avait une longue queue rose, une fourrure de poils gris et drus, de petites oreilles rondes, une moustache, un museau pointu...

Eliott fut interrompu par deux éclats de rire. Il ouvrit les yeux. Farjo se roulait par terre, et Katsia riait tellement qu'elle en avait les larmes aux yeux.

— Quoi, qu'est-ce qu'il y a ? grogna le jeune Créateur.

Pour toute réponse, Katsia, secouée de soubresauts et incapable de parler, disparut dans l'escalier du phare. Lorsqu'elle réapparut, elle portait un grand miroir sur pied qu'elle plaça juste devant Eliott. Il étouffa un cri d'horreur. Il avait une longue queue rose, une fourrure grise, de petites oreilles rondes, une moustache et un museau pointu. Mais il était toujours debout sur ses deux pieds, avec sa carrure de garçon de douze ans et des vêtements par-dessus sa fourrure !

— Et vous trouvez ça drôle ? s'énerva-t-il. C'est la cata ! Je ne vais jamais y arriver.

— Est-ce que je peux t'aider ? demanda Farjo.

— Non, grogna Eliott. Sauf si tu es capable de convaincre mon esprit que je suis un rat.

— Persuader un esprit rebelle ! s'écria Katsia en remontant les manches de sa tunique. Tout ce que j'aime. Allez, arrête de râler, petit, et ferme les yeux.

— Mais, je...

— J'ai dit ferme les yeux !

Eliott ferma les yeux, mais chaque cellule de son corps resta en alerte. De la part de l'aventurière, il s'attendait à une méthode de persuasion pour le moins musclée.

— Tu es un sale rat puant ! cria Katsia en piquant le bras d'Eliott avec une fourchette. Tu adores les égouts et les tas d'ordures. Tout le monde te déteste parce que tu bouffes tout, tu transmets des maladies, et surtout parce que tu fais peur. On te chasse à coups de balai, on t'appâte avec du poison, et c'est bien fait ! Parce que tu es voleur, agressif, dégoûtant. Tu te faufiles partout en couinant comme une sale bête que tu es...

L'adolescente continua à débiter son chapelet d'insultes et, au bout d'un moment, le jeune Créateur commença à se sentir concerné par ce qu'elle disait. Peu à peu, il se sentit plus proche du sol. Si proche qu'il pouvait sentir ce qui se trouvait juste en dessous de la surface. Eliott colla le nez sur la terre battue et renifla. Il y avait là-dessous quelque chose d'appétissant. De terriblement attirant. Katsia l'insultait toujours, mais il s'en fichait. La seule chose qui comptait pour lui à présent, c'était de déterrer cette chose dont il avait terriblement envie. Il se mit à gratter le sol. Il creusa, creusa, et finit par trouver. C'était doux comme une épluchure de pomme de terre, moelleux comme une fraise pourrie, exquis comme un vieux morceau de viande oublié...

Eliott ouvrit les yeux pour admirer sa prise. Le miroir était toujours là, à quelques centimètres de lui. Le garçon de douze ans qui s'y reflétait tout à l'heure avait disparu.

À sa place se tenait un répugnant rat d'égout. Il tenait entre ses pattes une vieille croûte de fromage et portait autour du cou un sablier miniaturisé qui lui donnait un petit air apprivoisé.

— Carrément impressionnant, mon pote ! s'extasia Farjo.

— Tu vois ! triompha Katsia. Je savais que je pouvais réveiller l'être misérable et répugnant qui sommeille en toi !

Eliott ne releva pas. Il était trop occupé à inspecter dans le miroir cet être qui était lui, mais qui ne lui ressemblait en rien. Il tâta son museau avec sa patte. C'était tellement bizarre ! Et en même temps il était tellement fier !

La transformation était parfaite.

Quelques minutes plus tard, deux rats et une silhouette quasiment invisible firent leur apparition au milieu d'un amas de poubelles contre le mur latéral de la maison de Neptane.

De l'autre côté de la rue, l'ancienne maison de Jov', perchée dans son pommier en fleur, était aussi bien gardée que Farjo et Katsia l'avaient annoncé : plusieurs voisins étaient postés à leurs fenêtres, et un tigre à lunettes se balançait sur une chaise sous le porche de sa maison. Il faisant semblant de somnoler, mais il était évident qu'il ne ratait rien de ce qui se passait à proximité du pommier.

— Dis donc, mon pote, tu ne pourrais pas nous emmener directement à l'intérieur ? râla Farjo.

— Non, chuchota Eliott. Il faudrait que je sache exactement à quoi ressemble l'intérieur de la maison pour ça. Mais je n'y suis jamais entré. Le mieux que je puisse faire, c'est nous emmener sur le perron…

— … dont le moindre millimètre carré est surveillé en permanence, intervint Katsia. C'est hors de question. Nous avons beau être discrets, nous ne sommes pas invisibles. Si les voisins voient deux rats et une forme fantomatique apparaître comme par enchantement sur le perron, ils vont se précipiter sur nous, le tigre en premier. Nous aurons probablement le temps de rejoindre le Réseau, mais ils risquent de nous surprendre en train de passer la Porte…

— … et il est inenvisageable que la CRAMO découvre le moyen d'accéder au Réseau par notre faute, termina Eliott. Donc on fait quoi ?

— Il faudrait faire diversion, dit Katsia.

— T'es marrante, toi ! pesta Farjo. Qu'est-ce qui pourrait les intéresser plus que la surveillance de l'ancien domicile de l'ennemi numéro deux du Royaume ?

— Moi je sais, dit Eliott avec sérieux.

Eliott sentit les regards de ses deux camarades se poser sur son museau pointu.

— La seule personne qui les intéresse plus que Jov', c'est moi. Pour une fois, être l'ennemi numéro un du Royaume va me rendre service. C'est moi qui vais faire diversion.

— T'es dingue ! siffla Katsia. Tu comptes faire quoi, exactement ? Les semer et revenir ici après ? Tu n'y arriveras jamais.

— Je ne compte pas servir d'appât moi-même, dit Eliott.

— Alors il va falloir que tu m'expliques, parce que j'ai rien compris ! couina Farjo.

Eliott prit une grande inspiration. Ce qu'il s'apprêtait à faire serait difficile. Très difficile. Et dangereux. S'il échouait, il pouvait finir entre les crocs d'un tigre. Mais, s'il voulait rejoindre Jov', il n'avait pas le choix.

— Je vais créer un double de moi-même, expliqua-t-il d'une voix décidée. Un double qui apparaîtra au milieu de la rue, s'approchera de la maison de Jov', puis s'enfuira en courant. Selon toute logique, les voisins devraient le suivre et la voie sera libre pour que nous puissions passer.

— Tu es capable de créer un double de toi-même ! chuchota Katsia avec admiration.

— Oui, dit Eliott. Mais je ne sais pas si je suis capable de conserver ma forme de rat pendant que je crée un double humain.

La bouche d'Eliott s'était asséchée, et son cœur avait pris un tempo de boîte de nuit.

— Je suis sûr que tu peux y arriver, couina Farjo.

— Et si quelque chose cloche, je te couvre, assura Katsia.

L'aventurière écarta légèrement le pan de sa cape, dévoilant le revolver qu'elle tenait à la main. Un peu de chaleur envahit le corps crispé du rat Eliott. C'était bon de pouvoir compter sur ses amis.

Eliott ferma les yeux et se concentra. Il prit son temps. Il n'avait pas droit à l'erreur. Il était un rat, il devait rester un rat. Mais un jeune garçon de douze ans qui lui ressemblait comme un jumeau allait bientôt apparaître dans la rue. Ce double allait s'approcher avec curiosité de la maison de Jov', puis s'enfuir en courant…

Eliott ouvrit les yeux lorsqu'il entendit les cris de Neptane.

— Attrapez-le ! hurlait-elle. Vous ne le reconnaissez pas ? C'est Eliott ! Quittez vos postes tout de suite, donnez l'alerte. Il ne doit pas nous échapper !

Le double s'enfuit en courant, suivi par Neptane, le tigre et une demi-douzaine de petites créatures vertes surgies de nulle part. D'autres voisins restèrent à leurs postes derrière leurs fenêtres. Pendant qu'ils regardaient leurs collègues poursuivre l'ennemi public numéro un, ils ne virent pas un gros rat dodu et une étrange silhouette en trompe-l'œil traverser la rue et se glisser par la porte d'entrée de l'ancienne maison de Jov'.

Eliott, lui, n'avait pas réussi à bouger. Présider aux agissements de son double tout en conservant sa forme de rat lui demandait déjà un effort incroyable. Il ne pouvait pas, en plus, traverser la rue. Pour rejoindre Katsia et Farjo, il devait faire disparaître son double.

Eliott attendit que son double ait entraîné ses poursuivants suffisamment loin. Puis il s'efforça de l'oublier et courut vers le pommier. Il était tout juste arrivé en bas de l'échelle qui menait au perron quand il entendit la voix de Neptane.

— Il s'est évaporé ! beugla-t-elle. Bande d'incapables. Vous avez mis trop de temps à…

Neptane s'interrompit brusquement. Eliott tenta un coup d'œil vers la femme-poisson. Elle l'avait repéré, et elle fonçait droit sur lui d'un pas décidé. Eliott se précipita à l'assaut de l'échelle en bois. Mais il n'avait pas l'habitude d'être un rat et ne savait pas comment s'y prendre. Il tenta de planter ses griffes dans le bois, mais il glissait. Il regarda ses pattes : ses griffes de rat n'étaient plus là. Elles avaient été remplacées par des doigts humains. Eliott n'était plus suffisamment concentré ; il était en train de se retransformer.

Eliott jeta un regard derrière lui et étouffa un cri d'horreur. Neptane n'était plus qu'à quelques mètres de lui. Il tenta d'attraper un barreau, mais il trébucha et dégringola sur le barreau inférieur. Il se sentait devenir plus lourd, moins agile. Plus gros aussi. Plus gros ? S'il était plus gros, il pouvait grimper d'un barreau à l'autre. Eliott jeta ses pattes avant en l'air à la manière d'un gymnaste et gravit un barreau. Puis un deuxième. Il n'en restait plus qu'un. Mais les forces commençaient à lui manquer. Il fit une courte pause pour reprendre son souffle. Derrière lui, Neptane tendit sa main palmée pour l'attraper. Eliott donna un ultime coup de reins qui le propulsa sur le perron. La main visqueuse de Neptane se referma juste derrière lui.

Eliott se précipita vers l'intérieur de la maison. À peine arrivé de l'autre côté de la porte entrebâillée, il se retransforma en un jeune garçon de douze ans. Au bord de l'apoplexie, il s'écroula par terre.

— Venez avec moi ! cria la voix de Neptane de l'autre côté de la porte. Il se passe quelque chose de louche ici !

Des bruits de pas se firent entendre dans la rue, suivis par le craquement des barreaux de bois. Les dernières forces d'Eliott l'avaient abandonné, il était incapable de bouger.

Deux bras apparurent, semblant flotter dans le vide. Ils saisirent Eliott et le traînèrent vers la cuisine, avant d'en barricader la porte avec un lourd poêle en fonte.

— Dépêche-toi ! chuchota Katsia.

Farjo sauta sur la table et lécha le long panneau de bois. Un espace noir comme la nuit s'ouvrit sous ses pieds, et il disparut.

La porte d'entrée grinça et un groupe d'assaillants envahit le couloir.

— Par ici ! cria la voix stridente de Neptane.

Eliott tenta de se relever, mais ses jambes refusaient de lui répondre. Les deux bras l'empoignèrent de nouveau et tentèrent de le hisser sur la table. En vain. Eliott retomba comme un sac de sable sur le sol au moment où la porte de la cuisine se mettait à trembler.

— Ah, et puis zut ! râla Katsia.

D'un geste vif, elle retira sa cape en peau de chaméléon et la lança dans le trou noir. Puis elle empoigna Eliott sans ménagement et le projeta de toutes ses forces à travers la Porte, avant d'y sauter à son tour.

La Porte se referma à l'instant même où Neptane et les créatures vertes pénétraient dans la cuisine.

21

COMME UN ZOMBIE

Eliott se réveilla avec un mal de crâne épouvantable. Il avança sa main à tâtons pour trouver l'interrupteur de sa lampe de chevet. En vain. Il n'y avait pas de lampe. Il se leva, et son front heurta de plein fouet une poutre métallique. Sonné, il se rassit sur son lit. Qu'est-ce que cette poutre faisait là ? Un rai de lumière sous la porte indiquait que le couloir était éclairé. Eliott se leva, plus délicatement cette fois-ci, et ouvrit la porte.

Ce n'était pas le couloir de l'appartement de la rue de Lisbonne.

Eliott se retourna. Cette chambre n'était pas la sienne. Le lit qu'il venait de quitter était métallique et superposé. Il n'était pas chez lui. Il était toujours à Oniria.

Une voix résonna dans son dos :

— Alors ça y est, la Belle au bois dormant est réveillée ?

Eliott vit volte-face et se retrouva nez à nez avec Gisèle, la sorcière caricaturale fraîchement libérée d'Ephialtis qu'il avait rencontrée quelques jours plus tôt dans le vaisseau de Jov'.

— Allez, viens vite ! continua Gisèle avec un sourire édenté. Tes amis ont déjà tout raconté à Jov'. Ils sont en train de discuter stratégie.

Encore à moitié endormi, Eliott suivit Gisèle le long d'un couloir étroit percé d'une enfilade de portes toutes identiques. Au bout du couloir, Gisèle poussa une porte plus large que les autres. Tous les deux se retrouvèrent dans l'immense salle à manger du vaisseau spatial qu'habitaient en toute clandestinité Jov', son épouse Pom', les membres de la rébellion qu'ils dirigeaient ainsi que tous les cauchemars qu'ils avaient libérés d'Ephialtis.

— Sapreski, voilà notre Eliott qui est réveillé ! s'écria Jov'.

Équipé de son manteau d'hermine, de sa couronne d'or et de son sceptre en forme de pomme, le roi ventru et court sur pattes vint à la rencontre d'Eliott et le serra dans ses bras avant de l'inviter à rejoindre la réunion au sommet qui se tenait dans le salon. Parmi les participants, Eliott reconnut bien sûr Katsia et Farjo, ainsi que la reine Pommerelle et l'ogre Chrouf, mais il ne connaissait pas les autres créatures.

Comme toujours dans ce vaisseau, Pom' avait veillé à ce que personne ne manque de rien, et une montagne de friandises et de rafraîchissements trônait sur la table basse.

— Tu n'as pas trop mal à la tête ? demanda Pom' tandis qu'Eliott prenait place à côté d'elle sur le canapé vert pomme.

— Si, maugréa Eliott. Qu'est-ce qui s'est passé ? J'ai reçu un coup de massue ?

— Pas du tout, répondit Jov'. Si tu as mal à la tête, et si tu viens de dormir pendant deux heures, c'est à cause des prouesses que tu as dû accomplir pour arriver jusqu'ici. Tes amis m'ont tout raconté, et je dois dire que je suis assez impressionné. Te transformer en rat ; créer une diversion avec un double… Chapeau !

— Merci, dit Eliott d'un ton maussade. Mais sans Katsia j'étais fichu. Ce serait quand même mieux si je pouvais faire tout ça sans m'effondrer de fatigue juste après !

— Ça viendra, assura Pom' en lui posant un bras maternel sur les épaules. Ta grand-mère aussi tombait souvent dans les pommes, au début. Mais après, il fallait la voir enchaîner les créations !

Eliott se força à sourire. Bien sûr, il savait que tout cela irait mieux à force d'entraînement. Mais il n'avait pas le temps de s'entraîner. C'était maintenant qu'il devait aller à Ephialtis. Maintenant ! Et s'il perdait connaissance dès qu'il devait affronter un cauchemar, sa mission était vouée à l'échec.

— Eliott, j'ai une bonne et une mauvaise nouvelle pour toi, annonça Jov'.

Eliott leva un regard perplexe vers le petit roi joufflu.

— Je commence par la mauvaise. Katsia et Farjo ont montré la photo de Jabus à tous les cauchemars qui habitent ce vaisseau. Aucun n'a entendu parler de lui.

Eliott souffla. Bien sûr. Ç'aurait été trop beau.

— Mais la bonne nouvelle, continua Jov', c'est que nous avons trouvé un moyen de rétrécir considérablement le champ des recherches afin de trouver Jabus et le Mage de ton père.

— Ah bon ! s'écria Eliott, plein d'espoir. Lequel ?

— Te réjouis pas trop vite, petit, intervint Katsia. Ça va pas être de la tarte !

— L'idée est de consulter les archives de la CRAMO, expliqua Jov'.

— Pourquoi ? demanda Eliott.

— Parce que c'est le seul moyen d'avoir des informations sur les cauchemars qui ont été créés par le Mage de ton père ces six derniers mois. La CRAMO conserve dans ses archives les données ADN de tous les cauchemars, prélevées dès leur création ou presque. Ces données incluent le nom du Mage, ainsi que le lieu de création. Chaque cauchemar a un fichier. Et – ce qui est plus intéressant pour nous – chaque Mage a un fichier référençant toutes ses créations. En consultant le fichier de ton père, nous saurons quelles sont les dernières créatures qu'il a imaginées, et nous saurons avec précision où et quand elles ont été créées.

— Et vous pensez que Jabus reste toujours au même endroit ? s'étonna Eliott.

— Je le crois, dit Jov'. Jabus est vulnérable à Ephialtis. Il est sans défense contre les cauchemars, et pour lui tout déplacement est risqué. Mon pari est qu'il s'est trouvé une bonne cachette et qu'il y reste.

— Le Marchand de Sable pense qu'il s'est mis sous la protection d'un ou plusieurs cauchemars, intervint Katsia.

— Raison de plus pour qu'il n'ait qu'un nombre limité de cachettes, dit Jov'. Si nous réussissons à obtenir les lieux de naissance des dernières créatures du père d'Eliott, nous aurons suffisamment d'indices pour savoir où chercher Jabus.

Eliott réfléchit un instant. Les suppositions de Jov' paraissaient cohérentes. Mais il y avait quand même une question qui restait en suspens. Et pas la moindre.

— Admettons que vous ayez raison, dit-il. Comment comptez-vous consulter les archives de la CRAMO ? Vous avez un ami qui y travaille ?

— Malheureusement non, regretta Jov'. J'ai des amis à peu près partout, mais pas à la CRAMO.

— Alors comment ? demanda Eliott. Les archives doivent être bien gardées, je suppose...

— Pire que ça ! intervint Katsia. Les archives sont situées en plein cœur de la Grande Cathédrale, le siège de la CRAMO. C'est là que travaillent Sigurim ainsi que tout l'état-major de la CRAMO et plusieurs centaines d'agents.

— Mon pote, la Grande Cathédrale est probablement l'endroit le mieux gardé de tout Hedonis, ajouta Farjo. Des corbeaux sentinelles volent autour en croassant toute la journée, et des gargouilles de pierre vivantes montent la garde à toutes les issues. Ces sales bêtes ont la réputation d'être plus féroces que les pires cauchemars. Impossible d'entrer si on n'est pas un agent de la CRAMO. Même moi, je n'ai jamais essayé. Les intrus sont envoyés directement à Ephialtis avec une puce-trace dans le cou. Pas de sommation, pas d'interrogatoire, pas de procès.

Un frisson parcourut l'échine d'Eliott.

— Et c'est pour ça que l'un de nous va devenir agent de la CRAMO, conclut Jov'.

— Quoi ! s'écria Eliott. Mais qui ?

— Moi, annonça Katsia.

— Toi ? s'étonna Eliott. Tu détestes la CRAMO !

— Oui. Mais eux ne le savent pas. Ça fait des années que les recruteurs de la CRAMO me font les yeux doux. Ils me disent qu'ils ont besoin de gens comme moi pour les escadrons d'élite, ceux qui s'occupent des cauchemars les plus dangereux. J'ai toujours refusé. Mais je peux changer d'avis. Vu le contexte tendu avec les cauchemars, je ne crois pas qu'ils se méfieront.

— Tu ferais ça pour moi ? s'émut Eliott.

— Non, petit, je fais ça pour moi, corrigea Katsia d'un air sévère. Ça fait des années que je veux en découdre avec cette saleté de griffon. J'espère bien trouver un moyen de l'anéantir en observant sa tour d'ivoire de l'intérieur. Et si au passage je peux te rendre un petit service, tant mieux.

Pendant qu'elle parlait, le détaillomètre d'Eliott remarqua que les narines de Katsia frémissaient. Selon Farjo, c'était un signe infaillible : cela signifiait qu'elle voulait cacher quelque chose. Eliott sourit intérieurement. Katsia était une battante qui tenait à son image de dure à cuire. Mais il devinait qu'au fond l'aventurière était beaucoup moins égoïste qu'elle ne voulait bien l'avouer.

Eliott décida de donner le change à Katsia.

— Pigé, maugréa-t-il. C'est pas pour moi que tu le fais. Mais merci quand même.

— Bien, dit Jov', un petit sourire au coin des lèvres. Ma chère Katsia, j'ose suggérer que vous vous portiez volontaire dès maintenant, afin de commencer votre formation demain matin. Le stage d'intégration des nouvelles recrues se déroule au siège. Mais si mes renseignements sont exacts, il ne dure que quatre jours. Ensuite ils vous enverront sur le terrain, loin des archives. Il faudra donc agir vite. Si cela vous convient, nous ferons le point demain soir, après votre première journée.

— Ça me va, dit Katsia. Mais il faut déjà que j'aille m'inscrire. Je fais comment, pour sortir du Réseau ?

— Le capitaine Zrrrrk va affréter une navette qui vous conduira à une Porte discrète, proche de la Grande Cathédrale. Vous pourrez revenir par cette Porte également.

— Et nous, demandèrent en chœur Eliott et Farjo. On fait quoi ?

— Vous, vous allez vous reposer, dit Jov'. Je crois que vous en avez grand besoin tous les deux.

— Ça c'est sûr, bâilla Farjo. J'ai pas dormi de la nuit.

— Encore une chose, Eliott, ajouta Jov'. Ce serait bien que tu passes le début de la nuit prochaine sans ton sablier. Ton corps et ton esprit ont besoin de repos. Tu nous rejoindras en fin de nuit, pour la réunion avec Katsia.

— Je crois que vous avez raison, admit Eliott. À quelle heure aura lieu la réunion ?

— Pas avant 16 heures, heure d'Oza-Gora.

— Ça fait 5 heures du matin à Paris, dit Eliott. Je réglerai le réveil à 4 h 30 pour mettre mon sablier et vous rejoindre.

— Très bien, approuva Jov'. Quant à vous, cher Farjo, votre chambre sera prête dans quelques minutes.

— Merci, dit Farjo. Et je veux un matelas bien dur, hein ! Je dé-tes-te quand le lit fait une cuvette !

— Ho, tu arrêtes de râler ! s'agaça Katsia. Jov' est déjà bien sympa de nous offrir l'hospitalité. Tu n'as qu'à dormir par terre, si tu n'es pas content.

— Attendez, vous allez habiter ici maintenant ? s'étonna Eliott. Vous quittez votre phare ?

— Bien obligés, avec l'état d'urgence, marmonna Farjo. Il vaut mieux qu'on reste tous sur place, sinon on risque de ne plus pouvoir rejoindre le Réseau.

— Attends, objecta Eliott, je croyais que l'état d'urgence ne concernait que les Oza-Goriens.

— Sapreski, vous ne lui avez rien expliqué ! s'écria Jov'.

— Pas eu le temps, répondit Katsia.

— M'expliquer quoi ? s'énerva Eliott.

— En quoi consiste l'état d'urgence ! répondit Jov'. Non seulement il interdit aux Oza-Goriens tout déplacement à l'extérieur de leur domaine, mais il réduit aussi considérablement les libertés des Oniriens eux-mêmes. Il y a un couvre-feu : plus de déplacements le soir après 18 heures. Et pendant la journée les déplacements sont limités au strict minimum. Tout citoyen du Royaume peut être arrêté à tout moment par un escadron de la CRAMO, qui lui demandera qui il est, d'où il vient, où il se rend et pour quoi faire. Et les agents ont désormais le droit d'emprisonner n'importe qui, sans procès, au moindre soupçon d'activité illicite.

— Autrement dit, lâcha sombrement Katsia, Oniria est devenue un État policier et cette saleté de griffon a quasiment les pleins pouvoirs.

— Mais c'est la fin de toutes les libertés ! s'affola Eliott.

— C'est exactement ça, dit tristement Jov'. Le Réseau intergalactique est le dernier endroit d'Oniria où l'on peut circuler librement. La prochaine étape, c'est la guerre.

Eliott était médusé. La façon dont les choses avaient tourné à Oniria en quelques jours lui donnait la chair de poule.

— Eliott, dit Jov', ça va ? Tu as blêmi d'un seul coup.

Eliott releva la tête. Le roi rebelle le regardait d'un air préoccupé.

— Je... oui, ça va, dit le jeune Créateur. C'est juste que je ne pensais pas que le monde des rêves pouvait connaître les mêmes horreurs que le monde terrestre.

— Ça ne durera pas, assura Jov' en tapotant le bras du jeune Créateur. Tout va finir par rentrer dans l'ordre.

— Comment pouvez-vous en être aussi sûr ? s'étonna Eliott.

— Le monde des rêves est ainsi fait, dit Jov' en haussant les épaules. D'une manière ou d'une autre, tout se termine toujours bien. Il faut avoir confiance.

Le petit roi s'éloigna d'un pas guilleret sous le regard abasourdi d'Eliott.

Depuis le hublot du sas de départ, Eliott et Farjo regardaient la navette s'éloigner dans la nuit intergalactique. Katsia était à bord, accompagnée de deux pilotes extraterrestres.

— Eh ben, mon pote, si on m'avait dit un jour que Katsia s'enrôlerait dans la CRAMO, je l'aurais pas cru ! commenta le singe.

— J'espère qu'elle n'aura pas à le regretter, soupira Eliott.

— T'inquiète, mon pote, c'est pas le genre de fille à avoir des regrets ! assura Farjo. Allez viens, on va voir à quoi ressemble ma chambre.

Les deux amis remontèrent vers l'étage d'habitation du vaisseau spatial par un escalier de fer. Ils empruntèrent l'un des étroits couloirs garnis de portes toutes identiques, et Farjo s'arrêta devant une porte bleue.

— Chambre 28, c'est ici, déclara-t-il avant de frapper quelques coups fort peu discrets.

— Entrez ! dit une voix à l'intérieur.

Farjo poussa la porte. Eliott entra mécaniquement à sa suite. Lorsqu'il posa les yeux sur la couchette inférieure du lit superposé, il ne put s'empêcher de pousser un cri d'effroi.

— Farjo, balbutia-t-il, regarde ! Un, un...

Eliott n'eut pas le temps d'en dire plus. La sinistre silhouette se leva et s'approcha d'eux lentement. Yeux exorbités, visage tuméfié, plaies multiples... C'était un zombie. Eliott tuait des centaines de zombies chaque semaine, armé d'un joystick. Mais voir l'une de ces créatures en chair et en os s'approcher de lui, c'était autre chose. Il recula et se cogna violemment contre la porte de la chambre encore ouverte. Il n'osait plus respirer. Le zombie continua d'avancer, lentement. Il se planta devant Eliott et tendit vers lui une main décharnée.

— Bonjour, dit le zombie d'une voix spectrale. Je m'appelle Albert. Je suppose que tu es mon nouveau camarade de chambre ?

Eliott tenta d'articuler une réponse, en vain. Ses lèvres s'ouvrirent, mais aucun son ne sortit de sa bouche.

— Non, s'interposa Farjo en poussant le zombie pour l'éloigner d'Eliott. Ton nouveau camarade de chambre, c'est moi. Je m'appelle Farjo. Lui, c'est Eliott, c'est un Créateur et visiblement tu lui fiches la trouille !

Le zombie regarda Eliott d'un air contrit et se replia vers sa couchette.

— Je suis désolé, dit-il en secouant tristement la tête. Je ne savais pas. Je ne voulais pas te faire peur. Ne t'inquiète pas, Créateur, je ne te ferai aucun mal.

Les muscles d'Eliott se détendirent un peu, mais il était toujours incapable de parler. Il osait à peine regarder cet être monstrueux. Et pourtant, son détaillomètre lui criait qu'Albert n'était pas un zombie comme les autres : costume trois pièces, nœud papillon jaune, souliers vernis… Tout dans son habillement suggérait qu'il était plus dandy que cauchemar.

— Eliott, ça va ? s'enquit Farjo.

— Ça va, balbutia Eliott d'une voix rauque.

— Bon, tant mieux, dit Farjo. Mais il va vraiment falloir que tu arrêtes de perdre tes moyens dès que tu vois un cauchemar, mon pote. Sinon tu ne tiendras pas deux minutes à Ephialtis !

Eliott ne répondit rien. Il se contenta de baisser la tête. Bien sûr, Farjo avait raison. Quel piètre Créateur il faisait ! Comparé à Mamilou, si sûre d'elle tout à l'heure à l'entraînement, il n'était qu'un minable petit poltron. Quand avait-il à ce point perdu confiance en ses capacités de Créateur ? S'étaient-elles envolées lorsqu'il s'était évanoui après avoir échappé de justesse à Neptane ?

— C'est une mauvaise idée d'aller à Ephialtis, commenta Albert. C'est un endroit épouvantable. Je serai éternellement reconnaissant à Jov' de m'avoir tiré de là.

— Tu as été délivré quand ? demanda Farjo.

— Ce matin, répondit le zombie avec un répugnant sourire. Je sais que ce vaisseau n'est pas encore la liberté, mais pour moi ça y ressemble. Je suis né à Ephialtis, je n'ai jamais rien connu d'autre. Je suis vraiment heureux d'en être sorti. Même si…

Le zombie s'interrompit brusquement.

— Même si quoi ? interrogea Farjo.

— Je ne sais pas si je dois vous le dire, chuchota Albert. Nous sommes très peu à être au courant.

— Tu peux nous le dire, Albert, dit Farjo en tapotant amicalement le bras du zombie. Promis, on ne le répétera pas.

— Eh bien, vous allez me traiter d'incorrigible romantique, dit le zombie avec une excitation de midinette, mais il va y avoir un grand mariage dans quelques jours. Tout est organisé dans le plus grand secret. Jusqu'à ce matin, j'étais le bedeau de la cathédrale d'Ephialtis, alors forcément j'étais au courant. Et j'avoue que j'aurais vraiment aimé être là-bas pour assister à la cérémonie. Ça va être grandiose !

— Qui est-ce qui se marie ? demanda Farjo.

— La Bête lui-même, annonça Albert.

— La Bête se marie ! s'écrièrent en même temps Farjo et Eliott.

— Oui, confirma le zombie. Ça va être le mariage du siècle ! Tout le gratin cauchemar sera là.

— Mais il se marie avec qui ? questionna Farjo.

— Avec la plus belle des créatures, dit Albert, des étoiles plein ses yeux vitreux. La Bête va épouser la princesse Aanor.

— Quoi ! s'étrangla Eliott. Mais c'est impossible, il doit y avoir une erreur !

— Aucune erreur, dit le zombie, visiblement vexé que ses informations soient remises en question. Le mariage doit avoir lieu vendredi. Ensuite, La Bête et la princesse Aanor seront mari et femme pour toujours.

— Pour toujours ? répéta Eliott, la voix vacillante. Il n'y a pas de divorce, à Oniria ?

— Si, mais pas pour les princesses de conte de fées comme Aanor, expliqua Farjo. Son destin à elle, c'est de se marier avec un prince charmant et d'avoir beaucoup d'enfants. Peu importe qui est le prince charmant : quand elle sera mariée, son union sera indissoluble.

Aanor ? Avoir des enfants de cet ignoble dragon ? Eliott eut soudain très chaud.

— Je... je dois aller prendre l'air, murmura-t-il en se précipitant dehors.

Une fois dans le couloir, Eliott s'adossa à la porte de la chambre et se laissa glisser jusqu'au sol, hagard. Le regard perdu dans le vide, il entendit Albert questionner Farjo, de l'autre côté de la porte.

— Qu'est-ce qu'il a, ton copain, s'inquiéta le zombie, il est malade ?

— Non, répondit Farjo. Je crois qu'il est amoureux.

22

Flagrant délit

Eliott avait eu l'estomac noué toute la matinée. Il n'avait même pas touché aux raviolis de la cantine. De toute façon, il les connaissait, les raviolis du collège : ils étaient infects. Il ne ratait pas grand-chose.

En sortant du réfectoire, il fut heureux de constater qu'après tous ces jours pluvieux le soleil avait enfin décidé de pointer le bout de ses rayons. Malgré le froid, il s'installa sur un banc de la cour de récréation, et sortit de son sac une feuille et un crayon. Les doigts engourdis par la morsure du vent, il se mit à dessiner. Il dessina celle qui hantait ses pensées sans interruption depuis de longues heures : Aanor. Il dessina sa silhouette gracile, aérienne. Il dessina ses longs cheveux blonds qui semblaient sans cesse pris dans une légère brise. Il dessina son visage doux et lumineux, ses yeux à l'éclat doré, ses lèvres délicates… Et pendant qu'il dessinait, le nœud de son estomac fit place, petit à petit, à une sensation différente. Plus chaude, et beaucoup plus agréable.

Eliott était en train de corriger la courbe de la joue lorsqu'une main pleine de taches d'encre et d'égratignures lui arracha sa feuille. Eliott leva la tête pour identifier l'auteur du larcin. Œil moqueur, moue effrontée et cheveux en bataille, c'était Clara la Furie, évidemment. Bien sûr, elle n'était pas seule. Avec sa mèche faussement rebelle et ses fringues dernier cri, Arthur la Cocotte observait Eliott d'un air mauvais. Quant à son inséparable copain Théophile Sac-à-puces, il fixait le macadam de la cour en se dandinant d'une patte sur l'autre.

— Ma parole, mais Lafontaine est amoureux ! s'écria Clara en regardant sa prise. C'est qui, cette jolie fille ?

— Occupe-toi de tes affaires et rends-moi ma feuille, dit Eliott.

— Fais voir ! ordonna Arthur en tirant d'un coup sec sur la feuille que tenait Clara.

Arthur observa attentivement le dessin d'Eliott et partit d'un grand éclat de rire.

— Elle a une vraie tête de pétasse ! s'esclaffa-t-il.

— Je t'interdis de l'insulter ! s'énerva Eliott en se levant d'un coup.

— Ha ha, t'as raison, Clara, railla Arthur. Lafontaine tient vraiment à cette fille-là !

— Allez, rends-moi ma feuille ! dit Eliott en tentant de l'arracher des mains manucurées d'Arthur.

Tout en se débattant, Arthur lança un regard impératif à Théophile. Sac-à-puces interposa mollement sa carrure massive pour empêcher Eliott de reprendre la feuille. Bien à l'abri derrière son docile copain, Arthur afficha de nouveau son sourire sarcastique.

— Laisse tomber, Lafontaine ! lâcha-t-il. Les filles comme ça, on n'en trouve que dans les films. Et puis, même si elle existait vraiment, tu n'aurais aucune chance.

Jamais une fille aussi jolie ne s'intéressera à un nabot comme toi.

— Bien plus qu'à un crétin prétentieux comme toi ! beugla Eliott.

Pendant qu'Arthur cherchait une repartie, Eliott feignit une attaque par la gauche. Puis, avec une rapidité déconcertante, il contourna Théophile par la droite pour arracher son précieux dessin de la main d'Arthur. La Cocotte tenta de le récupérer, mais Eliott lui décocha un coup de coude dans l'estomac qui le plia en deux. Les deux grosses paluches de Théophile empoignèrent les épaules d'Eliott pour l'empêcher de frapper une seconde fois.

— Qu'est-ce qui se passe, ici ? croassa la voix d'un surveillant.

Les entrailles d'Eliott se figèrent. Vu son historique ces dernières semaines, si le pion l'emmenait au bureau du CPE, il était bon pour le conseil de discipline.

— C'est Lafontaine qui... commença Arthur.

— Il se passe rien du tout ! coupa Théophiie, à la surprise des trois autres. On s'amuse, c'est tout.

Le surveillant les dévisagea un à un en silence.

— Bon, ça va pour cette fois, dit-il d'un ton menaçant. Mais si l'un d'entre vous se fait encore remarquer, c'est deux heures de colle. Compris ?

— Compris, dirent en chœur les quatre collégiens.

— Qu'est-ce qui t'a pris ? grogna Arthur dès que le surveillant se fut éloigné.

— T'as entendu le pion, marmonna Théophile. Une histoire comme ça, c'est deux heures de colle. Ma mère se fait suffisamment de cheveux blancs à cause de moi, j'ai pas besoin de chercher des ennuis supplémentaires.

Arthur pinça ses lèvres trop minces en observant son ami. Puis, sans commentaire, il sonna la retraite d'un geste de la main. Avant de s'éloigner, Théophile lança un regard vers Eliott. Eliott ne dit rien. Mais il adressa à Sac-à-puces un signe de la tête qui en disait long sur sa reconnaissance.

23

Des poux et des champignons

Lorsque son réveil sonna à 4 h 30 le mercredi matin, Eliott faillit l'envoyer à l'autre bout de la pièce et se remettre immédiatement la tête sous l'oreiller. Mais un éclair de lucidité illumina son cerveau embrumé. S'il avait mis son réveil si tôt, ce n'était pas pour le plaisir. C'était pour rejoindre le vaisseau de Jov', où devait se tenir la réunion prévue suite à la première journée de Katsia à la CRAMO.

Eliott sortit un bras de sa couette, ouvrit maladroitement le tiroir de sa table de nuit, attrapa son sablier et le passa autour de son cou. Puis il replongea sa tête dans l'oreiller, tout en s'efforçant de visualiser dans son esprit l'image de l'endroit où il était censé atterrir à Oniria. C'était une pyramide maya perdue au milieu de la jungle ; Jov' lui avait fourni une photo, dont Eliott avait retenu les moindres détails. Eliott reproduisit dans sa tête l'immense construction de pierre, ses escaliers monumentaux, et surtout cet étrange oiseau de pierre qui gardait l'entrée du minuscule temple situé au sommet de la pyramide et permettait de la distinguer de toutes les autres qui existaient à Oniria.

Jov' avait assuré à Eliott que la pyramide était suffisamment éloignée des zones les plus peuplées d'Oniria pour qu'il ne fasse pas de mauvaise rencontre. Mais Eliott fut tout de même soulagé de trouver l'endroit désert, à l'exception de quelques inoffensifs macaques. Il grimpa les escaliers de la pyramide jusqu'à l'entrée du temple. C'était haut. Très haut. Essoufflé, il passa devant l'oiseau de pierre, pénétra à l'intérieur de la petite pièce et repéra tout de suite la dalle plus foncée que les autres dont avait parlé Jov'. Il s'agenouilla et, sans réprimer une grimace de dégoût, lécha la pierre.

Il eut à peine le temps de voir la Porte s'ouvrir en dessous de lui : son corps dégringola dans le précipice, lui arrachant un hurlement. Eliott tombait, tombait, dans le noir le plus complet. Et plus il tombait, plus son corps prenait de la vitesse. Pris de panique, il tenta de se fabriquer un parachute. Mais sa vitesse était telle qu'il parvenait à peine à respirer. Dans ces conditions, se concentrer était impossible. Soudain, sa trajectoire fut déviée par une sorte de long filament visqueux. Puis par un deuxième, un troisième, et enfin par tout un réseau de choses épaisses et molles qui ralentirent sa course. Eliott pensait être enfin tiré d'affaire lorsqu'il toucha le sol. Un sol pentu et glissant, qui l'entraîna encore sur une centaine de mètres avant de le projeter la tête la première sur un tapis de mousse et de lichen. Là, il y avait de la lumière. Enfin.

Eliott releva la tête. Il était étendu au pied d'un arbre démesuré, au beau milieu d'un lac souterrain. Au-dessus de lui, le plafond rocheux d'une grotte immense. Quelques mètres plus loin, flottant à la surface noire du lac et éclairée par la seule lumière d'une lanterne, une barque l'attendait. À son bord, une silhouette étrange.

Eliott reconnut avec soulagement l'un des équipiers extraterrestres du capitaine Zrrrrk.

La réunion avait déjà commencé quand Eliott arriva dans le séjour du vaisseau spatial. Au bout de la table, Katsia donnait des indications sur ce qu'elle avait observé à l'intérieur de la Grande Cathédrale. Tous les autres l'écoutaient attentivement. Jov' et Farjo étaient bien sûr présents, mais également Pom', Chrouf, Gisèle la sorcière, la femme bleue et les deux fantômes de l'équipe qui avaient libéré Gisèle, Albert le zombie et plusieurs autres. En tout, une quinzaine de créatures étaient réunies autour de la table. Eliott fut ému de voir toutes ces personnes – dont certaines qu'il connaissait à peine – rassemblées pour l'aider à sauver son père. Il interrogea Katsia du regard. Elle leva les deux pouces. Tout s'était bien passé.

Eliott salua tout le monde d'un geste de la main, puis prit place à côté de Jov'.

— Tu arrives au bon moment, déclara Jov' dès qu'Eliott fut assis. Katsia allait justement nous parler des dispositifs de sécurité qui protègent la Grande Cathédrale. Katsia, nous vous écoutons.

— Tout le monde sait que des corbeaux et des gargouilles de pierre surveillent tout ce qui entre et sort du bâtiment, commença Katsia. Mais le véritable obstacle, ce sont les champs magnétiques. Toutes les issues de la Grande Cathédrale, qu'elles soient terrestres, aériennes ou souterraines, et les murs eux-mêmes sont protégés par des barrières invisibles qui ne laissent entrer que les individus dotés de puces-pass en règle.

— C'est quoi une puce-pass ? demanda Eliott.

Katsia remonta la manche droite de sa tunique jusqu'au coude. Une cicatrice rouge entaillait son avant-bras.

— C'est le truc qu'on m'a injecté dans le poignet quand je me suis enrôlée hier, et qui permet d'identifier chaque membre de la CRAMO.

— Mais tu as ça pour toujours, maintenant ? demanda Eliott d'une voix étranglée.

— Non, ne t'inquiète pas, le rassura Jov'. Ça s'enlève exactement de la même manière que les puces-trace des cauchemars. Le jour où Katsia n'en aura plus besoin, Pom' lui enlèvera ça.

— Ah bon, murmura Eliott, mal à l'aise de voir les sacrifices que tous ces gens faisaient pour lui.

— Donc, impossible d'entrer sans avoir l'une de ces puces, récapitula Farjo. Et où est-ce qu'on peut s'en procurer ?

— Il faut s'engager dans la CRAMO, c'est le seul moyen, répondit Katsia.

— Et comment la salle des archives est-elle protégée ? demanda Jov'.

— Son accès est réservé au personnel haut gradé et aux documentalistes, expliqua Katsia. Donc pour les nouvelles recrues comme moi, c'est niet. Ma puce-pass ne me permet pas d'entrer.

— Et est-ce qu'on peut trouver parmi les personnes qui y ont accès quelqu'un qui pourrait faire la recherche pour nous ? demanda Pom'.

— Ça m'étonnerait, répondit Katsia. J'ai essayé de parler avec l'une des bibliothécaires, elles sont fermées comme des portes de prison. Elles ont des instructions et elles les respectent à la lettre.

— Et nous n'avons pas le temps d'identifier celle qui pourrait éventuellement rallier notre cause, intervint Jov'. Il va falloir trouver un moyen d'entrer nous-mêmes.

— Entrer n'est pas tout, ajouta Katsia. Ensuite, il faut pouvoir consulter les archives sans se faire repérer par la mouche.

— Quelle mouche ? demanda Farjo.

— La salle des archives est gardée par une mouche géante, expliqua Katsia. Elle mesure au moins quatre-vingts centimètres. Un insecte répugnant qui voit le moindre détail à trois cent soixante degrés, ne quitte jamais son poste et ne dort jamais. Il n'y a pas un centimètre carré de la pièce qui échappe à sa vigilance, vingt-quatre heures sur vingt-quatre, sept jours sur sept.

— Quoi, elle ne sort jamais pour manger ou aller aux toilettes ? s'étonna Eliott.

— Jamais, rétorqua Katsia. Des seaux de nourriture lui sont livrés trois fois par jour et elle se débarrasse des surplus de son intestin dans les seaux vides sans bouger de sa place.

Eliott réprima un haut-le-cœur en visualisant le spectacle malgré lui.

— Donc, la mouche ne quitte jamais son poste, résuma Pom'. Mais a-t-elle une si bonne vision que ça ? Les fantômes savent être discrets. Farjo aussi, s'il se transforme en puceron ou en fourmi…

— D'après ce que nous a expliqué le responsable de la sécurité, la mouche repérerait une bulle de savon à l'autre bout de la pièce, répondit Katsia. À moins d'être totalement invisible, impossible d'échapper à sa vigilance.

Le cœur d'Eliott se mit à battre à vive allure.

— Moi, si je m'entraîne, je peux peut-être devenir invisible ! suggéra-t-il.

Toutes les têtes se tournèrent vers lui, pleines d'espoir. Seul Jov' avait conservé son air préoccupé.

— As-tu l'habitude de rêver que tu es invisible ? demanda-t-il avec sérieux.

— Non, admit Eliott. Je crois que ça ne m'est jamais arrivé.

— Alors je suis désolé, mon cher Eliott, reprit Jov' avec douceur, mais je crois qu'il va être difficile de convaincre ton esprit que tu es invisible.

— Eliott a réussi à se transformer en rat ! objecta Farjo.

— Oui, et c'est très impressionnant, approuva Jov'. Mais convaincre durablement la matière corporelle qu'elle n'a aucune consistance physique se situe à un niveau de difficulté encore bien plus élevé. Eliott, il a fallu plusieurs années d'entraînement à ta grand-mère avant de réussir un jour à devenir invisible. Alors tu peux toujours essayer, on ne sait jamais, mais je crois qu'il vaut mieux ne pas compter dessus.

« Eliott reconstitua dans sa tête
l'image de la majestueuse grille en fer forgé
qui constituait l'unique entrée d'Oza-Gora.
Il se concentra sur le sablier – semblable au sien,
mais beaucoup plus grand –
qui se dressait au centre de la grille. »

UN DÎNER CAUCHEMARDESQUE

LA SERRE NUMÉRO 37

LE VAISSEAU DE JOV'

« Aanor était confiante :
elle savait que le jeune Créateur était quelque part à Oniria,
en train d'échafauder un plan pour la délivrer.
Ce n'était qu'une question de temps. »

Eliott fit la grimace et un silence studieux s'abattit sur la table. Chacun essayait de trouver LA bonne idée qui leur permettrait de consulter les archives. Personne ne la trouvait. Pom' alla chercher dans la cuisine un plateau rempli de friandises au chocolat, prétextant que le cacao était excellent pour les méninges. Tout le monde se jeta sur cette stimulation bienvenue. Tout le monde sauf Gisèle. La sorcière se leva de sa chaise et s'approcha d'Eliott.

— Dis-moi, petit, chuchota-t-elle à son oreille, je n'en peux plus de toutes ces sucreries. Il n'y a que ça à manger, ici. Tu ne voudrais pas me faire apparaître en douce un petit stock de bons fromages bien puants ? Avec du bon pain. Oh, et puis de l'andouillette ! Moi, plus ça sent mauvais, plus j'aime ça !

Eliott sourit. Il ferma les yeux et fit apparaître un panier campagnard rempli de toutes ces bonnes choses que l'on n'oserait jamais goûter si l'on s'en tenait à leur odeur. Un concert de protestations s'éleva autour de la table. Gisèle, elle, était aux anges.

— Ah, mais c'est quoi, ça ? s'écria la femme bleue en se bouchant le nez. Tu ne vas pas manger ça, Gisèle ! Tu veux t'empoisonner ou quoi ?

Gisèle se drapa dans sa dignité et emporta son panier gourmand à l'autre bout de la salle. Tout le monde éclata de rire. Tout le monde sauf Eliott. Il venait de trouver l'idée qui leur manquait.

— Mais bien sûr, c'est ça qu'il faut faire ! s'écria-t-il.

Tous les visages se tournèrent vers lui.

— Il faut empoisonner la mouche ! expliqua Eliott. On ne peut peut-être pas l'empêcher de voir, mais on peut brouiller sa vision, lui donner des hallucinations. Katsia, tu as bien dit que sa nourriture lui était livrée trois fois par jour ?

— Oui, des bacs d'excréments en provenance directe des cuisines de la CRAMO, confirma Katsia.

— Alors il faut mettre dans sa nourriture quelque chose qui la mettra hors d'état de nuire ! s'enflamma Eliott.

— Je dois avouer que l'idée est intéressante, intervint Jov' avec enthousiasme. Gisèle, as-tu parmi tes produits quelque chose qui pourrait convenir ?

— Eh bien, il se trouve que j'ai en ma possession quelques petits champignons hallucinogènes qui font des merveilles, avoua la sorcière. De quoi faire voir n'importe quoi à cette mouche pendant quelques heures.

— Alors je crois que nous avons trouvé le moyen d'évoluer librement dans la salle des archives, annonça Jov' avec satisfaction. Reste à y entrer.

— Pour ça, il se trouve que j'ai peut-être une idée, intervint Pom'. Une idée qui permettrait d'y faire entrer Farjo.

En entendant son nom, Farjo bomba le torse et se redressa sur son tabouret, tout ouïe.

— Le problème, ce sont ces murs magnétiques, exposa Pom'. Je crois que le seul moyen de les passer, c'est d'obliger les sentinelles de la Grande Cathédrale à abaisser momentanément le niveau de sécurité.

— Comment ? demandèrent plusieurs voix.

La minuscule reine se tourna vers l'ogre Chrouf.

— Chrouf, mon ami, accepterais-tu de nous prêter tes poux ?

Le géant borgne hocha timidement la tête.

— Sapreski, Pom' ! s'impatienta Jov'. Mais que veux-tu faire avec les poux de Chrouf ?

— Créer une diversion, répondit Pom' d'un air malicieux. Imaginez que plusieurs employés de la CRAMO, des haut gradés de préférence, se présentent un beau matin à la Grande Cathédrale la tête couverte de poux.

— Les poux sont des êtres vivants non équipés de puces-pass, intervint Katsia. Si un agent se présente avec des poux, il ne pourra pas entrer.

— Et c'est exactement ce qui m'intéresse ! s'exclama Pom'. Chrouf a suffisamment de poux pour déclencher une véritable épidémie. Les haut gradés exigeront qu'on les laisse entrer, ils feront un scandale, et les sentinelles seront bien obligées d'abaisser le niveau de sécurité. Ils désactiveront manuellement le champ magnétique pour laisser entrer les agents porteurs de poux. Et Katsia pourra entrer avec Farjo transformé en pou sur sa tête.

— D'accord, objecta Katsia, mais poux ou pas poux, je ne peux toujours pas entrer dans la salle des archives.

— C'est là que l'idée des poux est doublement intéressante, continua Pom'. Il suffit que tu t'arranges pour t'approcher suffisamment de la chevelure de l'une des bibliothécaires afin que Farjo puisse sauter d'une tête à l'autre. Ils laisseront la bibliothécaire entrer dans la salle des archives à cause de l'épidémie de poux, et Farjo sera dans la place.

— Et une fois dans la salle des archives, puisque la mouche verra n'importe quoi, Farjo aura toute liberté pour consulter les...

La voix de Katsia s'arrêta brusquement.

— Non, ça ne marchera pas, dit-elle sombrement. Les archives de la Grande Cathédrale sont consignées sur ordinateur.

— Et alors ? demanda Eliott.

— Alors je ne sais pas me servir d'un ordinateur, déclara piteusement Farjo.

— Quoi ! s'écria Eliott. Mais tout le monde sait se servir d'un ordinateur !

— Pas à Oniria, dit Jov', la mine déconfite.

Un silence déçu s'installa autour de la table.

— Alors c'est moi qui irai, déclara Eliott.

— Toi ? dit Farjo. Désolé de te dire ça, mon pote, mais je suis pas sûr que tu réussisses à te transformer en pou. Surtout aussi longtemps !

— Je n'ai pas l'intention de me transformer en pou, répondit Eliott. Il faut tout faire exactement comme Pom' l'a expliqué. Et une fois que Farjo sera dans la salle des archives, je pourrai le rejoindre. Il me suffira de penser à lui en m'endormant. Et je consulterai moi-même les archives.

— C'est faisable, commenta Jov', mais cela nécessitera une gestion du temps très rigoureuse. Il faudra que tu t'endormes exactement au bon moment...

— Je peux demander au Marchand de Sable de m'endormir au bon moment, affirma Eliott. Il m'a promis de m'aider s'il le pouvait.

— Mais y aller toi-même est extrêmement dangereux, intervint Pom'. Toute la CRAMO est à ta recherche !

— Je me déguiserai, dit Eliott avec assurance. Ils ne me reconnaîtront pas.

— Mais quand même, insista Jov'. En faisant ça, tu te jettes avec ton sablier dans la gueule du loup...

— Vous avez une autre idée ? demanda Eliott.

Personne ne répondit.

— Alors nous allons étudier cette piste, déclara finalement Jov' d'un ton solennel.

Jov' distribua un rôle à chacun. Katsia devait trouver un moyen d'empoisonner la nourriture de la mouche avec la décoction que Gisèle était chargée de préparer. Pom' avait pour mission de récupérer les poux de Chrouf, que Wiz et Yaz, les deux fantômes, distribueraient à quelques haut gradés de la CRAMO. Diverses tâches logistiques furent confiées à Farjo, à la femme bleue, à Albert le zombie et aux autres volontaires présents.

— Et moi, je fais quoi ? demanda Eliott.

— Toi, Eliott, tu auras besoin de toutes tes forces pour cette opération, dit Jov'. Donc tu vas faire comme aujourd'hui : tu passes une nuit sans sablier, tu mets ton réveil et tu nous rejoins pour mettre au point les derniers détails. Après, tu iras voir le Marchand de Sable pour lui préciser l'heure à laquelle il faudra t'endormir le jour J.

— Mais je...

— Pas de mais, coupa Jov' d'un ton impératif. Si tu veux avoir une petite chance de mener cette mission à bien sans dommages, il faudra que tu sois au top de ta forme. Donc, demain, tu dors sans sablier jusqu'à 4 h 30 du matin. D'ici là, je te suggère de travailler tes déguisements. Plus tu t'entraîneras, moins cela te demandera d'efforts.

Sans attendre de réponse, Jov' se leva et annonça que la réunion était terminée. Un concert de grincements de tabourets s'éleva aussitôt, et les participants se dispersèrent. Katsia et Farjo s'approchèrent d'Eliott, mais il ne leur prêta aucune attention. Il sauta de son tabouret et courut pour rattraper Jov'.

— Jov', attendez ! l'interpella-t-il juste avant que le roi rebelle ne quitte la pièce.

Jov' fit immédiatement volte-face.

— Tu as des questions sur l'opération ? demanda-t-il.

— Non, répondit Eliott. Enfin oui, j'ai des questions, mais pas sur l'opération... En fait, ça n'a même rien à voir avec mon père.

— Tu m'intrigues, dit Jov'. Que veux-tu savoir ?

Eliott baissa la tête, rouge de confusion.

— Vous êtes au courant, pour Aanor ? demanda-t-il en se balançant d'un pied sur l'autre.

— Tu veux parler de son prochain mariage avec La Bête ? s'enquit Jov'.

Eliott hocha la tête, les yeux toujours fixés sur le bout de ses baskets. Il sentait derrière lui les regards de Katsia et de Farjo qui l'avaient rejoint. Il se serait bien passé de leur présence, pour une fois. Surtout de celle de Katsia, dont il n'avait aucun mal à imaginer la moue goguenarde.

— Oui, je suis au courant, Albert nous en a parlé hier. Et quelle est ta question ?

Eliott releva la tête, un sentiment d'urgence imprimé dans les pupilles.

— Il faut faire quelque chose ! s'exclama-t-il. On ne peut pas laisser faire ça !

— Et que veux-tu faire ? s'étonna Jov'. Libérer Aanor d'Ephialtis ?

— Exactement, confirma Eliott. Vous le faites pour les cauchemars, vous pouvez bien le faire pour Aanor, non ?

— Eh bien non, justement, dit Jov'. Pour trois raisons au moins. La première, c'est que ce ne sont pas nos affaires. C'est à la reine de faire libérer sa fille. Et si elle ne l'a pas encore fait, je suppose qu'elle doit avoir ses raisons.

Eliott était tellement choqué par ces propos qu'il en resta bouche bée.

— La deuxième, continua Jov', c'est que nous ne savons pas faire. Jamais les membres de mon équipe ne sont allés à l'intérieur d'Ephialtis pour en libérer quelqu'un. Ce serait beaucoup trop dangereux, et nous ne saurions pas comment ressortir. Notre mode opératoire, c'est que nous capturons les cauchemars lorsqu'ils sont appelés à l'extérieur d'Ephialtis par leur Mage, en essayant d'être plus rapides que les escadrons de la CRAMO.

Eliott baissa de nouveau la tête. Il n'avait pas envie d'entendre la troisième raison.

— La troisième, poursuivit Jov', c'est l'état d'urgence. À cause de la multiplication des contrôles de routine, nos opérations habituelles deviennent trop dangereuses pour mes équipes. Je les ai suspendues jusqu'à nouvel ordre. Pourquoi crois-tu qu'autant de personnes se sont portées volontaires pour l'opération à la Grande Cathédrale ? Mes équipiers s'ennuient. Ils ont besoin d'action !

Eliott était à présent parfaitement mal à l'aise. Il avait cru sincèrement que tous ces gens participaient à l'opération par amitié pour lui. Quelle naïveté !

— Allons, dit Jov' d'une voix douce en passant son bras autour de celui d'Eliott. Je n'aurais pas dû te dire cela. Cette opération est risquée. Si j'ai décidé de t'aider, moi, ce n'est pas parce que je m'ennuie. Et ce n'est pas non plus à cause de ta grand-mère. C'est parce que tu es un garçon courageux et que tu mérites qu'on te vienne en aide. Et je sais que Pom' pense la même chose que moi.

— Et moi aussi ! s'écria Farjo, qui n'avait rien perdu de la conversation.

— Mouais, intervint Katsia. On t'aime bien, petit, et on est contents de te filer un coup de main. Mais je commence à te connaître, et je n'aime pas trop ton histoire de princesse. T'avise pas de vouloir jouer les cavaliers seuls pour essayer de la tirer des pattes de La Bête, hein ! Tu as déjà essayé une fois, et tu t'es planté. C'est trop dangereux. Pour toi, et pour Oniria. Je te rappelle que le Marchand de Sable t'a demandé de rester sous notre protection, à Farjo et à moi. Et pour l'instant, libérer ta copine, c'est pas la priorité.

— Mais dans trois jours elle sera mariée avec ce monstre ! objecta Eliott.

— Katsia a raison, répondit Jov' d'un ton paternaliste. Si tu veux retrouver Jabus et le Mage de ton père, il faut que tu restes concentré sur ton objectif, que tu te reposes et que tu t'entraînes. Et il y a deux choses que tu dois éviter à tout prix : te disperser et prendre des risques inutiles. Est-ce que c'est clair ?

Eliott hocha la tête, vexé d'être ainsi sermonné.

— Allez, à demain, Eliott, dit Jov'. Repose-toi bien d'ici là.

Et il disparut dans la salle des commandes.

— Moi aussi je vais me reposer, déclara Katsia en bâillant. Cette première journée à la CRAMO m'a épuisée. Bonne nuit, les minus.

Elle s'éloigna à son tour. Eliott resta seul avec Farjo. Il se tourna vers lui.

— Et toi, qu'est-ce que tu penses de tout ça ? questionna-t-il.

— Je sais que ça va pas te faire plaisir, mon pote, dit le singe, mais ils ont raison. Tu es venu à Oniria pour sauver ton père, pas pour empêcher Aanor d'épouser La Bête.

— Je suppose que tu as raison, dit Eliott d'un air maussade.

24

Ici et là-bas

Eliott traîna sa mauvaise humeur toute la matinée. Il se sentait nul, impuissant, et enrageait de devoir subir les cours de grammaire anglaise de Mme Pickles, qui le lassaient au plus haut point.

Heureusement c'était mercredi et Eliott n'avait pas de cours l'après-midi. Il quitta le collège aussitôt son repas englouti et se hâta vers l'arrêt du bus numéro 84. Un bus arrivait, il s'y engouffra et réussit à dénicher une place libre. Là, le front collé sur la vitre, il regarda défiler les immeubles en se demandant ce qu'il faisait là. Il avait passé tellement de temps à Oniria ces derniers jours que tout ici lui semblait fade. En fait, il avait l'impression de ne plus tout à fait appartenir au monde terrestre. À Oniria, il était en danger quasi constant, certes. Et il était reparti de chez Jov' ce matin déçu et vexé, certes. Mais là-bas il avait des pouvoirs extraordinaires, des amis qui veillaient sur lui et une mission à accomplir. Alors qu'ici il n'était qu'un collégien ordinaire, orphelin de mère et peut-être bientôt de père, délaissé par ses camarades de classe et ayant pour seule responsabilité de suivre des cours qui ne l'intéressaient pas.

Perdu dans ses pensées, Eliott faillit rater son arrêt. Lorsqu'il réalisa où il était, il se leva précipitamment et sauta du bus juste avant que les portes se referment. Puis il se dirigea d'un pas mécanique vers l'entrée du stade, sourd aux salutations des camarades qui arrivaient en même temps que lui.

— Lafontaine ! beugla une voix. Ça fait trois fois que je t'appelle !

Émergeant soudain de ses rêveries, Eliott se retourna pour faire face à son entraîneur, un grand blond élancé qui rêvait d'être celui qui découvrirait la prochaine star de l'athlétisme mondial et tenait à ce que tout le monde l'appelle « coach ».

— Pourquoi n'es-tu pas venu la semaine dernière ? questionna le coach, furibond. Tu as eu peur de la pluie ?

— Non, coach, répondit Eliott. J'avais des heures de colle au collège.

— Eh bien, débrouille-toi pour que ça n'arrive plus ! lança le grand blond. Ce n'est pas en ratant l'entraînement que tu vas réussir le championnat régional. Allez, en tenue. On va voir si tu n'es pas trop rouillé.

— Oui, coach, grommela Eliott en entrant dans le vestiaire pour se changer.

Ça commençait mal.

À force de courir, de sauter, de slalomer et de passer le relais à ses coéquipiers, Eliott se sentit finalement de mieux en mieux. En fait, pour la première fois depuis dix jours, il réussit à faire le vide dans son esprit. Pendant qu'il courait, il ne pensait plus à son père. Il ne pensait plus à Oniria, à La Bête, à la CRAMO ou au Marchand de Sable. Il ne pensait plus qu'à ses mouvements et au revêtement rouge qui défilait sous ses pieds.

Et cela lui faisait un bien fou.

À la fin de l'entraînement, le coach proposa un petit exercice de sprint. Au top départ, Eliott se sentait prêt, bien dans ses baskets, momentanément allégé du poids trop lourd qui avait pesé sur ses épaules ces derniers jours. Au coup de sifflet, il s'élança. Et lorsqu'il atteignit la ligne d'arrivée, le coach se précipita vers lui. Eliott mit un moment à comprendre pourquoi le grand blond le serrait dans ses bras comme s'il venait de réchapper d'un incendie.

— Incroyable ! hurlait le coach, ivre de joie. Je n'ai jamais vu un temps pareil dans cette tranche d'âge. Tu n'es pas rouillé, tu es carrément au top !

— J'ai fait un si bon temps que ça ? s'étonna Eliott, qui n'avait pas eu l'impression de fournir un effort plus important que d'habitude.

— Tu rigoles, s'exclama le coach ! Avec un chrono pareil, tu gagnes le championnat de France haut la main ! Je ne sais pas comment tu as progressé comme ça en deux semaines. Sans venir à l'entraînement, en plus ! Je suis sûr que tu es le fils caché d'Usain Bolt !

Eliott pouffa de rire. Avec son teint blanc comme un rat de laboratoire, il ne risquait pas d'avoir dans les veines la moindre goutte de sang du champion jamaïcain. Mais l'enthousiasme du coach était communicatif, et il rentra au vestiaire le sourire aux lèvres et le moral regonflé.

Lorsque Eliott rentra dans l'appartement de la rue de Lisbonne, il fut accueilli par des claquements de mains. Il posa son blouson dans l'entrée et s'approcha de la porte vitrée du salon. Juliette était en train d'exécuter une série de rythmes, et Mamilou l'écoutait, penchée au-dessus d'un cahier de musique. Quant à Chloé, elle était affalée dans le canapé, l'air renfrogné.

— Mais non ! intervint Mamilou d'un ton exaspéré. C'est triolet, triolet, blan-che. Tu as transformé le deuxième triolet en double croche. Allez, recommence.

— J'en ai marre, râla Juliette, j'ai faim.

— Moi aussi ! intervint Chloé.

— Bon, je suppose qu'il est l'heure de goûter, admit Mamilou. Mais après on recommence, sinon vous allez toutes les deux rater votre examen de solfège demain.

Les jumelles se précipitèrent vers la cuisine, saluant à peine Eliott au passage.

— Dur dur ? demanda Eliott en s'approchant de sa grand-mère, restée dans le salon.

— Tes sœurs sont des petites filles très intelligentes, soupira Mamilou. Et comme beaucoup d'enfants intelligents, elles ne font aucun effort et baissent les bras à la première difficulté. Mais raconte-moi plutôt ta nuit. Katsia a-t-elle rapporté des informations intéressantes de sa première journée à la CRAMO ?

Eliott jeta un coup d'œil derrière lui pour vérifier que les jumelles étaient bien parties. Puis il s'approcha de Mamilou.

— On a un plan, chuchota-t-il. C'est un peu compliqué, et risqué aussi, mais ça devrait fonctionner. Je dois retourner chez Jov' ce soir pour finir de tout mettre au point. C'est moi qui vais aller consulter les archives.

— Toi ? s'écria Mamilou. En plein siège de la CRAMO ? Mais vous êtes fous !

— C'est le seul moyen qu'on ait trouvé. Mais ne t'inquiète pas, on a pensé à tout. Je n'y resterai pas longtemps, et je me déguiserai pour ne pas être reconnu. Je vais peut-être même essayer de me métamorphoser... D'ailleurs, j'aurais bien aimé que tu puisses faire un petit entraînement avec moi, juste pour être sûr.

— Quand ça ? Maintenant ?

— Oui.

— Je suis désolée, mon Eliott, s'excusa Mamilou, mais ça va être compliqué. J'ai encore pas mal de boulot avec les jumelles. Et je suppose que toi aussi tu as du travail ?

Eliott hocha la tête.

— Alors va vite le faire, suggéra Mamilou.

— Mais...

— Pas de mais, coupa Mamilou. Je sais que ça t'intéresse beaucoup moins que tout ce qui se passe à Oniria, et je te comprends. Cependant tu ne dois pas oublier que ta vie est ici, dans le monde terrestre. Et que tu n'as plus droit à l'erreur au collège.

— Hum, grogna Eliott.

Déçu, il se dirigea vers sa chambre d'un pas traînant. Il s'assit à son bureau et sortit son cahier de textes de son sac. Rien que pour le lendemain, il avait quatre exercices de maths, un contrôle de latin à réviser et des verbes irréguliers anglais à apprendre. Sans compter la fiche de lecture qu'il devait rendre le vendredi pour le cours de français, et qu'il n'avait pas commencée.

Eliott souffla en s'affalant sur sa chaise. Il avait du pain sur la planche. Il se redressa quelques secondes plus tard, armé de tout le courage qui lui restait, et sortit sa trousse, son livre de maths et son cahier d'exercices.

Alors qu'il tentait de résoudre le troisième exercice de mathématiques, l'esprit d'Eliott, incapable de rester concentré plus longtemps sur le carré de l'hypoténuse, se mit à vagabonder. Et il repensa à Aanor, abandonnée à son triste sort. Aux rebelles de Jov', qui ne pouvaient plus exercer leurs activités clandestines depuis que l'état d'urgence avait été déclaré. À Gisèle la sorcière et à Albert le zombie, qui avaient été parmi les derniers à profiter de leur action… et à tous les autres cauchemars que leurs Mages n'appelaient jamais à l'extérieur d'Ephialtis, et qui n'avaient aucun espoir d'en sortir un jour. Il pensa à La Bête et à la révolution des cauchemars qui grondait. Il pensa à tous ces Mages qui se rendaient chaque nuit à Oniria, inconscients du drame qui se jouait devant leurs yeux blancs. Il pensa aux Oza-Goriens, coincés dans leur domaine aride sans ravitaillement jusqu'à nouvel ordre. Il pensa à Jabus et aux analogons négatifs qu'il faisait subir à son père depuis si longtemps, pour le seul plaisir de réussir une expérience. Il pensa encore à la reine et à Sigurim le griffon, qui régnait désormais en maître sur le Royaume. Un Royaume qui n'avait plus grand-chose à voir avec l'Oniria merveilleuse des histoires que Mamilou racontait à Eliott quand il était petit. Un Royaume dont les habitants étaient désormais privés de liberté.

Pourtant c'était là-bas qu'Eliott aspirait à être. Là-bas et non pas ici, à son bureau, en train de faire de stupides exercices de géométrie.

Eliott reposa les yeux sur son cahier d'exercices. Et il fut frappé de stupeur.

Comme souvent, il avait griffonné sans s'en rendre compte sur son cahier pendant que son esprit vagabondait. Et l'image qu'il avait à présent sous les yeux avait des allures d'oracle. Au milieu de la page trônait le triangle rectangle de son exercice, tracé avec application. Et tout autour du triangle, des dessins crayonnés. Près du premier angle, Eliott avait tracé les lignes d'un visage si doux qu'il ne pouvait être que celui d'Aanor. Près du deuxième angle, il avait dessiné un personnage aux yeux blancs, bras levés et entouré de créatures cauchemardesques. Sans hésitation possible, c'était un Mage. Enfin, à côté du troisième et dernier coin du triangle, Eliott avait écrit un mot, un seul : liberté.

Et l'idée s'imposa à lui comme une évidence : s'il était inenvisageable de libérer Aanor directement, il était en revanche possible de la faire sortir d'Ephialtis par une voie indirecte, en utilisant un intermédiaire. Car il existait une personne qui pouvait sans danger tirer la princesse des griffes de son ignoble ravisseur.

Et cette personne, c'était le Mage qui l'avait créée.

25

OPÉRATION SCORPION

Le vaisseau du capitaine Zrrrrk était en effervescence. Chacun s'agitait, impatient que la réunion commence, et il régnait dans la salle de séjour un brouhaha de jour de foire. Songeur, Eliott écoutait d'une oreille distraite le récit des exploits de Farjo : le singe avait passé une partie de sa journée transformé en pou, à s'entraîner à sauter de tête en tête.

Et soudain, le silence. Katsia venait de faire son apparition.

— Désolée pour le retard, s'excusa-t-elle, j'ai été contrôlée cinq fois. Ça commence à devenir vraiment l'enfer à l'extérieur. Il y a eu une attaque de cauchemars ce matin en plein cœur d'Hedonis : plusieurs maisons ont été incendiées avec leurs habitants à l'intérieur. Entre ça et l'état d'urgence, c'est la panique. Les gens sont tendus, personne ne parle plus à personne, les lieux publics sont vides…

— Nous ne pouvons qu'espérer que tout cela durera le moins longtemps possible, souffla Jov'. En attendant, nous avons une opération à préparer. Alors, au travail !

Toute l'équipe s'assit et un silence studieux s'abattit autour de la table.

— Qui commence ? demanda Jov' à la cantonade.

— Moi ! lança Gisèle.

La sorcière posa avec fracas sur la table un flacon rempli d'un liquide brunâtre.

— J'ai concocté un petit mélange qui devrait faire halluciner notre mouche géante pendant environ une heure. Je l'ai testé cet après-midi sur quelques volontaires de corpulence comparable, le produit a été efficace sur tous. Il faut compter environ dix minutes après l'ingestion pour que les effets se fassent pleinement sentir.

Gisèle fit glisser le flacon vers Katsia, à l'autre bout de la table.

— Quelques gouttes devraient suffire, précisa-t-elle. Ça sent un peu le moisi, mais je suppose que ça passera inaperçu dans le genre de nourriture que consomme cette mouche pour le petit déjeuner.

— Je confirme, dit Katsia avec une grimace dégoûtée.

— Parfait, dit Jov'. Katsia, de votre côté avez-vous fait les repérages nécessaires pour pouvoir verser le contenu de ce flacon dans le petit déjeuner de la mouche ?

— Heureusement pour moi le cuisinier de la CRAMO est un idiot en quête de reconnaissance, dit Katsia. Il était tellement heureux que quelqu'un s'intéresse à son travail qu'il a répondu à toutes mes questions sans sourciller.

— Mouais, railla Farjo, dis plutôt que tu lui as fait tellement peur qu'il a tout avoué avant de perdre ses doigts de pied un à un ! Je les connais, moi, tes méthodes d'interrogatoire.

— Eh bien pas du tout, figure-toi, se défendit Katsia. La torture, c'est efficace mais c'est pas discret. J'ai essayé quelque chose de nouveau. Je lui ai fait du charme.

— Du charme ? Toi ? s'esclaffa Farjo.

— Oui, et ça a très bien marché, s'énerva Katsia.

— Quoi qu'il en soit, intervint Jov', Katsia a pu obtenir les informations nécessaires. Vous n'aurez pas de mal à retourner aux cuisines ?

— Aucun souci, j'ai mes entrées maintenant, dit Katsia en fusillant Farjo du regard pour le dissuader d'éclater de rire. Les baquets d'excréments destinés à la mouche sont préparés quarante-huit heures à l'avance, étiquetés et conservés dans un endroit à part, peu fréquenté à cause de l'odeur. Il suffit de décider lequel de ses repas doit être empoisonné, et j'en fais mon affaire.

— Bien, voilà donc le problème de la mouche a priori réglé, résuma Jov'. Passons à notre épidémie de poux. Pom' ?

La reine Pommerelle posa sur la table dix petites boîtes roses identiques, chacune de la taille d'une boîte d'allumettes. En les voyant, Chrouf renifla bruyamment et essuya la larme qui s'était formée au coin de son unique œil.

— Chacune de ces boîtes contient une cinquantaine de poux gentiment fournis par Chrouf, annonça Pom'. De quoi donner de sérieuses démangeaisons à quelques haut gradés de la CRAMO.

— Où en sommes-nous de ce côté-là ? questionna Jov' en se tournant vers les deux fantômes.

Wiz et Yaz se levèrent, sérieux comme des candidats au baccalauréat. Pendant que Wiz déployait un écran blanc installé pour l'occasion au bout de la longue table, Yaz réglait un rétroprojecteur dernier cri. Wiz s'envola ensuite pour éteindre la lumière, et Yaz projeta une première image. C'était la photo d'un grand bonhomme tout maigre au visage allongé, avec des yeux tellement énormes qu'ils paraissaient sortis de leurs orbites.

— Voici Jasper Kolloc, annonça Wiz, notre cible numéro un. C'est le directeur de la section « équipements techniques » de la CRAMO et l'inventeur, entre autres choses, des puces-pass et des puces-trace. Il habite seul dans la même maison depuis toujours, dans un quartier résidentiel peu gardé. Il dort fenêtre ouverte. Nous n'aurons aucun mal à lui glisser quelques sympathiques camarades poux pendant la nuit.

Wiz fit un signe de tête à Yaz, qui passa à la photo suivante. C'était un ours en peluche. Un mignon petit ours en peluche avec un nœud papillon rouge et un grand sourire.

— Il ne faut pas se fier aux apparences, prévint Wiz. Derrière ce sympathique visage se cache l'une des pires crapules de la CRAMO. C'est Boum, l'un des lieutenants de Sigurim. Il dirige les sections d'attrapadeurs d'élite.

— Mon nouveau chef, précisa Katsia.

— Ce Boum est tristement célèbre pour son manque de scrupules, intervint Jov' en secouant la tête. Je sais que c'est mesquin, mais ça me fait plaisir de savoir qu'il va se gratter la fourrure pendant plusieurs jours ! Qui d'autre ?

La photo suivante montrait une très belle femme à la peau noire, avec une boule de cheveux crépus autour de la tête.

— Et voici celle qui se fait appeler Diamant Noir, annonça Wiz. Elle s'occupe de la formation des nouveaux arrivants.

— Une espèce de tarée qui n'a que quatre mots à la bouche, intervint l'aventurière avec une grimace méprisante : « Les cauchemars sont méchants ! »

Tout le monde éclata de rire. Wiz et Yaz passèrent en revue les autres cibles qu'ils avaient identifiées, puis on se concentra sur la programmation minutée de l'opération. Pom' fut chargée de noter chaque détail sur un grand panneau blanc afin de ne rien oublier. À la fin de la réunion, tous les participants avaient sous les yeux un rétroplanning précis à la minute près de ce que Jov' avait décidé d'appeler l'opération Scorpion.

— Le scorpion est petit et furtif, avait expliqué Jov', mais il faut le prendre au sérieux, exactement comme nous. Surtout, il est l'un des rares animaux capables de déstabiliser la mangouste, symbole officiel de la CRAMO. Je propose d'en faire l'animal totem de cette opération.

Tout le monde avait approuvé.

La mission d'Eliott ce soir-là était d'aller retrouver le Marchand de Sable pour lui demander de l'endormir à 21 h 35 très précisément le vendredi soir, date arrêtée pour l'opération Scorpion. Farjo avait été chargé d'escorter le jeune Créateur vers la sortie du Réseau, et de veiller sur lui jusqu'à ce qu'Eliott effectue le déplacement instantané qui lui permettrait de rejoindre Oza-Gora. Les deux amis étaient seuls avec leur pilote extraterrestre dans la navette qui les emmenait vers la planète forestière N265B.

Eliott décida de profiter de ce moment de calme pour poser à Farjo les questions qui lui brûlaient les lèvres depuis plusieurs heures.

— Je me demandais, commença-t-il, est-ce que tu sais qui est le Mage qui t'a créé, toi ?

— Vaguement, répondit Farjo. C'est un grand type, un Africain. Je ne sais pas exactement de quel pays il vient. Il est jeune, et il a l'air plutôt marrant. Mais je ne connais pas son nom. Il n'a rêvé de moi que trois fois, alors...

— Et tu n'es pas curieux d'en savoir plus ? demanda Eliott.

— Bof, ça ne m'intéresse pas plus que ça, dit Farjo en haussant les épaules. Il n'y a que ces tarés de la CRAMO pour vouloir tout savoir sur les Mages et collectionner l'ADN de tout le monde.

Eliott réprima une grimace. Ce n'était pas du tout la réponse qu'il espérait.

— Celle qui en sait beaucoup plus, c'est Katsia, ajouta le singe.

— Ah bon ? dit Eliott en se redressant, plein d'espoir.

— Oui, elle a été créée par une femme russe, une certaine Natalia Divanova. Tu la connais ?

— Non ! Pourquoi je la connaîtrais ?

— Il paraît qu'elle est assez réputée dans le monde terrestre, expliqua Farjo. C'est une artiste peintre et, d'après ce que j'ai compris, les collectionneurs s'arrachent ses toiles. Elle est en fauteuil roulant. Plutôt jolie, très calme, souriante...

— Parce que toi tu la connais ! s'étonna Eliott.

— J'ai vu son Mage plusieurs fois, répondit le singe. Elle s'endort souvent en pensant à Katsia et quand elle débarque à Oniria, forcément, je suis presque toujours dans les parages. Je la connais mieux que le type qui m'a créé… En fait, à la réflexion, il y a un paquet de Mages que je connais mieux que lui. Déjà il y a Sven, le prof de maths suédois qui a créé notre phare. Il vient y faire un tour de temps en temps, et il est toujours étonné de nous y trouver. Et puis il y a Maria, elle me fait bien marrer, celle-là ! Je la vois souvent dans une petite gare où j'aime bien traîner. À chaque fois elle essaie d'expédier des trucs sur la lune, genre des poules ou des boîtes de conserve ! Évidemment, l'employé du guichet lui répond qu'il n'y a pas de train en partance pour la lune. Mais elle insiste…

Eliott n'écoutait plus, et son cœur battait à vive allure. De la logorrhée de son ami, il avait retenu une seule chose : si certains Mages étaient plus connus que d'autres, il y avait un espoir que son plan soit réalisable.

— Et le Mage qui a créé la reine Dithilde, demanda-t-il vivement, tu sais qui c'est ?

Le singe dévisagea son ami en plissant les yeux.

— Tu veux dire le Mage qui a créé la reine Dithilde ET sa fille Aanor, dit-il d'un ton suspicieux. Pourquoi est-ce que tu veux savoir ça ?

— Simple curiosité, mentit Eliott. Je repensais à elles deux, si différentes et pourtant si complémentaires. La robe de la reine qui change de couleur avec ses émotions, Aanor qui ne sait pas mentir, leur lien télépathique… Le type qui les a créées a une sacrée imagination. Je suppose qu'il a dû en rêver plus d'une fois.

— Tu l'as dit, mon pote ! confirma Farjo. D'ailleurs, ça a posé des problèmes au début du règne de la reine Dithilde. Son Mage rêvait si souvent d'elle que la reine disparaissait régulièrement en plein milieu d'une réunion du Grand Conseil pour réapparaître à l'autre bout d'Oniria... Une fois, sa fille et elle ont mis quatre jours à rentrer à Hedonis. À l'époque, c'était devenu une blague : dès que la reine était en retard quelque part, on disait « C'est encore une fantaisie de Dwayne Sunbolt ».

— C'est le nom du Mage qui les a créées ?

— Oui, un scénariste américain qui vit à New York, confirma Farjo. Peu de Mages sont aussi connus que lui à Oniria. Mais ça fait longtemps que la reine et sa fille n'ont plus disparu subitement. Je suppose que l'ami Dwayne est passé à autre chose...

Le singe s'arrêta brusquement.

— Mais dis donc, je sens que tu me caches quelque chose, toi ! gronda-t-il en pointant son doigt sur la poitrine d'Eliott. Tu ne serais pas en train d'essayer de faire des bêtises, par hasard ? Comme tenter de libérer Aanor d'Ephialtis en utilisant son Mage ?

Eliott fit une grimace embarrassée.

— J'avoue que l'idée m'a traversé l'esprit, souffla-t-il. Si le Mage en question avait habité dans la région parisienne, j'aurais pu aller chez lui et glisser un portrait d'Aanor sous sa porte pour la rappeler à son bon souvenir. Avec un peu de chance, il aurait rêvé d'elle la nuit prochaine et...

Eliott laissa sa phrase en suspens.

— Mais laisse tomber, ajouta-t-il. Le type habite à New York, c'est impossible.

Farjo recula, fixant toujours son ami.

— Eh ben, mon pote, t'es du genre tenace, toi, quand même ! Aller chercher une idée pareille !

Eliott haussa les épaules et détourna le regard vers le hublot, feignant la déception. En réalité, il bouillait d'excitation. Il connaissait maintenant l'identité du Mage qui avait créé Aanor, c'était un excellent début.

Mais le plus dur restait à faire : il allait devoir convaincre le Marchand de Sable.

26

PETITS ARRANGEMENTS AVEC LA VÉRITÉ

Il n'y avait personne devant la grande grille. Rien que de la caillasse grise à perte de vue. Le cœur d'Eliott se serra. Le Marchand de Sable lui avait pourtant promis...

— Eliott ! cria derrière lui une voix qui le fit sursauter.

Eliott se retourna. À quelques pas, assis sur une couverture à l'ombre d'un gros rocher, Til attendait.

— Désolé si je t'ai fait peur ! s'excusa le jeune sablonnier.

— Pas grave. Ça fait longtemps que tu es là ? demanda Eliott en observant le bric-à-brac qui entourait Til.

— Ça fait trois jours, répondit Til. En fait, depuis que vous avez quitté Oza-Gora.

Til avait autour de lui une tente, des ustensiles de cuisine, deux jerricans d'eau, une pile de livres, des couvertures, une lampe à Pierre de Sable... tout un matériel de camping.

— Alors, demanda Til en se levant d'un bond, tu as besoin de nous ?

— Oui, dit Eliott. J'aimerais voir le Marchand de Sable. C'est important.

— Je me doute que c'est important si tu es venu jusqu'ici, répondit Til. Mais ça ne va pas être possible. Oza-Gora a envoyé une ambassade auprès de la reine Dithilde pour lui demander de lever l'état d'urgence. Le Marchand de Sable en fait partie. Personne ne sait exactement quand ils reviendront.

— Mais il m'avait dit que…

— Ne t'inquiète pas, continua Til. Le grand patron m'a laissé ici avec pour instruction de tout mettre en œuvre pour t'aider si tu en avais besoin. Donc, je t'écoute.

Eliott jeta un coup d'œil à la couverture du jeune sablonnier.

— Ça te dérange si on s'assoit à l'ombre ? demanda-t-il. Ce soleil me fait mal à la tête.

— Je t'invite dans mon palace ! s'amusa Til en désignant de ses grands bras la modeste couverture posée à même le sol rocailleux.

Tous deux prirent place devant la tente et Til leur servit deux grands verres d'eau. Eliott les agrémenta de deux rondelles de citron et de glaçons qu'il fit apparaître en un battement de cils, sous le regard impressionné de Til.

— C'est la première fois que je vois un Créateur à l'œuvre, dit le jeune sablonnier comme pour s'excuser de fixer ainsi Eliott.

Puis il se redressa et afficha une moue attentive qui lui donnait l'air plus âgé que sa vingtaine d'années.

— Alors, Eliott, qu'est-ce que le peuple oza-gorien peut faire pour toi ? demanda-t-il.

— Avec Katsia, Farjo et Jov', nous préparons une opération top secret, commença Eliott. Pour qu'elle réussisse, il faudrait que je m'endorme à 21 h 35 très précisément vendredi soir. Est-ce que c'est possible ?

— On peut faire en sorte que du Sable soit distribué à ta *Replica dormitiva* vendredi soir à 21 h 35 précises, répondit Til. Mais pour que ça fonctionne, il faudra que tu sois dans ton lit, calme et prêt à t'endormir. Sinon, on aura beau t'administrer des poignées de Sable, tu ne t'endormiras pas.

— Je serai prêt, assura Eliott.

— Alors pas de souci, ce sera fait, dit Til.

— Vous n'oublierez pas, hein ? insista Eliott. C'est vraiment hyper important. Si je ne m'endors pas exactement au bon moment, non seulement l'opération tout entière sera foutue, mais je risque de mettre Katsia et Farjo en danger.

— Je m'en occuperai personnellement, assura Til. Tu peux me faire confiance.

Il extirpa de sous la tente un carnet et un crayon, et il nota les informations données par Eliott. Puis il releva la tête vers le jeune Créateur.

— Autre chose ? demanda-t-il.

Avant de répondre, Eliott prit le temps d'observer le jeune sablonnier. Til semblait enthousiaste à l'idée de lui venir en aide. C'était la mission que le Marchand de Sable lui avait confiée, et il la prenait visiblement très à cœur. Pourtant, il n'était au courant de rien... C'était peut-être là que résidait la chance du jeune Créateur. Car il savait que ce qu'il s'apprêtait à demander était délicat. Et Til serait probablement plus facile à convaincre que le Marchand de Sable lui-même.

Eliott prit une grande inspiration.

— Eh bien, j'aurais effectivement besoin d'autre chose, dit-il finalement. Mais je ne sais pas si c'est possible. C'est une demande un peu particulière.

— Dis toujours.

— Une petite seconde, dit Eliott. Je dois d'abord...

Laissant sa phrase en suspens, le jeune Créateur fit apparaître un bloc de papier et un crayon. Puis il dessina avec application un endroit qu'il connaissait par cœur : son verger imaginaire, celui qu'il avait inventé quand il était plus jeune et où il avait rencontré Aanor pour la première fois. Lorsque le dessin fut terminé, il le tendit à Til.

— C'est très beau, commenta Til, mais qu'est-ce que tu veux que je fasse de ça ?

Eliott plongea son regard le plus sérieux dans celui du jeune sablonnier.

— J'ai besoin que ce dessin soit utilisé comme analogon demain soir.

— Comme analogon ? s'étonna Til. Ce n'est pas banal, ce que tu me demandes. Je suis même étonné que tu saches ce que sont les analogons !

— C'est le Marchand de Sable qui m'en a parlé, précisa Eliott, espérant donner plus de légitimité à sa demande. Il faudrait l'utiliser sur un certain Dwayne Sunbolt, un scénariste qui habite à New York.

— Le Mage qui a créé la reine Dithilde ? s'écria Til.

Eliott tressaillit. Il n'avait pas prévu que Til saurait qui était Dwayne Sunbolt. Maintenant, le jeune sablonnier allait forcément poser des questions.

— C'est bien ça, confirma Eliott en s'efforçant de ne pas laisser paraître son trouble.

— Mais pourquoi voulez-vous emmener Dwayne Sunbolt dans ce verger ? demanda Til en fronçant les sourcils.

— Je ne peux pas te le dire.

— Franchement, ça ne me plaît pas du tout cette histoire, maugréa Til. On ne fait pas n'importe quoi avec les Mages, encore moins avec celui qui a créé la reine d'Oniria !

— Je t'assure que ce n'est pas n'importe quoi ! insista Eliott. Et que si ce Mage ne se présente pas dans ce verger demain soir, quelque chose de très grave va se produire !

— Mais nous n'utilisons les analogons qu'à des fins thérapeutiques, argua Til. Manipuler les Mages pour son intérêt personnel est contraire à la loi immuable numéro cinq !

— Je te promets que ce n'est ni pour mon intérêt personnel, ni pour celui de Katsia, de Farjo, de Jov' ou de qui que ce soit d'autre dans l'équipe. La loi ne sera pas enfreinte. Et je te promets qu'il ne sera fait aucun tort à Dwayne Sunbolt ni à aucune de ses créatures. S'il te plaît, Til, c'est vraiment très, très important !

Til fixait alternativement Eliott et le dessin, songeur.

— Vous n'essayez pas de manipuler la reine ? demanda Til en sondant le fond des pupilles d'Eliott.

— Je te donne ma parole d'honneur que ça n'a rien à voir avec la reine, affirma Eliott, une main sur le cœur.

— Et Jov' approuve cette idée ?

— Jov' est d'accord, mentit Eliott.

Til resta silencieux un moment, et Eliott déglutit douloureusement. Il n'aimait pas du tout ce qu'il était en train de faire : mentir à Til, qui ne cherchait qu'à l'aider, et, pire encore, trahir la confiance de Jov' ! Mais c'était nécessaire. Il n'avait pas le choix.

— Demain soir ? demanda Til après une longue réflexion.

— Demain soir, confirma Eliott, le cœur battant.

— Tu sais que je ne suis pas censé faire ce genre de choses sans l'accord du Marchand de Sable…

— Il t'a donné carte blanche pour m'aider, non ? souffla timidement Eliott.

Til fit une moue embarrassée.

— Tu sais aussi que l'analogogie n'est pas une science exacte, reprit-il. Et qu'il est fort possible que ça ne fonctionne pas.

— Je sais, assura un Eliott au comble de la fébrilité.

— Et tu as conscience que dès que le Marchand de Sable sera de retour je l'informerai de ce que tu m'as demandé, ajouta Til. Et que s'il juge que cette histoire d'analogon est inappropriée, je ne ferai rien.

— Aucun problème ! dit Eliott avec empressement, priant intérieurement pour que le Marchand de Sable ne rentre pas trop tôt.

Til garda le regard fixé sur Eliott pendant encore quelques instants.

— Bon, alors c'est d'accord, annonça-t-il finalement. Je m'arrangerai pour que ton dessin soit soumis à Dwayne Sunbolt demain soir.

— Merci, merci, Til ! s'écria Eliott en se retenant de sauter au cou du sablonnier.

27

HYPNOSE

À la sortie du cours de mathématiques, Eliott se précipita vers la bibliothèque du collège sans passer par la cour de récréation. Là, il s'approcha du bureau de la documentaliste en affichant son sourire le plus angélique.

— Je dois faire une recherche urgente, dit-il après l'avoir saluée. C'est pour un exposé d'anglais. Est-ce qu'il y a un ordinateur libre ?

— Il faut s'inscrire en avance sur le planning pour avoir accès aux ordinateurs, rétorqua la documentaliste sans même lever les yeux.

— Je sais, mais c'est pour cet après-midi, plaida Eliott. J'ai préparé tout mon exposé, mais il me manque quelques détails importants. S'il vous plaît ! Je n'en ai pas pour longtemps.

La documentaliste releva la tête et dévisagea Eliott. Ses lèvres étaient pincées, mais ses yeux débordaient d'indulgence.

— Tu as de la chance, dit-elle d'un ton de doux reproche. Il n'y a pas beaucoup de monde aujourd'hui.

Elle cliqua sur sa souris, jeta un coup d'œil à son écran et nota une série de chiffres et de lettres sur un post-it.

— Tiens, dit-elle en tendant à Eliott le petit carré de papier jaune, ton code d'accès temporaire. Tu as vingt minutes. La prochaine fois, essaie de t'y prendre à l'avance !

— Merci, merci, merci ! s'enflamma Eliott. Vous êtes la meilleure !

Et Eliott se dirigea vers l'ordinateur le plus proche, un sourire satisfait aux lèvres. Les années passées à inventer des bobards pour éviter les foudres de Christine lui rendaient décidément de précieux services ces derniers temps !

Il se connecta à un moteur de recherche et tapa l'intitulé du véritable objet de sa recherche : « Dwayne Sunbolt ». Une série de liens s'affichèrent, ainsi que plusieurs photos. Eliott cliqua sur le premier lien.

Dwayne Sunbolt est un scénariste et script doctor américain vivant à New York, principalement connu pour sa participation à la série « Welcome to Pancake City », qui a obtenu le Golden Globe de…

A priori, c'était le bon Dwayne Sunbolt. Eliott cliqua sur la photo qui accompagnait l'article pour l'agrandir. Dwayne Sunbolt avait un visage carré et de petites lunettes rondes, un regard aussi rieur qu'intelligent, une barbe de trois jours, des fossettes et des tempes légèrement grisonnantes. Eliott enregistra chaque détail. Puis il rechercha d'autres photos, certaines en pied, d'autres en gros plan, et les regarda toutes avec la plus grande attention.

Lorsque sa session expira au bout de vingt minutes, Eliott connaissait par cœur la physionomie de Dwayne Sunbolt.

Le scénariste américain occupa les pensées d'Eliott tout le reste de la journée, et il y pensait encore lorsqu'il ouvrit la porte de l'appartement de la rue de Lisbonne. Il fut ramené à la réalité par Mamilou : appuyée sur le mur à côté du téléphone, juste en face de la porte, elle l'attendait.

— Je t'ai préparé des tartines de chocolat, dit-elle avec empressement avant même qu'Eliott ait refermé la porte.

— Merci, dit Eliott, déconcerté par l'état de fébrilité dans lequel se trouvait sa grand-mère.

Il laissa son blouson et son sac dans l'entrée et suivit Mamilou dans la cuisine, intrigué. Elle le laissa engloutir plusieurs tartines, puis posa sa question sans préambule.

— Alors, dis-moi, attaqua-t-elle sans cacher son excitation. Quel est le plan ?

Eliott sursauta. Sa grand-mère était-elle au courant, pour Dwayne Sunbolt ? Non, c'était impossible, il n'avait parlé de ses projets à personne. Pas même à Farjo. Et, à sa connaissance, Mamilou n'avait pas la faculté de lire dans les pensées. En tout cas pas dans le monde terrestre ! Eliott réfléchit encore quelques secondes, avant de réaliser avec soulagement que sa grand-mère parlait évidemment de l'autre plan : l'opération Scorpion.

— L'intervention est prévue pour demain soir, répondit-il en s'efforçant de reconnecter son cerveau avec les détails de cette opération-là. Tout a été prévu à la minute près. Si tout va bien, d'ici à quarante-huit heures, nous saurons précisément où trouver Jabus et le Mage de papa.

— Et ton implication dans tout ça ? demanda Mamilou avec inquiétude. C'est toujours toi qui dois consulter les archives ?

— Oui, confirma Eliott avec une assurance retrouvée. Je dois me tenir prêt pour que les sablonniers puissent m'endormir à 21 h 35 précises. Je rejoins Farjo dans la salle des archives, je modifie mon apparence pour plus de sécurité, et j'aurai environ vingt minutes pour consulter la base de données avant l'ouverture de la salle au public. Dès que j'ai les infos, je m'échappe avec Farjo par déplacement instantané.

— Ça paraît simple, approuva Mamilou, même si savoir que tu vas te jeter dans la gueule du loup ne me met pas très à l'aise.

— Ne t'inquiète pas, assura Eliott, je ne laisserai personne prendre mon sablier. Au pire, si je suis en danger, je peux m'échapper à tout instant par déplacement instantané. C'est une technique que je maîtrise bien, maintenant. Je n'aurai pas de souci.

Mamilou pinça les lèvres en regardant son petit-fils. Son émotion était visible.

— Tu me disais hier que tu avais besoin d'une séance d'entraînement, dit-elle. On peut la faire tout de suite, si tu veux.

— Les jumelles ne doivent pas rentrer bientôt ? s'enquit Eliott.

— Elles vont rentrer plus tard du solfège ce soir, à cause de leur examen. On a le temps de plonger pour une bonne demi-heure au moins. Tu voulais travailler les métamorphoses, c'est ça ?

— Oui, enfin non, répondit Eliott. Je crois que pour la métamorphose ça ira. En revanche…

Il hésita.

— Quoi ? demanda Mamilou, visiblement avide de pouvoir l'aider.

— Est-ce que tu t'y connais en influence sur les Mages ? demanda-t-il avec l'air le plus détaché possible.

Mamilou fronça les sourcils.

— Pourquoi veux-tu savoir ça ? demanda-t-elle.

— C'est juste au cas où, éluda Eliott.

— Au cas où quoi ? insista Mamilou.

Le cerveau d'Eliott réfléchit à toute allure pour inventer une justification crédible à servir à sa grand-mère.

— C'est juste que la Grande Cathédrale est en plein cœur d'Hedonis, dit-il, et que toute la capitale est perturbée par l'activité intense des Mages. On ne sait jamais, un Mage mal luné pourrait faire capoter toute l'opération.

— Et ?

— Et la semaine dernière, quand j'étais dans la caravane avec Farjo et Katsia pour rejoindre Oza-Gora, Sherpak a fait un truc incroyable : il y avait un Mage qui posait problème, alors Sherpak lui a parlé et le Mage a changé complètement d'attitude. Son cauchemar s'est transformé en rêve, et il ne nous a plus inquiétés. Je me disais juste que ça pourrait être utile que je sache faire ça, moi aussi. Juste au cas où. Pour me défendre.

Mamilou scruta le visage de son petit-fils en plissant les yeux.

— Je suppose que tu as raison, dit-elle finalement. Mais je ne peux pas te montrer comment on fait : il faudrait aller chercher des Mages à Hedonis, et on risquerait de me reconnaître. En revanche, je peux t'expliquer le principe.

Eliott se pencha vers sa grand-mère, suspendu à ses lèvres.

— En fait, ce qu'il faut, dit Mamilou, c'est regarder le Mage dans les yeux et être très sûr de toi. Il faut que le Mage n'ait aucun doute quant à la véracité de ce que tu lui racontes. Et il faut qu'il soit focalisé sur toi pour oublier ce qui se trouve autour de lui. À partir de là, tu peux lui faire croire à peu près ce que tu veux.

— Ça fait penser à de l'hypnose, remarqua Eliott.

— C'est exactement le même processus, acquiesça Mamilou. Mais il ne faut surtout pas que le Mage s'en rende compte. Il ne doit pas se sentir manipulé. S'il a le moindre doute, c'est fichu, tu n'arriveras à rien. Tu dois être sûr de toi, mais sembler détaché. C'est un équilibre délicat à obtenir.

— Il faut beaucoup d'entraînement pour y arriver ? s'inquiéta Eliott.

— Ça dépend des gens, répondit Mamilou. Certains sont plus doués que d'autres. Essaie déjà sur moi, on verra au moins si ton attitude est la bonne.

Eliott se redressa et plongea son regard le plus intense dans les yeux de Mamilou.

— Tu me dois dix euros, dit-il d'une voix forte en détachant chaque syllabe. Je te les ai prêtés la semaine dernière et tu ne me les as pas rendus. Tu dois me les rendre maintenant.

Et il tendit la main sans quitter sa grand-mère du regard.

Mamilou éclata de rire.

— Essaie d'avoir l'air un peu plus naturel, conseilla-t-elle. Parce que, là, on dirait vraiment un illusionniste raté. Ce n'est pas la peine de parler comme si tu étais sur une scène de théâtre ! Je t'ai déjà vu raconter des mensonges de manière plus convaincante.

Eliott fit la grimace. Mamilou le connaissait bien. Peut-être même un peu trop bien. Mais elle avait raison. Il savait mentir. Et c'était exactement ce qu'il devait faire : raconter quelque chose de faux avec suffisamment de naturel pour convaincre son interlocuteur. Il ferma les yeux et repensa à la façon dont il avait embobiné la documentaliste du collège. Puis il rouvrit les yeux, et il regarda sa grand-mère avec son air le plus innocent.

— Tu me dois dix euros, dit-il avec un mélange de douceur et d'assurance. Je te les ai prêtés la semaine dernière et tu ne me les as pas rendus. Tu peux me les rendre maintenant, s'il te plaît ? J'en ai besoin.

Et il tendit de nouveau la main. Cette fois, Mamilou ne rit pas.

— C'était beaucoup mieux ! approuva-t-elle. J'étais à deux doigts de te croire. Pour l'hypnose dans le monde terrestre, ce n'est pas encore ça, bien sûr. Mais ça devrait être suffisant pour les Mages. Ils sont beaucoup plus perméables à ce genre de choses.

Eliott afficha un grand sourire.

— Mais tu es au courant que la loi immuable numéro cinq interdit d'influencer les Mages pour son intérêt personnel ? prévint Mamilou. Il faut utiliser ce talent avec parcimonie et une extrême prudence !

— Je sais, dit Eliott. Je te promets que je l'utiliserai seulement en cas de danger.

Eliott soutint le regard sévère de Mamilou sans rougir de son mensonge. Intérieurement, il jubilait.

28

Panique dans le verger

Cela faisait presque sept heures qu'Eliott attendait, et il commençait à s'inquiéter. Il avait eu le temps de refaire son dessin d'Aanor une demi-douzaine de fois. Le dernier était presque parfait, il avait décidé de ne plus y toucher. À présent, il tournait en rond. Il allait d'un poirier à un cerisier, de la rivière de chocolat au distributeur de crème Chantilly, se laissait emporter par une branche pour goûter un fruit avant de retourner à son point de départ. Chaque mouvement, chaque bruit le faisait sursauter. Mais ce n'était jamais qu'un enfant gourmand ou un oiseau joueur. Jamais Dwayne Sunbolt.

Sept heures. C'était encore normal. Six heures de décalage horaire, plus l'aléa lié à l'heure de coucher du scénariste… Évidemment, si Dwayne Sunbolt se couchait à 3 heures du matin, Eliott serait parti avant qu'il arrive. Pourvu, pourvu qu'il n'ait ni fête, ni travail à terminer, ni inspiration subite ce soir-là !

Le verger était plus calme que lors de la dernière visite d'Eliott, et l'ambiance était moins rieuse. Les rares enfants qui passaient regardaient le jeune Créateur avec méfiance, s'assurant qu'il n'avait pas de pistolet violet, avant de continuer leur chemin sans lui parler. L'ombre de la CRAMO régnait partout, et l'angoisse liée à l'état d'urgence se faisait sentir jusque dans ce petit coin de paradis. Eliott avait modifié son apparence. Il s'était fait des cheveux blond très clair, des yeux verts, des taches de rousseur, il s'était retranché quelques centimètres et quelques années, mais avait ajouté des kilos. Comme ça, il avait l'air d'un gentil garçon un peu enveloppé, âgé de huit ou neuf ans. Et heureusement ! Sur le distributeur de chantilly, un avis de recherche à son effigie était placardé en une dizaine d'exemplaires.

— Wahouuu ! J'adore cet endroit, s'exclama une voix derrière Eliott.

Eliott se retourna et son pouls s'accéléra. Visage carré, allure juvénile malgré ses tempes grisonnantes, yeux parfaitement blancs derrière ses petites lunettes rondes, il n'y avait aucun doute. C'était le Mage de Dwayne Sunbolt. Eliott gonfla ses poumons au maximum, puis les vida d'un seul coup. Il n'y avait pas de temps à perdre. Il devait saisir sa chance avant que le Mage disparaisse.

— Vous voulez goûter un fruit ? demanda-t-il en s'approchant du Mage avec un sourire.

— Hello, mon garçon, dit le scénariste. Tu as l'air d'être un sacré gourmand, toi, je me trompe ?

— Non, m'sieur, répondit Eliott. Mais regardez, je vais vous montrer. Vous aimez les figues ?

— J'adore, s'enflamma le Mage.

Eliott s'approcha d'un figuier et tendit la main vers un fruit trop haut pour lui. Aussitôt, l'arbre abaissa sa branche, et Eliott cueillit plusieurs figues bien mûres qu'il tendit au Mage. Dwayne Sunbolt les accepta avec enthousiasme, et ronronna de plaisir en les goûtant.

— Vous pouvez aussi tremper vos fruits dans la rivière de chocolat, ajouta Eliott. Et il y a même un distributeur de crème Chantilly.

— Mais c'est le paradis des enfants, ici ! s'exclama le Mage.

— Oh, ça, vous l'avez dit ! approuva Eliott.

Le contact était établi, le Mage n'avait pas peur de lui. Eliott pouvait passer à la deuxième phase de son plan. Il sortit de sa poche le dessin d'Aanor et le tendit au Mage d'une main légèrement tremblante.

— Vous la connaissez ? demanda-t-il d'une voix innocente.

— Ça alors ! s'exclama le Mage, c'est Aanor ! Ça fait bien longtemps que je n'ai pas pensé à elle. Une chic fille, cette petite princesse, et jolie comme un cœur. D'ailleurs, ton dessin est très réussi, bravo !

— Merci, m'sieur, dit Eliott.

Le cœur d'Eliott se mit à battre à une allure plus vive encore. C'était l'instant de vérité. Il plongea ses yeux dans ceux du Mage et s'efforça de garder son calme. Ne pas avoir l'air d'un magicien de foire, se répétait-il.

— Vous savez, elle est ici, dit-il avec un léger tremblement dans la voix.

— Je ne la vois pas, dit le Mage de Dwayne Sunbolt en regardant autour de lui.

Eliott se mordit la lèvre. Non seulement il s'était presque trahi avec sa voix tremblante, mais il avait perdu le contact visuel. Il fallait qu'il trouve un moyen de se rattraper.

— C'est parce qu'elle se cache toujours dans sa cabane, annonça-t-il d'une voix plus assurée. Venez, je vais vous montrer.

Eliott se dirigea vers la cabane qu'Aanor avait aménagée au milieu d'un bosquet de pruniers en fleur. Son cœur battait à présent plus fort que s'il avait couru un cent-mètres. Il jeta un coup d'œil derrière lui. Le Mage le suivait. Tout allait bien.

Lorsqu'il arriva devant la cabane, il fit volte-face et planta son regard dans celui du Mage. Cette fois, il n'avait pas droit à l'erreur.

— Aanor est là-dedans, affirma-t-il avec toute la mauvaise foi dont il était capable. Si vous regardez par l'entrée de la cabane, vous la verrez.

— Tu es sûr ? demanda le Mage sans quitter Eliott des yeux. Je n'entends rien dans cette cabane.

— C'est parce que Aanor ne fait pas de bruit, assura Eliott. Elle lit. Allez-y, vous verrez.

Le Mage s'avança vers l'entrée de la cabane. Elle était trop basse pour lui. Au moment où il s'accroupissait, des cris d'enfants retentirent, puis des pas précipités.

— La CRAMO ! annonça une voix plus distincte que les autres. Barrez-vous !

Eliott tressaillit et le Mage de Dwayne Sunbolt se retourna vivement.

— Qu'est-ce que c'est que ça ? s'inquiéta-t-il.

Eliott s'approcha du Mage sans le quitter des yeux. Instinctivement, il posa une main sur son bras pour l'apaiser.

— Ce sont les autres enfants qui jouent aux gendarmes et au voleur, expliqua-t-il, faisant des efforts surhumains pour garder son calme. Mais Aanor est dans la cabane. Vous devriez aller la voir.

Le Mage s'accroupit et lança un regard interrogateur à Eliott, qui l'encouragea d'un signe de tête. Pourtant le jeune Créateur était fou d'inquiétude. L'escadron pouvait arriver d'un instant à l'autre. Pendant que le Mage rampait vers l'ouverture de la cabane, Eliott tourna la tête en tous sens. Il scruta les alentours, tendit l'oreille. Rien. Plus de cris, plus de mouvement. Seulement la brise légère dans les feuilles et le lent écoulement de la rivière de chocolat. Eliott n'arrivait pas à déterminer si c'était rassurant ou inquiétant.

— Dwayne ! s'écria une voix à l'intérieur de la cabane.

Eliott eut l'impression que son cœur s'était arrêté. Aanor ! C'était la voix d'Aanor ! Elle était juste là, de l'autre côté des branchages entrecroisés. Son stratagème avait réussi.

— Dwayne, tu ne peux pas savoir comme je suis contente de te voir ! reprit la voix à l'intérieur de la cabane.

— Moi aussi je suis content, dit la voix de Dwayne. Ça faisait longtemps. Mais tu ne voudrais pas qu'on sorte d'ici ? Ta cabane est un peu trop petite pour un grand type comme moi.

— Avec plaisir ! s'écria la voix d'Aanor. Je n'en peux plus d'être enfermée !

Le visage d'Aanor apparut à l'entrée de la cabane, et Eliott oublia tout. En un clin d'œil, il reprit son apparence habituelle, et il se précipita vers la princesse.

— Eliott ! s'écria-t-elle, le visage radieux. Alors c'est toi qui as organisé tout ça !

Eliott n'était plus qu'à un mètre d'Aanor lorsqu'une paire de bras l'agrippa par-derrière. Avant même qu'il ait eu le temps de réagir, deux doigts se plantèrent dans ses yeux. Il tenta de se débattre, mais les bras qui le tenaient étaient beaucoup trop puissants. Immobilisé, à moitié aveuglé et incapable de fermer les yeux, il était sans défense.

— Je te tiens, crapule ! beugla une voix grave au-dessus de sa tête.

— Mais qu'est-ce que vous faites ! s'alarma Aanor en se redressant d'un bond. Vous êtes fous ? Lâchez-le immédiatement !

— Impossible, Votre Majesté, dit une deuxième voix sur la gauche d'Eliott. Cet individu fait l'objet d'un avis de recherche.

L'homme s'approcha et entra dans le champ de vision d'Eliott. Gêné par les doigts puissants qui maintenaient ses paupières ouvertes, Eliott voyait flou. Mais il reconnut tout de même une tunique verte, une armure, un casque... Ses assaillants étaient des légionnaires romains armés de pistolets violets. C'était bien un escadron de la CRAMO.

Le légionnaire tendit un papier à la princesse. Ce devait être l'avis de recherche d'Eliott, car la princesse releva la tête vers le jeune Créateur, incrédule.

— Qu'est-ce qui se passe ici ? demanda le Mage de Dwayne Sunbolt, dont la tête venait d'apparaître par l'ouverture de la cabane.

— Rien du tout, couina le légionnaire. Passez votre chemin.

— Un légionnaire romain ! s'exclama le Mage. Ça me rappelle...

Le Mage de Dwayne Sunbolt disparut avant d'avoir terminé sa phrase. Eliott enrageait de ne pas pouvoir en faire autant. Si seulement ces doigts pouvaient lui lâcher les yeux, ne serait-ce qu'une seconde !

— Je me fiche de votre avis de recherche ! s'énerva Aanor. Je suis la princesse d'Oniria et je vous ordonne de lâcher mon ami.

— Désolé, Votre Altesse, répondit le légionnaire. Nos ordres sont clairs. Lui, nous devons l'emmener au siège de la CRAMO. Quant à vous, nous allons vous escorter jusqu'au palais.

— Je n'ai aucun besoin d'escorte pour rentrer au palais ! protesta la princesse.

— Aanor, intervint Eliott, mes yeux !

Le jeune Créateur ne put pas en dire plus. Une main sortie de nulle part se plaqua sur sa bouche. Mais Aanor avait compris. Elle se jeta comme une enragée sur le légionnaire et mordit jusqu'au sang la main qui maintenait ouvertes les paupières du jeune Créateur. Le propriétaire de la main hurla de douleur. Le bras qui maintenait Eliott se serra à lui faire éclater les côtes, l'empêchant presque de respirer. Mais l'autre main libéra ses yeux, et Eliott saisit sa chance. Il se concentra sur l'endroit qu'il avait choisi et il s'échappa.

Lorsque Eliott rouvrit les yeux, il était à l'intérieur de la cabane d'Aanor. Son déplacement instantané de précision avait réussi. Haletant, déboussolé, il mit plusieurs secondes à s'apercevoir qu'une douleur aiguë le lançait sur le côté gauche. Il souleva son tee-shirt. Il avait un gros hématome au niveau des côtes.

Soudain, des éclats de voix se firent entendre. Entre les légionnaires, le ton était monté.

— Mais qu'est-ce que tu as fait, crétin ?

— C'est pas de ma faute, se défendit une voix plus jeune que les autres. Quand elle a attaqué Livius, j'ai réagi par réflexe.

— Mais tu as tiré sur la princesse d'Oniria ! s'énerva une voix.

— Et quatre fois en plus ! renchérit une autre.

Prudemment, sans faire de bruit, Eliott rabaissa son tee-shirt et s'approcha de l'entrée de la cabane en rampant. Ses côtes le faisaient souffrir et il avait du mal à avancer. Il serra les dents et se fit violence pour se faufiler jusqu'à l'ouverture. Cinq légionnaires lui tournaient le dos, occupés à se disputer. Juste à côté, un géant à la musculature impressionnante était assis par terre et secouait sa main blessée en gémissant de douleur. Un peu plus loin gisait le corps inanimé d'Aanor. Ses yeux roulaient à toute vitesse dans leurs orbites.

Aucun doute : elle avait reçu un coup de pistolet violet.

En voyant la princesse dans un tel état, Eliott sentit son ventre se tordre de douleur. Il ne prit pas le temps de réfléchir. Il ferma les yeux et se concentra. Une demi-seconde plus tard, il était accroupi à côté d'Aanor. Il lui saisit la main.

— Attrapez-le ! s'écria le géant blessé.

Les autres légionnaires se ruèrent vers le jeune Créateur. Trop tard. Eliott ferma les yeux et disparut, emportant avec lui le corps inerte d'Aanor.

29

STRATÉGIE

La Bête entra dans la chambre de la princesse sans frapper. Les trois femmes-araignées tournaient en rond, hagardes, tels des chiens cherchant désespérément la pitance qu'on vient de leur retirer. Il fouilla la pièce du regard. Hormis les trois gardiennes déboussolées, il n'y trouva que la vieille couturière affolée et un minuscule oiseau vert recroquevillé sur une poutre.

— Où est-elle ? siffla la tête bleue.

— Elle... elle a disparu, chevrota la couturière.

— Disparu... répéta la tête noire d'un ton sceptique.

— C'est comme je vous le dis, Votre Seigneurie, gémit la couturière. Elle était là, juste devant moi, et puis tout d'un coup, pfffft, plus rien !

— Je vois, répondit sombrement La Bête. Une autre personne est-elle apparue dans la chambre ? Même très brièvement. Un jeune garçon, peut-être ?

— Personne, Votre Seigneurie.

— Vous en êtes sûre ? C'est très important. Je dois en être absolument certain.

— J'en suis sûre, dit la vieille femme, plus tremblante que jamais.

La tête noire posa son regard sur les femmes-araignées désormais immobiles. D'un hochement de tête, elles confirmèrent les propos de la couturière. La Bête inspira profondément en fermant ses trois paires d'yeux. Cette disparition soudaine ne pouvait signifier qu'une seule chose : la princesse Aanor avait été appelée par le Mage qui l'avait créée. Il était de notoriété publique que Dwayne Sunbolt n'avait plus rêvé de la reine ni de sa fille depuis des années. L'hypothèse d'une coïncidence était par conséquent hautement improbable. Restait celle d'une libération organisée. Mais la reine ne pouvait influer seule sur les rêves d'un Mage…

— Ainsi les Oza-Goriens ont-ils décidé de prendre parti pour la reine Dithilde, grommela La Bête.

Il avait envisagé cette possibilité, bien sûr. Mais il l'avait écartée. Même après l'attaque des loups-garous, il était resté persuadé que les Oza-Goriens conserveraient leur neutralité. Il lui avait semblé invraisemblable que le peuple du Sable, qui s'était opposé depuis le début à l'enfermement des cauchemars, puisse maintenant s'allier à la reine. Et pourtant ! Ce revirement de situation le prenait au dépourvu. Et s'il y avait bien une chose que La Bête détestait, c'était être pris au dépourvu.

Il frappa rageusement contre l'encadrement de la porte. Deux valets à tête de crapaud accoururent aussitôt.

— Ils ont cru me mettre en échec en me soufflant ma pièce maîtresse, grogna la tête noire. Mais ils ont oublié mes pions, mes fous et mes cavaliers.

Les valets regardaient leur maître d'un air ahuri. La tête bleue se tourna vers eux, glaciale.

— Faites savoir dans tout Ephialtis que je ferai une annonce importante à mon balcon dans une heure, ordonna-t-il.

Les valets disparurent. La Bête dévisagea les femmes-araignées et l'antique couturière comme s'il venait de se rendre compte de leur présence.

— Et vous, chassez cet oiseau avant qu'il ne mette de la fiente partout, dit-il en délogeant d'un souffle le volatile apeuré.

30

QUI AIME BIEN CHÂTIE BIEN

Dès qu'il fut à l'abri au bas de la pyramide maya, Eliott s'effondra sur le sol, à bout de forces et le corps endolori. Il tourna la tête vers la princesse allongée à côté de lui. Elle était toujours dans le même état. Pour combien de temps ? Des larmes d'épuisement roulèrent sur la joue du jeune Créateur avant de s'écraser sur le tapis d'herbe verte.

— Eliott ! appela une voix.

Eliott se redressa aussi vite que ses côtes douloureuses le lui permettaient. Agrippé à la main d'Aanor, il était prêt à s'échapper de nouveau. Puis il se détendit. C'étaient Wiz et Yaz, qui rentraient de leur mission de distribution de poux. Eliott se leva avec difficulté et fit face aux deux fantômes, l'air grave.

— Vous tombez à pic. J'ai besoin de votre aide pour m'aider à la ramener chez Jov', annonça-t-il en désignant Aanor du menton.

Eliott arriva chez Jov' courbé en deux par la souffrance et le souffle court. Juste derrière lui, Wiz et Yaz portaient le corps inanimé d'Aanor. Un silence stupéfait s'abattit sur la dizaine de personnes qui dînaient dans le salon. Puis plusieurs convives se ruèrent à leur rencontre.

— Eliott, tu es blessé ? s'inquiéta Pom', qui accourait la première.

— Oui, mais ça va aller, dit Eliott. C'est surtout elle qui est mal en point.

Eliott désigna Aanor d'une main lasse.

— La princesse Aanor ! souffla Pom', une main devant la bouche.

— Elle a reçu plusieurs coups de…

— J'ai vu, coupa Pom'. Wiz, Yaz, posez-la sur le canapé. Chrouf, ma mallette. Et vous deux, ne restez pas plantés là, enfin ! Aidez Eliott à s'asseoir !

Deux paires de mains saisirent Eliott sous les bras juste au moment où ses jambes allaient céder. C'étaient celles d'Albert le zombie et de la femme bleue. Ils entraînèrent Eliott vers un fauteuil rouge vif sur lequel il s'assit avec soulagement. Ses côtes le lançaient atrocement. Mais ce n'était pas ce qui le préoccupait le plus. Il ne quittait pas des yeux le corps d'Aanor, que les deux fantômes avaient allongé sur le canapé vert.

Chrouf apporta la mallette rose fuchsia de Pom', et la petite reine entreprit l'opération à laquelle Eliott avait déjà assisté après la libération de la sorcière Gisèle. Il faillit vomir lorsque Pom' plongea sa main dans le cou délicat de la princesse, et fut à deux doigts de défaillir lorsqu'elle recommença une, deux, trois fois. Pom' attrapa enfin du fil et une aiguille pour recoudre la plaie qui s'ouvrait, béante, dans le cou d'Aanor. Eliott ferma les yeux. Il ne pouvait pas voir ça. Il ne les rouvrit que lorsqu'il entendit l'aspirateur des robots nettoyeurs se mettre en marche. Il vit alors Pom' planter plusieurs puces-trace dans l'éclair au chocolat que lui présentait Chrouf. Puis il porta de nouveau son regard vers Aanor. Quelqu'un avait fermé ses paupières. Elle semblait endormie. Ou morte. Pom' ordonna aux deux fantômes d'aller l'installer dans une chambre. Puis elle s'approcha d'Eliott et s'agenouilla devant lui, sa blouse de chirurgien toujours maculée du sang d'Aanor.

— À nous maintenant, dit-elle, montre-moi cette blessure.

Eliott souleva son tee-shirt. Pom' fit la grimace devant l'hématome qui s'était encore étendu. Elle fit faire quelques gestes à Eliott, et le tâta délicatement à différents endroits.

— Rien de très grave, annonça-t-elle. Deux côtes cassées. Mais il faut arrêter cette hémorragie interne tout de suite.

La petite reine se retourna vers la table, où quelques convives étaient encore assis.

— Gisèle, appela-t-elle, tu avais dans le temps un cataplasme miraculeux pour arrêter les saignements et réduire les douleurs. Tu pourrais en préparer un pour Eliott ?

— Ça dépend, répondit la sorcière. Vous avez de la bave de crapaud ?

Pom' se retourna vers le jeune Créateur.

— Eliott ? demanda-t-elle.

Elle n'eut pas besoin d'en dire plus. Eliott ferma les yeux et, rassemblant ses dernières forces, il fit apparaître un crapaud sur la table juste devant Gisèle. La sorcière l'attrapa d'un air satisfait et s'engouffra dans la cuisine avec le chaudron qu'elle trimbalait partout.

— Ça va aller ? demanda Eliott.

— Même avec le cataplasme de Gisèle, ce sera douloureux pendant plusieurs jours, répondit la petite reine. Et tu ne seras complètement guéri que dans deux ou trois semaines.

— Je voulais parler d'Aanor, corrigea Eliott.

Pom' leva sur lui un regard ennuyé.

— Pour elle, je ne sais pas, dit-elle. Elle avait quatre puces-trace dans le cou. Et ces horreurs sont destinées à être utilisées sur des cauchemars, pas sur des princesses fragiles ! Aanor mettra probablement un certain temps à s'en remettre. Et il est possible qu'elle garde des séquelles. En tout cas, pour l'instant, elle a besoin de repos.

— Mais je croyais que les corps des Oniriens pouvaient se remettre de toutes les blessures ! dit Eliott.

— À plus ou moins brève échéance, oui, répondit Pom' en secouant la tête. Mais ces puces-trace sont une vraie cochonnerie. Aanor redeviendra comme avant, mais ça va prendre du temps. Probablement plusieurs années.

Eliott sentit sa gorge se serrer. Si la princesse ne l'avait pas sauvé, elle n'en serait pas là !

— Merci, Pom', souffla-t-il.

— Tu n'as pas besoin de me remercier, mon chéri, répondit Pom' avec douceur.

Eliott lui adressa un faible sourire.

— Bon, on peut lui parler, maintenant ?

C'était Jov'. Il se tenait derrière son épouse, le visage fermé à double tour. À côté de lui, Katsia et Farjo avaient l'air tout aussi furieux.

— Vous pouvez lui parler, dit Pom' en se relevant. Mais interdiction de le faire rire.

— Aucun risque, rétorqua Katsia.

Le petit roi, le singe et l'aventurière s'approchèrent d'Eliott. Leurs yeux lançaient des éclairs.

— Eliott, qu'est-ce que tu fais là ? gronda Jov' avec une dureté qu'Eliott ne lui connaissait pas.

— Et qu'est-ce qu'elle fait là, elle ? ajouta Katsia d'un ton agressif en désignant par-dessus son épaule la porte par laquelle Wiz et Yaz avaient emmené Aanor.

Eliott baissa les yeux.

— J'ai... Je... J'ai trouvé un moyen de la sortir des griffes de La Bête, murmura-t-il d'une voix à peine audible.

— Il me semble que nous en avions parlé, reprit Jov'.

— Et que nous t'avions expressément demandé de ne pas t'en occuper, ajouta Katsia.

— C'est vrai, admit Eliott. Je suis vraiment désolé. Mais je ne pouvais pas la laisser...

— Tes excuses ne m'intéressent pas pour l'instant, coupa Jov'. Je veux que tu nous racontes exactement ce qui s'est passé. Je veux savoir si ta bêtise risque de provoquer d'autres catastrophes et s'il y a d'autres feux à éteindre.

Accablé de honte et de douleur, Eliott entreprit de raconter la genèse de son idée, ainsi que tout ce qui s'était passé dans le verger. Jov' le sommait régulièrement de hausser la voix pour qu'on puisse le comprendre. Katsia ponctuait son récit d'interjections exaspérées. Quant à Farjo, il était visiblement hors de lui.

— Tu t'es bien payé ma tête ! protesta le singe dès qu'Eliott eut terminé son récit. Quand je pense que tu m'as extorqué toutes ces infos sur Dwayne Sunbolt !

— Désolé, Farjo, s'excusa Eliott en regardant son ami d'un air piteux.

— Et comment as-tu fait pour convaincre Til d'utiliser cet analogon sur Dwayne Sunbolt ? demanda Katsia d'un ton tranchant. Je ne veux pas croire qu'il a accepté de le faire sans protester.

Eliott baissa de nouveau la tête.

— Je... Je lui ai laissé croire que ça faisait partie de l'opération Scorpion, marmonna-t-il d'une voix à peine audible. Et j'ai dit que Jov' était d'accord.

Eliott s'attendait à une explosion de colère. À la place, il n'y eut que le silence. Un silence froid, lourd de reproche. Eliott avait tellement honte de lui-même qu'il était incapable de regarder les autres dans les yeux.

— Quand même, lança Farjo au bout d'un moment, même si Eliott a menti à presque tout le monde, il faut reconnaître que ça a marché. Et qu'il a réussi à libérer Aanor. Et ça, c'est plutôt fortiche.

Eliott releva vers ses amis un visage reconnaissant.

— Ce n'est pas fortiche, c'est de l'inconscience pure ! hurla Jov'.

Le petit roi était tellement en colère qu'il tremblait de la tête aux pieds. Eliott ne l'aurait jamais cru capable de se mettre dans un état pareil.

— Tu aurais pu te faire tuer, capturer par la CRAMO ou voler ton sablier ! Est-ce que tu te rends compte ?

— Je...

— Et est-ce que tu réalises que plusieurs personnes ici, à commencer par Katsia, Wiz et Yaz prennent de gros risques pour mettre en place l'opération Scorpion pendant que toi tu joues au guignol contre l'avis de tous, au risque de faire tout capoter ?

Eliott n'essaya plus de protester. Il aurait voulu rentrer sous terre pour se cacher.

— Tout le monde se mobilise pour t'aider, et voilà comment tu nous remercies ? poursuivit Jov'. Tu me déçois, Eliott, vraiment.

Cette phrase fit à Eliott l'effet d'un coup de poing.

— Je suis désolé, dit-il. Je suis vraiment désolé d'avoir pris des risques et d'avoir menti. Je ne pouvais pas supporter de laisser Aanor épouser La Bête alors que j'avais une chance de l'empêcher. Je savais que vous ne me laisseriez pas faire si vous étiez au courant. J'étais obligé d'agir seul.

Jov' toisa encore Eliott pendant quelques instants. Il allait rétorquer quand Gisèle arriva avec le cataplasme. Sans rien dire, Jov' lui laissa sa place et alla s'asseoir sur le petit fauteuil violet qu'il occupait habituellement. La sorcière s'agenouilla à côté d'Eliott et lui appliqua abondamment une pâte jaune visqueuse sur le torse, aidée par Pom'. Immédiatement, une sensation de fraîcheur envahit le jeune Créateur et la douleur diminua.

— Est-ce qu'il sera capable de participer à l'opération Scorpion demain soir comme prévu ? demanda Jov'.

— Il aura mal, répondit Pom', mais ça ne devrait pas l'empêcher de consulter un ordinateur ni d'effectuer un déplacement instantané.

— Tu oublies la fatigue, fit remarquer Jov' d'un ton las. Il était censé se reposer cette nuit pour être en pleine forme demain. C'est raté.

— Tout est lancé, intervint Katsia. J'ai versé les champignons de Gisèle dans la nourriture de la mouche, Wiz et Yaz ont distribué leurs poux, on ne peut plus reculer : c'est demain ou jamais.

Jov' resta silencieux quelques secondes.

— Eliott, tu t'en sens capable ? demanda-t-il.

— Oui, répondit le Créateur. Je le ferai.

— Bon, alors ne parlons plus de tout cela, trancha Jov'. La dernière chose dont nous avons besoin maintenant, c'est de perdre confiance les uns dans les autres. L'opération Scorpion aura lieu demain comme prévu. Souhaitons-nous bonne chance.

— Attendez, intervint Katsia. Il y a quand même un point dont nous n'avons pas parlé. Eliott a introduit dans le vaisseau la propre fille de la reine. Cette même reine qui vous recherche, Eliott et vous, comme des criminels. Dès qu'elle sera sur pied, elle s'empressera d'aller tout raconter et plus personne ne sera en sécurité ici.

— C'est faux ! intervint Eliott. Aanor ne dira rien à sa mère, j'en suis…

— Tu es décidément bien naïf, le coupa Jov'. Tu sais pourtant que la jeune princesse est incapable de mentir. Si sa mère lui pose des questions – et elle le fera –, elle lui dira la vérité.

Eliott se mordit la lèvre. Jov' avait raison, bien sûr.

— Mais j'ai déjà pensé à cela, poursuivit Jov'. Nous la débarquerons quelque part à Oniria avant qu'elle reprenne conscience…

— C'est exclu, intervint Pom'. Elle est trop fragile. Elle ne peut pas être transportée dans son état sans risque de prolonger encore son inconscience et d'aggraver les séquelles.

— Alors il nous reste la possibilité de la garder enfermée dans le vaisseau, déclara Jov'. Il faudra cependant veiller à ce qu'elle ignore où elle est. N'oublions pas qu'elle peut communiquer avec sa mère par télépathie. Nous aviserons en temps voulu.

Eliott ne protesta pas. Il n'était pas en position de le faire.

31

RÉACTIONS EN CHAÎNE

L'après-midi touchait déjà à sa fin lorsque quatre voyageurs encapuchonnés arrivèrent aux abords du palais. Pourtant le soleil brillait haut dans le ciel, comme presque toujours à Hedonis. Cela faisait trois jours qu'ils marchaient sans relâche. Maintes fois, ils avaient été ralentis par les contrôles incessants des escadrons de la CRAMO. À deux reprises, ils avaient même été contraints de dévier leur route pour éviter une zone de combat opposant des représentants de la Mangouste à des cauchemars échappés d'Ephialtis. D'un bout à l'autre d'Oniria, la tension était palpable. Et les citoyens ordinaires restaient terrés chez eux.

Les voyageurs avancèrent vers l'entrée principale du palais. Ici, on aurait pu croire que tout allait pour le mieux dans le Royaume d'Oniria. Des buissons taillés en forme d'animaux, plantés de part et d'autre de l'allée, les accueillirent avec bonhomie, secouant leurs têtes feuillues en guise de bienvenue. Plus loin, un pont de pierre blonde enjambait avec grâce un lac aux reflets irisés où nageaient des cygnes. De l'autre côté, les jardins paysagers et leurs cerisiers en fleur se prélassaient au soleil, bercés par le doux murmure des cascades d'eau fraîche qui alimentaient le lac. Le palais lui-même, avec ses tourelles de marbre blanc qui s'élançaient vers le ciel bleu, semblait étranger à la tragédie qui se préparait.

La réalité les rattrapa lorsqu'ils arrivèrent aux portes du palais. Une dizaine de gardes armés jusqu'aux dents leur barraient la route.

— Papiers, s'il vous plaît, beugla le premier garde.

L'un des visiteurs s'avança seul et tira de sa poche un objet qu'il plaça sous le nez du garde. Le garde observa avec circonspection la boule de verre que lui présentait cet homme. Puis l'homme agita la boule. Une pluie de Sable blanc et fin se mit à tomber à l'intérieur, et la boule s'anima. Un oiseau apparut comme par enchantement, puis un ours, un bateau, un arbre, des maisons... Une ribambelle de créations colorées prit vie à l'intérieur du globe de verre, sous le regard médusé du garde. C'était la première fois qu'il en voyait un, mais il avait reconnu sans hésiter le laissez-passer ultime : cette boule de verre animée était le symbole des relations diplomatiques qui liaient Oniria et Oza-Gora. Il releva la tête, se mit au garde-à-vous et laissa entrer les visiteurs.

Une fois dans la cour du château, le groupe se sépara. La silhouette la plus robuste obliqua vers les écuries, accompagnée de l'étrange animal presque invisible qui les accompagnait. Les trois autres se dirigèrent vers l'aile principale du château. Ils entrèrent dans une vaste pièce voûtée dallée de blanc et de noir, et présentèrent leur laissez-passer à la jeune pieuvre qui occupait le bureau d'accueil. Quelques minutes plus tard, un chat à la démarche altière et au magnifique pelage blanc vint à leur rencontre.

C'était Lazare, le chef du protocole du palais. L'homme au laissez-passer abaissa sa capuche. Le chat le reconnut immédiatement.

— Monsieur Mashar, wadi d'Oza-Gora et grand esprit de ce monde ! dit-il avec cérémonie. C'est un honneur de vous recevoir dans ce palais.

— Bonjour, Lazare, répondit simplement Mashar.

Les deux autres visiteurs abaissèrent à leur tour la capuche qui recouvrait leur visage.

— Vous reconnaissez sans doute le Marchand de Sable, continua Mashar. Et voici Lorelys, Sage parmi les Sages d'Oza-Gora et spécialiste en stratégie politique.

La femme au chignon grisonnant fit un bref salut de la tête.

— Bien sûr, bien sûr, dit le chat en s'inclinant. Nous sommes très honorés que d'aussi nobles visiteurs nous rendent visite. Si vous le permettez, je vais vous accompagner jusqu'au bureau de Sa Majesté la reine Dithilde.

— Nous vous suivons, Lazare, approuva le wadi.

Installés dans de confortables fauteuils, les trois Oza-Goriens patientaient depuis plus d'une demi-heure dans le boudoir réservé aux invités de marque. Le chat Lazare avait veillé à ce qu'ils ne manquent de rien, et avait assuré à plusieurs reprises que la reine était informée de leur présence et qu'elle les recevrait sans tarder. L'assistante de la reine, une ravissante déesse hindoue dotée de cinq paires de bras, leur avait servi des rafraîchissements avec discrétion et efficacité. Ils étaient traités en rois. Pourtant à aucun moment on ne les laissait seuls. Et derrière ses manières irréprochables, le chat Lazare ne ratait rien des paroles ni des regards qu'échangeaient les visiteurs oza-goriens.

De l'autre côté de la cloison, les éclats de voix de la reine se faisaient de plus en plus aigus. Elle était hors d'elle, et cela s'entendait. La déesse avait bien tenté de couvrir le bruit grâce à une musique d'ambiance, mais cela n'empêchait pas les Oza-Goriens à l'ouïe ultra-sensible de percevoir quelques bribes de conversation.

— Encore lui ! Et vous n'avez pas été fichus de le faire prisonnier ?

— …

— Quoi ! Et vous êtes sûr de ce que vous avancez ?

— …

— Quatre puces-trace ! Mais vous n'êtes pas seulement des incapables, vous êtes des criminels !

Puis quelques paroles incompréhensibles. Un échange avec deux voix masculines. Et le bruit d'une porte qui s'ouvre. La déesse se précipita pour fermer la porte qui reliait le boudoir à son secrétariat, mais les Oza-Goriens eurent le temps d'apercevoir un légionnaire romain à la mine déconfite sortir du bureau de la reine. Il portait sur la poitrine un blason représentant une mangouste égorgeant un cobra. C'était un membre de la CRAMO.

Ils durent attendre encore plusieurs minutes avant que la déesse vienne enfin les chercher, et le chat Lazare les escorta jusqu'au bureau de la reine Dithilde. La souveraine les attendait, crispée dans sa robe violette parsemée d'éclats de couleur rouge.

— Excusez-moi de vous avoir fait attendre, prenez place, dit froidement la reine.

Les trois Oza-Goriens se retinrent d'échanger un regard. C'était inutile. Chacun venait de se faire la même réflexion : cela commençait mal. Non seulement la reine semblait de fort mauvaise humeur, mais surtout elle ne les recevait pas seule : son indéfectible conseiller, le griffon Sigurim, se dressait de toute sa hauteur à la droite de la souveraine. Mashar, Lorelys et le Marchand de Sable s'assirent sur les canapés violets qui entouraient une table basse d'un blanc éclatant. Le chat Lazare se fit oublier dans un recoin de la pièce. Quant à la reine et au griffon, ils s'installèrent sur deux fauteuils immaculés. Sans un mot. Le message était clair : les échanges d'amabilités qui précédaient souvent les conversations diplomatiques n'auraient pas lieu. Les Oza-Goriens devaient en venir au fait.

Mashar s'éclaircit discrètement la gorge avant de prendre la parole.

— Votre Majesté, nous sommes conscients du fait que la situation avec les cauchemars empire de jour en jour et que la révolution menée par La Bête menace de mettre le Royaume à feu et à sang, commença-t-il. Nous mesurons la gravité de la situation, et comprenons que vous faites tout ce que vous pouvez pour ramener le calme et la paix à Oniria. Cependant, vous connaissez notre position à ce sujet. Les racines de la colère sont profondément ancrées à Ephialtis. Et les cauchemars sont, certes, moins nombreux que les créatures de rêve, mais ils sont dotés de pouvoirs redoutables. Si la seule réponse à laquelle ils se frottent est une augmentation de la répression, ils continueront leur lutte, et ils iront de plus en plus loin dans la cruauté et la violence. Tôt ou tard, inévitablement, les troupes officielles du Royaume seront dépassées.

— Si c'est pour me dire cela que vous vous êtes déplacés jusqu'ici... siffla la reine en se levant de son fauteuil. Vous m'excuserez, mais j'ai une révolution à mater.

Mashar l'arrêta d'un geste de la main.

— Votre Majesté, dit-il avec fermeté, vous avez pris la décision de décréter l'état d'urgence sans nous consulter, et c'est votre droit, même si cela est contraire aux usages. Cependant, vous ne pouvez pas continuer d'ignorer notre avis. Nous sommes venus vous proposer des solutions alternatives pour le règlement du conflit avec les cauchemars, et vous devez nous écouter. Non pas pour nous faire plaisir, mais pour le bien de votre peuple et du nôtre.

La reine se rassit en silence.

— Votre Majesté, continua Mashar, l'Assemblée des Sages d'Oza-Gora pense à l'unanimité que le règlement du conflit ne pourra passer que par la négociation. Or aucune discussion ne pourra avoir lieu si vous n'envoyez pas d'abord un signal fort aux révolutionnaires. C'est pourquoi nous sommes venus vous demander de lever l'état d'urgence.

La reine poussa un soupir exaspéré. Le griffon s'éclaircit la voix.

— Si vous le permettez, Votre Majesté, dit-il.

— Allez-y, Sigurim.

Le griffon se pencha de quelques centimètres vers le wadi d'Oza-Gora.

— Mon cher Mashar, vous devez comprendre que l'état d'urgence est le seul moyen de défendre efficacement notre Royaume contre les attaques des révolutionnaires. Si nous le levons, nous mettons d'honnêtes citoyens d'Oniria en danger, c'est aussi simple que cela. Et contrairement à ce que vous avancez, les cauchemars y verront non pas un signe de paix mais un signe de faiblesse.

— Sauf si la levée de l'état d'urgence est accompagnée d'un autre message ! intervint Lorelys.

Lazare bondit vers l'Oza-Gorienne au chignon gris, espérant sans doute lui rappeler que la bienséance l'empêchait de s'adresser de manière aussi cavalière à la souveraine d'Oniria. Mais la reine éloigna le chat d'un geste.

— Votre Majesté, reprit Lorelys, envoyez un ambassadeur proposer aux cauchemars une rencontre entre des représentants du Grand Conseil et les représentants du mouvement révolutionnaire. Engagez-vous à discuter de leurs revendications. En échange, exigez une trêve. Vos citoyens seront protégés tant que celle-ci sera respectée.

— Je tiens à préciser, Votre Majesté, que les Sages d'Oza-Gora proposent d'assurer la médiation de ces discussions, ajouta Mashar.

— Je vous l'ai déjà dit, Mashar, rétorqua la reine avec mauvaise humeur, je ne négocierai pas avec des terroristes. Et je n'enverrai pas un ambassadeur délivrer un message à La Bête comme s'il s'agissait d'un chef d'État.

— Mais en refusant le dialogue vous faites précisément le jeu de La Bête ! insista Lorelys.

Le chat Lazare faillit s'étouffer d'indignation, mais il ne bougea pas du coussin sur lequel il s'était réfugié.

— Plus vous donnerez aux cauchemars de raisons de vous haïr, plus ils seront enclins à écouter La Bête, expliqua l'Oza-Gorienne. Et plus La Bête et ses révolutionnaires se sentiront soutenus par le peuple cauchemar, plus leurs revendications se feront ambitieuses. Bientôt, être traités comme des citoyens ordinaires ne leur suffira plus. Ils voudront prendre le pouvoir.

— Et vous, que voulez-vous exactement ? demanda brusquement la reine, dont la robe était maintenant presque entièrement rouge.

Le regard de la souveraine s'était planté dans celui du Marchand de Sable. Pourtant, il n'avait encore rien dit. Il laissait à Mashar et à Lorelys le soin de participer aux discussions politiciennes. Ce n'était pas pour cela qu'il était venu. Lui était venu demander à la reine de supprimer l'avis de recherche qui pesait sur la tête d'Eliott.

Il était de sa responsabilité en tant que Marchand de Sable de veiller à ce que les Créateurs soient respectés dans leur intégrité physique et morale, conformément à la loi immuable numéro quatre. L'avis de recherche qui pesait sur Eliott n'avait aucune justification tangible, et il espérait convaincre la reine de le retirer sans aborder les véritables et inavouables raisons qui l'avaient poussée à le lancer. Il n'était pas censé les connaître et préférait laisser à la souveraine une porte de sortie. Mais si cela s'avérait nécessaire, il n'hésiterait pas à placer la reine Dithilde devant ses responsabilités.

Cependant Mashar et lui étaient convenus de n'aborder ce sujet qu'à la fin de la discussion. Ce fut donc Mashar qui répondit à la question de la reine.

— Nous voulons la même chose que vous, assura le wadi, la paix à Oniria.

— Ce n'est pas à vous que je m'adressais, dit sèchement la reine sans quitter le Marchand de Sable des yeux.

Le Marchand de Sable se redressa, troublé d'être ainsi pris à partie.

— Je ne suis pas sûr de comprendre votre question, Votre Majesté, dit-il. Je suis venu accompagner Mashar et Lorelys pour que nous trouvions ensemble une solution à…

— Ne me prenez pas pour une imbécile ! coupa la reine. Nous nous connaissons depuis trop longtemps. Mashar et Lorelys sont venus me parler de l'état d'urgence, pas vous. Alors je vous le redemande : que voulez-vous ?

Le Marchand de Sable consulta Mashar du regard. Le wadi fit une moue embarrassée.

— Vous avez raison, admit le Marchand de Sable. Je suis venu vous parler d'un autre sujet. Mais il me semble qu'il vaut mieux que nous en discutions plus tard. Ne mélangeons pas tout.

— Bon, dit la reine, puisque vous faites celui qui ne comprend rien, je vais donc poser ma question en des termes plus clairs : où est ma fille ?

Les trois Oza-Goriens se regardèrent, stupéfaits. Ils s'attendaient à tout sauf à cela.

— Votre fille ? s'étonna le Marchand de Sable. Je ne comprends pas. Il me semble qu'elle est retenue prisonnière à Ephialtis…

— Ne faites pas l'idiot ! s'énerva la reine. Vous savez aussi bien que moi qu'elle a été libérée.

— Vous nous l'apprenez ! intervint Mashar. Et nous nous réjouissons de savoir votre fille à l'abri de…

— Je vous l'apprends peut-être à vous, Mashar, coupa la reine, mais votre ami le Marchand de Sable, lui, sait très bien de quoi je parle. Ma fille la princesse Aanor a été libérée d'Ephialtis il y a quelques heures par un jeune Créateur répondant au prénom d'Eliott. Tous les deux ont été aperçus par un escadron d'attrapadeurs, mais malheureusement ils leur ont filé entre les doigts : le Créateur a disparu en emmenant ma fille avec lui.

— Or nous savons que vous avez été en contact avec cet individu, ajouta Sigurim d'un ton plein de reproche. Nous vous tenons pour responsables de ce qui vient de se passer.

Un silence consterné s'abattit sur le bureau de la reine. Les Oza-Goriens étaient acculés par l'attaque de la reine et de son griffon. Quant au responsable du protocole, cela faisait un moment qu'il avait renoncé à intervenir et s'était réfugié sous le bureau de la reine, horrifié par la violence de l'échange auquel il assistait.

— J'admets volontiers que le Créateur en question s'est présenté à Oza-Gora, dit calmement Mashar. Mais nous ne sommes pas responsables de ses agissements.

— Vous êtes de mèche avec lui, et nous en avons la preuve ! tonna la reine.

— Le rapport de l'escadron qui les a aperçus est formel, compléta Sigurim. Le Mage de Dwayne Sunbolt était présent sur les lieux. Ce Créateur l'a utilisé pour faire sortir la princesse Aanor d'Ephialtis. Or il n'a pas pu le faire sans la complicité du Palais de Verre. C'est impossible.

— Donc, je vous pose de nouveau ma question, monsieur le Marchand de Sable, grinça la reine. Où est ma fille et pourquoi avez-vous fait cela ? Espérez-vous peut-être me faire chanter ?

Mashar et Lorelys tournèrent des regards interdits vers le Marchand de Sable, qui exprima d'un geste sa perplexité. Puis le grand homme se leva, fit quelques pas dans la pièce sous les regards accusateurs de la reine et du griffon et vint se placer juste en face de la souveraine, ignorant ostensiblement Sigurim.

— Votre Majesté, dit-il, je comprends votre colère. Et je reconnais que les apparences ne plaident pas en ma faveur. Cependant, avant que vous ne tiriez des conclusions hâtives, je dois faire appel à votre sagesse et à votre mémoire. Vous me connaissez depuis longtemps, vous connaissez ma réputation, vous savez que rapt et chantage ne font pas partie de mon vocabulaire. Je ne suis pas La Bête.

La reine acquiesça d'une grimace.

— J'ai effectivement rencontré le jeune Eliott, qui est venu me demander de l'aide pour une affaire personnelle, continua le Marchand de Sable. Et vous avez vu juste : si je suis venu vous voir aujourd'hui, ce n'est pas pour vous parler des cauchemars, c'est pour vous demander, au nom de la loi immuable numéro quatre, de retirer l'avis de recherche qui pèse sur ce jeune Créateur. Cependant les faits dont vous venez de nous faire part sont de la plus haute gravité. Si Eliott a effectivement enlevé la princesse Aanor…

— Il l'a fait, coupa Sigurim. Avec la complicité de vos équipes.

— Laissez-moi le soin de comprendre ce qui s'est passé au niveau de mes équipes, dit sèchement le Marchand de Sable sans gratifier le griffon du moindre regard. Votre Majesté, soyez assurée que si faute il y a eu, elle sera justement châtiée. Quant au jeune garçon dont nous parlons, je l'ai rencontré personnellement et je ne veux pas croire à une malveillance de sa part. L'Assemblée des Sages d'Oza-Gora avait recommandé qu'il reste dans le monde terrestre le temps que la situation avec les cauchemars se calme. Or j'ai pris sur moi de l'autoriser à revenir, et ce pour deux raisons. La première, c'est que sa situation personnelle ne souffrait aucun délai. La deuxième, c'est que j'ai l'intuition que ce jeune garçon pourrait jouer à Oniria un rôle plus important que celui que nous imaginons aujourd'hui.

— Oh, je vous en prie ! s'agaça la reine. Arrêtez donc avec vos superstitions !

— Il me semble que vous oubliez à qui vous parlez, dit le Marchand de Sable avec fermeté, mais sans agressivité.

La reine leva les yeux au ciel, mais ne répondit pas.

— Laissez-moi mener une enquête, plaida le Marchand de Sable. Je tirerai cette affaire d'enlèvement au clair et vous ferai un rapport détaillé. Je retrouverai votre fille…

— Mais ce Créateur est dangereux, intervint Sigurim. Nous ne pouvons pas le laisser agir en toute impunité. Il doit être livré à la CRAMO.

— Si Eliott s'est rendu coupable d'un crime, c'est à la commission de justice du Grand Conseil de le juger, et certainement pas à la CRAMO, rétorqua le Marchand de Sable avec dureté. Et je vous donne ma parole qu'il sera livré à l'autorité compétente si cela devait s'avérer nécessaire.

Le Marchand de Sable contourna le canapé pour venir s'asseoir juste à côté de la reine. Il plongea ses yeux dans ceux de la souveraine.

— Votre Majesté, de grâce, je vous en prie ! Ne laissez pas cet incident troubler les relations diplomatiques entre nos deux peuples. La situation avec les cauchemars est trop grave pour que vous rejetiez d'emblée ce que Mashar et Lorelys vous proposent. Vous savez que vos prédécesseurs les plus illustres ont toujours accordé une grande importance à l'avis de l'Assemblée des Sages d'Oza-Gora. Vous êtes une reine intelligente et sage, c'est pour cela que le peuple onirien vous a élue. Prenez aujourd'hui les bonnes décisions, et l'histoire retiendra que la reine Dithilde était une grande souveraine.

La reine Dithilde souffla longuement, puis s'abandonna sur le dossier de son fauteuil en fermant les yeux. Sa robe prit une teinte d'un bleu sombre, la couleur de la réflexion. Sigurim le griffon se pencha pour chuchoter quelque chose à son oreille, mais elle l'arrêta d'un geste. Lorsqu'elle se redressa, quelque chose dans son regard s'était modifié.

La reine Dithilde ouvrit la bouche pour parler, mais elle n'eut pas le temps de commencer sa phrase. Une volée de coups précipités agressa la porte de son bureau. Sur un signe de la souveraine, le chat Lazare s'élança et sauta vers la poignée pour l'ouvrir. Un petit oiseau vert vola à tire-d'aile vers la table basse. Là, il s'arrêta pour reprendre son souffle et regarda avec perplexité les trois Oza-Goriens qui le fixaient.

— C'est bon, tu peux parler, Bogdaran, dit la reine. Qu'y a-t-il de si urgent ?

— La princesse Aanor a disparu du manoir de La Bête ! annonça l'oiseau en haletant.

— Nous sommes au courant, dit la reine. Autre chose ?

— À la façon dont elle a disparu, d'un seul coup, sans prévenir, il n'y a aucun doute, ajouta l'oiseau. Elle a été appelée par le Mage de Dwayne Sunbolt.

— Nous le savons également, dit la reine. Rien d'autre ?

L'oiseau regarda à nouveau les trois Oza-Goriens, puis le griffon, puis la reine.

— La Bête en a tiré la conclusion que les Oza-Goriens et vous avez uni vos forces contre lui. Il a décidé de changer sa stratégie. Il avait prévu d'épouser la princesse Aanor, mais…

— Pardon ? s'exclama la reine.

— Il devait l'épouser demain en grande pompe à Ephialtis, précisa l'oiseau.

— Je t'envoie surveiller ce qui se passe au manoir de La Bête, tempêta la reine, et tu ne juges pas utile de me prévenir que le chef de file de la révolution des cauchemars a l'intention d'épouser ma fille ?

— Je pensais que la princesse Aanor vous avait mise au courant, s'excusa Bogdaran.

— Cela fait des jours qu'elle coupe les communications télépathiques ! s'énerva la reine.

Le griffon posa délicatement l'une de ses serres sur le bras de la reine, puis pencha son bec vers l'oiseau.

— Tu dis que La Bête a décidé de modifier sa stratégie, dit-il. En sais-tu plus ?

— La Bête vient d'annoncer la création d'une république des cauchemars indépendante du pouvoir central d'Oniria, annonça Bogdaran. Un vote sera organisé demain matin pour en élire le président. La Bête est le seul candidat.

— Quoi ! s'exclama Sigurim. Mais c'est de l'insubordination pure !

— Non, dit sombrement Lorelys. Cela serait de l'insubordination si les cauchemars étaient des citoyens d'Oniria à part entière. Mais dans la mesure où ils ne sont plus considérés comme tels depuis de nombreuses années, leur désir de s'autogouverner n'est que trop logique.

— Et comment me conseillez-vous de réagir à cela, vous qui savez tout ? croassa la reine. Vous n'allez quand même pas me suggérer de reconnaître cette république dissidente avec le sourire !

Mashar consulta son adjointe du regard, puis se redressa, l'air grave.

— Votre Majesté, dit-il, il me semble que la seule chose à faire pour l'instant est d'attendre. La Bête n'a encore envoyé aucun message officiel annonçant la création de cette république. Or cela n'est sûrement pas une fin en soi. Demain, après le vote, nous saurons quelles sont ses véritables intentions.

32

UN MATIN COMME TOUS LES AUTRES

Eliott fut soulagé en ouvrant les yeux le vendredi matin. Son réveil avait mis fin au concert de remontrances qu'il avait subi depuis son arrivée dans le vaisseau de Jov'. Pour une fois, il n'était pas fâché de retrouver le monde terrestre, sa chambre, les piaillements des jumelles qui se disputaient dans le couloir et les sons humides des jours de pluie qui montaient de la rue. Ici, c'était un matin comme tous les autres.

D'un geste vif, Eliott repoussa sa couette et bondit sur ses pieds. Il déchanta aussitôt. Le mouvement, trop violent, lui rappela douloureusement ce que le cataplasme de Gisèle avait réussi à lui faire oublier : il avait deux côtes cassées.

Il allait falloir trouver un moyen de le dissimuler.

Eliott s'habilla avec mille précautions, puis se rendit dans la cuisine. Ses mouvements manquaient de naturel et sa respiration était difficile. Mamilou aurait tout de suite remarqué que quelque chose n'allait pas. Mais Christine, fidèle à son habitude, le salua d'un grognement sans lever les yeux de son journal.

Eliott prépara son bol de chocolat chaud. Puis il tenta d'ouvrir un pot tout neuf de confiture de poires. Mais l'effort était trop pénible. Il se rabattit donc sur la confiture de fraises, déjà ouverte sur la table. Il n'aimait pas trop ça, mais tant pis. Il jeta un coup d'œil à sa belle-mère. Christine buvait son café en silence sans le regarder. Eliott fit une grimace de douleur en s'asseyant sur le tabouret. Puis, bien installé, il trempa une grande tartine de confiture dans son bol de chocolat chaud.

C'est alors qu'il sentit leurs regards. Il releva la tête. Chloé et Juliette le dévisageaient, muettes. Aucun doute : elles avaient remarqué le comportement inhabituel de leur frère.

— Ça va, les filles, bien dormi ? lança-t-il d'un ton faussement enjoué.

Eliott saisit l'incongruité de sa question au moment même où les mots sortaient de sa bouche. Non, les jumelles n'allaient pas bien, c'était une évidence. Leurs regards n'étaient pas seulement scrutateurs, ils étaient aussi tristes, fatigués et préoccupés. Eliott s'en voulut de sa bêtise. Ces derniers jours, il avait concentré toute son attention sur Oniria. Et il avait oublié que pour Chloé et Juliette, qui n'étaient au courant de rien, la situation était encore plus difficile que pour lui.

Christine replia son journal, se leva, posa sa tasse de café dans le lave-vaisselle et quitta la cuisine en prévenant les jumelles d'un air absent qu'elles devaient être prêtes à partir dix minutes plus tard. Elle ne s'était aperçue de rien. Elle n'avait posé aucune question. En fait, depuis que

Mamilou avait annoncé la mort imminente de Philippe, Christine était devenue un fantôme. Plus inattentive, plus inexpressive que jamais, elle glissait matin et soir dans l'appartement sans s'accrocher à rien. Son énergie habituelle semblait éteinte. Elle ne riait plus. Elle ne s'énervait plus. Elle était ailleurs.

Les jumelles regardèrent leur mère s'éloigner, puis se consultèrent du regard. Chloé hocha la tête et Juliette se pencha vers Eliott, l'air inquisiteur.

— Et toi, Eliott, demanda-t-elle, tu es sûr que tu vas bien ?

— Je… Oui, ça va, balbutia le jeune garçon, décontenancé d'être ainsi questionné.

Nouvel échange de regards. Nouveau hochement de tête.

— Il n'y a pas quelque chose dont tu voudrais nous parler ? reprit Juliette.

— Non, dit Eliott, rien du tout.

— Tu es sûr ? insista Chloé.

— Oui, assura Eliott, tout va bien. Enfin, pas plus mal que pour vous, je suppose. Qu'est-ce que c'est que cet interrogatoire ? Vous allez me laisser prendre mon petit déjeuner tranquille, oui ?

Silence. Eliott croqua dans sa tartine en s'efforçant de prendre l'air naturel de celui qui n'a rien à cacher.

— On s'inquiète pour toi, lâcha finalement Chloé. On pense que tu nous caches quelque chose.

La tartine d'Eliott s'immobilisa à mi-chemin entre son bol et sa bouche. Évidemment qu'il leur cachait quelque chose. Quelque chose d'énorme, de beaucoup trop grand pour lui, quelque chose qu'il aurait mille fois préféré partager avec elles si cela avait été possible. Eliott ferma les yeux. Il avait tellement envie de rassurer les filles. De leur dire que tout n'était pas perdu, qu'il y avait encore un espoir de sauver leur père, même s'il était mince. Tous ces mensonges, c'était trop dur pour elles. C'était trop dur pour lui aussi. Alors pourquoi ne pas partager son secret ? Ce serait tellement plus facile pour tout le monde !

Eliott posa sa tartine.

— Bon, je vais vous dire la vérité, déclara-t-il.

Les jumelles se penchèrent vers lui, suspendues à ses lèvres. Et Eliott se figea.

— La vérité, c'est qu'il n'y a rien à dire, lâcha-t-il finalement. Je suis chamboulé par ce qui arrive à papa. Comme vous. Comme Mamilou. Comme Christine. Je n'ai rien à cacher.

Le cœur d'Eliott battait comme s'il venait de réchapper d'un accident mortel. Il avait vraiment eu l'intention de révéler à Chloé et à Juliette l'existence d'Oniria. Mais, au dernier moment, la lueur d'excitation qu'il avait lue dans leurs yeux avait fait naître une image terrible dans son esprit. Il avait vu les jumelles s'immisçant dans sa chambre en pleine nuit pour vérifier qu'il n'avait pas menti. Il avait vu leurs regards se poser sur le sablier, et succomber à l'attrait irrésistible que l'objet exerçait sur quiconque le voyait pour la première fois. Il les avait vues s'emparer du précieux sésame et l'enrouler autour de leurs deux petits cous... Lui l'esprit coincé à Oniria, le corps réduit à l'état de légume, comme celui de leur père. Elles débarquant dans le monde des rêves, ignorantes, insouciantes, totalement à la merci du griffon Sigurim et de sa CRAMO.

Par un incroyable réflexe de survie, Eliott avait évité la catastrophe *in extremis*.

Mais les jumelles étaient aussi déçues que visiblement peu convaincues. Encore une fois, elles se consultèrent du regard. Encore une fois, Chloé hocha la tête.

— Chloé pense que tu prends de la drogue, annonça Juliette.

— Et on n'aime pas du tout ça, ajouta Chloé. On va déjà perdre papa, maman ne nous parle presque plus...

— On n'a plus que Mamilou et toi, continua Juliette.

— Alors t'as pas le droit de faire des bêtises, termina Chloé.

Eliott serra les dents pour ne pas flancher. Il devait être convaincant.

— Je ne prends pas de drogue, assura-t-il d'une voix calme.

Ça, c'était la partie facile. C'était vrai.

— Et je vous promets que je ne fais pas de bêtises et que je serai toujours là pour vous, ajouta-t-il.

Eliott s'efforça de soutenir sans ciller le regard de ses sœurs. Il fut soulagé lorsque la voix de Christine retentit dans l'entrée. Les jumelles se levèrent. Elles semblaient à peu près satisfaites. La gorge d'Eliott se noua en les regardant s'éloigner. Il venait de débiter son mensonge le plus détestable. Car il n'avait aucune certitude d'être encore là pour ses sœurs le lendemain.

Ce soir-là, il allait se jeter dans la gueule du griffon.

Ce soir-là, Chloé et Juliette allaient peut-être perdre leur frère.

33

La Grande Cathédrale

Allongé dans son lit, Eliott tapotait fébrilement son sablier. Il s'était bourré d'antalgiques pour que ses côtes ne le fassent pas trop souffrir. Au cours de la journée, il avait pris l'habitude de respirer moins profondément ; cela ne le gênait plus. S'il évitait d'effectuer des mouvements trop acrobatiques, tout se passerait bien.

Il était prêt.

Pour la dixième fois, il vérifia l'heure sur le cadran digital de son réveil.

20 h 53. Presque 8 heures du matin à Oniria. L'heure d'ouverture des bureaux de la Grande Cathédrale. Bientôt, une vingtaine d'agents plus ou moins haut gradés allaient être refoulés à l'entrée à cause de leurs poux. Ils feraient un scandale. Si Pom' avait vu juste, les gargouilles de pierre décideraient de diminuer le niveau de sécurité. Elles désactiveraient manuellement le champ magnétique de l'une des portes pour laisser passer les agents en règle mais porteurs de poux.

21 h 08. Katsia devait être en train de se présenter à l'entrée principale, sa puce-pass fichée dans le poignet,

Farjo et une vingtaine d'autres poux sur la tête. Il faudrait qu'elle se dirige vers la porte d'un pas assuré. Comme d'habitude. Comme si elle ignorait qu'elle allait se heurter de plein fouet à un mur magnétique. Elle devrait se montrer bonne comédienne. Surtout ne pas se trahir ! Si elle manifestait un comportement inhabituel, si les gargouilles avaient le moindre doute, Katsia l'avait dit elle-même : ce serait un aller simple pour Ephialtis.

La respiration d'Eliott se fit haletante. Soudain, il étouffait. Il déboutonna le haut de son pyjama, agita sa couette, toussa. Cela eut pour seul effet de réveiller ses côtes douloureuses.

Eliott ferma les yeux. Il tenta de se calmer. Non, Katsia et Farjo ne seraient pas envoyés à Ephialtis. L'aventurière jouerait bien son rôle. Elle se heurterait au mur magnétique. Râlerait abondamment. Les gargouilles de pierre la fouilleraient. Elles passeraient le moindre centimètre carré de son corps au détecteur portatif, comme dans les aéroports. Elles plongeraient leurs doigts froids et durs dans sa chevelure blonde. Elles trouveraient des poux.

Et elles laisseraient passer Katsia.

21 h 15. Quelqu'un était en train d'apporter à la mouche le bac d'excréments qui lui servait de petit déjeuner. D'après les estimations de Gisèle, il faudrait une dizaine de minutes à la répugnante gardienne de la salle des archives pour commencer à subir les effets de la décoction de champignons.

Dans vingt minutes exactement, Til arroserait de Sable la *Replica dormitiva* d'Eliott. À ce moment-là, il faudrait qu'il soit calme, prêt à s'endormir. Mais vu son état d'excitation actuel, il y avait encore du boulot ! Alors c'était décidé. Il ne regarderait plus son réveil. Fini. Eliott ferma les yeux, inspira profondément et se concentra sur chacun des muscles de son corps pour les relaxer un à un.

C'était plus fort que lui. Eliott regarda de nouveau son réveil.

21 h 23. Comme tous les matins, Katsia et d'autres nouvelles recrues s'abreuvaient de caféine avant le début de leur formation théorique. Comme tous les matins, Charbène, la jeune bibliothécaire, allait bientôt passer devant le distributeur de boissons, les bras chargés de dossiers. Mais, ce matin, Katsia la bousculerait « sans faire exprès » et ferait tomber ses dossiers. Puis elle l'aiderait à les ramasser en s'excusant platement. Ainsi, l'aventurière pourrait coller sa tête à celle de Charbène assez longtemps pour permettre à Farjo et aux autres poux de changer de monture. Ensuite, Charbène se présenterait à la salle des archives. Elle serait refoulée. Les gargouilles fouilleraient sa tête, trouveraient des poux et la laisseraient passer.

Eliott avait tellement le trac qu'il fut pris d'une soudaine envie d'aller aux toilettes. Il regarda son réveil. 21 h 32. Il ne restait que trois minutes. Il fit l'aller-retour à la salle de bains en moins d'une minute et s'engouffra de nouveau sous sa couette, haletant.

Eliott sentit la fatigue tomber d'un coup sur ses épaules. Le Sable ! Til ne l'avait pas oublié. Il allait bientôt sombrer dans le sommeil et rejoindre Farjo dans la salle des archives...

Soudain, il rouvrit les yeux en sursaut.

Et si Farjo n'était pas dans la salle des archives ? Peut-être que Charbène était arrivée en retard ce matin-là ! Peut-être que Farjo était toujours sur la tête de Katsia et qu'Eliott allait débarquer au beau milieu des nouvelles recrues de la CRAMO ? Tout le monde se jetterait sur lui, il n'aurait pas le temps de réagir...

La fatigue se fit sentir à nouveau et cloua Eliott sur l'oreiller. Il commença à s'enfoncer dans la torpeur. Ses yeux piquaient, le sommeil l'envahissait...

Mais Eliott ne parvenait pas à garder son esprit concentré sur Farjo. Une foule d'images envahissait sa tête : le griffon, des gargouilles par centaines qui le poursuivaient, une mangouste égorgeant un cobra... Non, non, c'était à Farjo qu'il devait penser, et à lui seul ! Farjo, reconnaissable entre mille avec sa tache orange autour de l'œil, quelle que soit la forme qu'il prenait. Eliott luttait, transpirait, se tournait et se retournait.

— Mais qu'est-ce que tu fabriques ?

Eliott sursauta en entendant la voix de Til. Il regarda autour de lui. Il faisait sombre dans sa chambre, et l'esprit de Til était presque transparent. Il ne pouvait pas le voir.

— Tu devrais être endormi depuis sept minutes ! reprit le jeune sablonnier. Je t'ai envoyé deux doses de Sable. Mais ta *Replica dormitiva* ne donnait toujours aucun signe de sommeil, alors j'ai plongé en urgence pour venir voir ce qui se passait.

— Je... Je crois que j'ai peur ! avoua Eliott.

— Eh bien j'ai une mauvaise nouvelle pour toi, dit Til d'une voix sévère. Ce n'est plus le moment de te poser des questions. L'autre jour, quand tu es venu me supplier de t'endormir à l'heure, tu m'as expliqué que si tu avais du retard, Katsia et Farjo seraient en danger. Alors si tu ne veux pas mettre tes amis dans le pétrin, il va falloir y aller et vite ! Donc maintenant, tu vas t'allonger et respirer calmement et profondément. Je vais compter jusqu'à cinq. À cinq, je t'envoie une troisième dose de Sable. Et cette fois-ci tu ne luttes pas. On est d'accord ?

— On est d'accord, acquiesça Eliott en s'allongeant.

— Alors je commence à compter. Ferme les yeux et respire à fond. Un… Deux… Trois…

Eliott sentit un coup de fatigue plus important que les précédents qui l'emporta dans un tourbillon loin, très loin de sa chambre. Quelques secondes plus tard, il se trouvait entre deux étagères pleines à craquer de tubes à essai étiquetés, alignés comme des livres. Devant lui, un ordinateur. Perché sur l'écran de l'ordinateur, un pigeon tout gris avec une tache orange autour de l'œil gauche. Farjo avait l'air furieux.

— T'es en retard, mon pote ! dit-il à voix basse dès qu'il aperçut le jeune Créateur.

— Je suis désolé… commença Eliott.

— Plus tard, on n'a pas le temps de bavarder, coupa Farjo. Tout est sous contrôle. Charbène est à l'autre bout de la salle, dans un bureau fermé, et les deux autres bibliothécaires ne sont pas encore arrivées. On a de la chance. Elles ont dû être retardées par le beau bazar que l'épidémie de poux a déclenché à l'entrée. Les gargouilles ont décidé de fouiller tout le monde.

— Et la mouche ? demanda Eliott.

— La mouche est en plein délire. Elle est en train de danser près de la porte d'entrée en disant « Bonjour, madame » à toutes les étagères. L'ordinateur est juste là, à toi de jouer maintenant. Et dépêche-toi : dans dix minutes Charbène ouvre les portes au public et adieu la tranquillité.

Avant toute chose, Eliott devait changer d'apparence. Il n'était censé rencontrer personne, mais au cas où cela arriverait, il ne fallait pas que quiconque puisse le reconnaître. Il ferma les yeux. Quand il les rouvrit, il avait pris dix ans, trente centimètres et quarante kilos de masse musculaire. Surtout, il était recouvert des pieds à la tête d'un tissu élastique rouge et jaune, comme un costume de super-héros.

— Joli déguisement, approuva Farjo. Tu es méconnaissable.

— Merci ! dit Eliott.

Eliott s'assit devant l'ordinateur sous le regard pressant de Farjo. Il poussa un cri en posant sa main sur la souris : c'était une véritable souris. Vivante ! Sa queue particulièrement longue disparaissait sous le bureau comme un fil de connexion. Eliott fit la grimace en posant de nouveau sa main dessus. Il la déplaça, elle se laissa faire docilement et le curseur de l'écran se déplaça en même temps. Eliott fit plusieurs tentatives avant de trouver le moyen de cliquer : il fallait caresser l'oreille gauche de la souris ! S'habituant peu à peu à cette incongruité, Eliott se mit à naviguer dans le menu de recherche. Il tapa le nom « Philippe Lafontaine », sélectionna « Mage » dans un menu déroulant et attendit le résultat. L'ordinateur chercha pendant si longtemps qu'Eliott crut qu'il était bloqué. Finalement, une liste d'entrées s'afficha. Il y avait au moins vingt Philippe Lafontaine. Il fallait cliquer sur chaque nom pour obtenir quelques éléments de biographie qui permettaient de les différencier. Eliott cliqua sur le premier nom de la liste. C'était un chanteur belge qui avait eu un certain succès dans les années quatre-vingt. Rien à voir avec son père. Il retourna sur la page précédente et cliqua sur le nom suivant. Il tomba sur deux Québécois, puis sur un Gabonais.

— Oh, la jolie pièce de viande ! s'écria une voix juste derrière Eliott.

Eliott se retourna vivement. La mouche géante volait vers lui à toute vitesse. Katsia n'avait pas menti, elle avait la taille d'un gros oiseau de proie.

— Continue, dit Farjo, je m'en occupe.

Aussitôt, Farjo se transforma en un énorme goéland et s'interposa entre Eliott et la délirante gardienne.

— C'est mon morceau de viande, clama-t-il. Je l'ai vu en premier !

— Je regrette, dit la mouche, tout ce qui est ici m'appartient. Et vous aussi d'ailleurs, vous m'appartenez.

— Essayez de m'attraper, on va voir si je vous appartiens, dit Farjo.

Farjo prit de la hauteur et s'engagea dans une allée d'étagères, immédiatement suivi par la mouche. Celle-ci ne volait pas droit ; elle se cognait sans cesse les ailes aux étagères et s'excusait platement auprès de chacune d'elles.

Eliott reprit ses recherches. L'anxiété faisait trembler ses mains et il avait du mal à manipuler la souris, qui se montrait de moins en moins docile et se tortillait en couinant. Eliott parvint tout de même à passer en revue tous les Mages, jusqu'à ce qu'il ne lui reste plus qu'un seul Philippe Lafontaine à consulter. C'était forcément son père. Le dernier de la liste. Eliott força la souris à s'immobiliser avec sa main droite et lui caressa l'oreille avec la main gauche. Un message s'afficha au milieu de l'écran : « Dossier confidentiel. Saisir mot de passe. » Eliott eut soudain terriblement chaud, et sa gorge s'assécha. Il cligna plusieurs fois, mais cela ne changea rien à ce qu'il avait sous les yeux : le curseur vertical clignotait sur l'espace désespérément vide où il devait saisir un mot de passe qu'il ignorait.

Des éclats de voix sortirent Eliott de sa stupeur, et il se retourna. À l'autre bout de la pièce, Farjo et la mouche faisaient de plus en plus de bruit. Avec ce boucan, la bibliothécaire ne tarderait pas à se rendre compte qu'il se passait quelque chose d'anormal. Il fallait faire vite. Très vite. Eliott recentra son attention sur l'écran d'ordinateur et de grosses gouttes de sueur commencèrent à perler sur son front. Quel pouvait être ce fichu mot de passe ? Eliott n'en avait strictement aucune idée, et plus il y pensait, plus ses neurones étaient tétanisés. Il fixait l'écran, incapable de réfléchir.

Eliott se mordit la lèvre pour se forcer à sortir de son hébétude. Il devait faire quelque chose. N'importe quoi plutôt que de rester planté là comme un idiot. Échouer si près du but, c'était trop bête ! Par désespoir, il tenta plusieurs mots au hasard. Il essaya « cathédrale », « gargouille » ou encore « cauchemars », en vain. Il fallait se rendre à l'évidence : il n'y arriverait jamais comme ça. C'est alors qu'une idée traversa son esprit : la bibliothécaire, elle, connaissait probablement le mot de passe. Mais comment la convaincre de le révéler ? En la suppliant ? Ou en la brutalisant façon Katsia ? Il n'y avait pas de temps à perdre. Il ferait selon l'inspiration du moment. Il se leva et se précipita vers l'autre bout de la salle.

La jeune femme brune un peu ronde sortit de son bureau au moment où Eliott émergeait de l'allée d'étagères. En voyant l'homme recouvert d'un costume moulant rouge et jaune qui se tenait devant elle, elle poussa un cri. Eliott se jeta sur elle et lui plaqua la main sur la bouche. Mais Charbène se débattit comme une bête traquée. Elle asséna à Eliott un violent coup de coude en plein dans ses côtes cassées. Plié en deux par la douleur, Eliott fut contraint de lâcher prise, et la jeune bibliothécaire se précipita vers la porte d'entrée. Cette fois-ci, Eliott sut immédiatement ce qu'il devait faire. Ce fut comme un réflexe. Il y avait une créature qui courait et il devait l'immobiliser ; la réponse était simple, elle figurait sur la liste de Mamilou qu'il avait apprise par cœur. Il fit apparaître une cage et Charbène fut immobilisée instantanément, à quelques mètres de la porte d'entrée.

Immobilisée, mais pas silencieuse. Elle se mit à crier si fort que les tubes à essai alignés sur les étagères se mirent à trembler. Immédiatement, la porte s'ouvrit et deux gargouilles passèrent la tête dans l'encadrement. Affreuses, hautes comme des enfants de huit ans, ces monstruosités de pierre particulièrement tenaces résistaient aux balles, aux épées et même aux flammes. Elles n'avaient peur de rien et ne renonçaient jamais. Le seul moyen de les arrêter, c'était de les casser ou de les bloquer.

Eliott n'eut pas le temps d'avoir peur. Il ferma les yeux et imagina un mur de brique pour condamner l'entrée. Lorsqu'il rouvrit les yeux, le spectacle était à vomir : les deux gargouilles étaient prisonnières des briques, leurs visages de démons figés dans des rictus abominables. Seules quelques griffes crochues qui dépassaient du mur bougeaient encore. S'arrachant à la contemplation de cette horreur, Eliott fit apparaître deux autres murs, l'un en béton, l'autre en titane. D'autres gargouilles n'allaient pas tarder à arriver et il lui fallait du temps. La bibliothécaire avait cessé de crier. Elle fixait d'un air ahuri l'endroit où les deux gargouilles s'étaient retrouvées emmurées. Eliott s'approcha d'elle et tenta de lui parler le plus doucement possible.

— Je ne vous veux aucun mal, dit-il, je veux seulement récupérer une information qui est dans cette salle. Mais j'ai besoin que vous me donniez un mot de passe.

— Je ne connais aucun mot de passe, sanglota la bibliothécaire. Et même si j'en connaissais, je ne vous dirais rien.

Ça ne marchait pas. Eliott décida de changer de stratégie.

— Alors je vais devoir vous faire parler de force, dit Eliott en s'approchant d'un air menaçant.

La jeune femme recula jusqu'au fond de la cage. Elle tremblait de tous ses membres. Eliott détestait ce rôle de bourreau. Cette pauvre fille ne lui avait rien fait !

Soudain, il entendit un bourdonnement derrière lui. Il se retourna. La mouche approchait en zigzaguant, se cognant contre les étagères, faisant tomber des tubes à essai qui se brisaient sur le sol.

— La mouche, cria Charbène en levant des yeux pleins d'espoir vers l'insecte démesuré.

Mais lorsqu'elle aperçut le goéland qui poursuivait la gardienne, Charbène poussa un minuscule soupir. Eliott se retourna vers elle. Charbène était allongée sur le sol de la cage, inconsciente. Elle était tombée dans les pommes. Impossible de lui demander quoi que ce soit à présent.

— Qu'est-ce que tu fais ? demanda Farjo. Tu as les documents ?

— Non, pas encore, je...

Eliott n'eut pas le temps de terminer sa phrase. Un coup sourd fit trembler la pièce entière. Les gargouilles s'attaquaient au triple mur qui protégeait la porte d'entrée.

— Dépêche-toi ! cria Farjo. J'assure tes arrières.

Eliott se précipita dans l'allée d'étagères. L'ordinateur était tout au bout. Lorsqu'il fut à mi-chemin de l'allée, il se retourna. Farjo s'était transformé en ours. Il avait assommé la mouche et se tenait à présent face à la porte d'entrée, prêt à attaquer tout ce qui arriverait par là.

Eliott se rassit devant l'ordinateur. Mais il n'était pas plus avancé ! Et pourtant il devait trouver une solution. Il le devait ! Il ferma les yeux et tenta de faire le vide dans son esprit. Qu'aurait fait Mamilou à sa place ? Les paroles de sa grand-mère lui revinrent à l'esprit : « Si tu ne peux pas transformer ton environnement, tu peux te transformer toi-même. » Autrement dit, s'il ne pouvait pas trouver ce mot de passe, il pouvait devenir capable de consulter les données sans connaître le mot de passe. Il devait devenir un petit génie de l'informatique. En quelques secondes.

Un tremblement plus fort que les autres secoua la bibliothèque, faisant choir quelques tubes à essai. Le mur de briques était tombé. Aussitôt, le bruit assourdissant d'une machine se mit en route. Les gargouilles s'attaquaient au mur de béton. Eliott tenta de l'ignorer et concentra toute son attention sur ces jeunes pirates surdoués qui réussissent à pénétrer les systèmes informatiques ultra-sécurisés des banques ou des grandes entreprises. Il pensa à tous ces films où l'un des héros réussit à récupérer des données essentielles pour la réussite de la mission. Il était l'un d'entre eux. Il devait être l'un d'entre eux. Il était boutonneux, il avait des lunettes, un tee-shirt informe, il était nul en sport, et aucun mot de passe ne lui résistait.

Lorsque Eliott rouvrit les yeux, il était dans un état second. Ses mains effectuèrent des opérations que son cerveau dictait mais dont il n'avait aucune conscience. Pourtant, il savait qu'il faisait exactement ce qu'il fallait. Il savait qu'il arriverait à faire sauter ce mot de passe. Ce n'était qu'une question de secondes. Ses yeux étaient fixés sur l'écran. On aurait dit qu'il voyait à travers. Il entendait vaguement au loin un vacarme de plus en plus fort. Des machines, des matériaux qui s'effondraient, la bibliothécaire qui hurlait, Farjo qui rugissait, et bientôt d'autres voix… Mais tout cela était en sourdine. Eliott était comme dans une bulle de coton. Rien de ce qui se passait autour de lui ne pouvait l'atteindre.

Il caressa l'oreille de la souris pour valider. L'écran du mot de passe disparut, et une longue liste s'afficha devant lui. Une liste de cauchemars, avec des lieux, des dates et des descriptions. Il y en avait des centaines. Tous les cauchemars de son père, depuis sa naissance. Il avait réussi ! Il caressa l'oreille de la souris pour imprimer la liste.

Ce fut le bruit de l'impression qui ramena Eliott à la réalité. Il se retourna. Farjo, toujours sous sa forme d'ours, était assailli par une horde de gargouilles et donnait de grands coups de patte pour les assommer. Mais elles étaient nombreuses. Très nombreuses. Pire, elles semblaient renaître de leurs débris à une vitesse ahurissante. Harcelé, Farjo perdait du terrain. Cinq feuilles sur dix. Une haute silhouette apparut au-dessus de la mêlée, et le sang d'Eliott se figea. C'était Sigurim, le directeur de la CRAMO. Le griffon leva la tête vers Eliott, et un éclair de haine transfigura son visage de rapace.

— Eliott ! C'est Eliott, l'ennemi numéro un du Royaume ! hurla-t-il. Mobilisation générale !

Eliott reçut un électrochoc en entendant son nom. Comment Sigurim l'avait-il reconnu ? Il regarda ses jambes, ses bras, son torse. À la place du collant rouge et jaune, il portait un jean troué et un tee-shirt trop grand pour lui. Il tâta son visage : plus de masque. Il fit apparaître à la hâte un miroir de poche et retint un cri de stupeur. Il était plein de boutons et il portait des lunettes, mais c'était bien lui, Eliott, douze ans, parfaitement reconnaissable sous son accoutrement caricatural de petit génie de l'informatique ! Eliott s'était tellement concentré pour craquer ce mot de passe qu'il avait modifié son apparence.

Eliott releva les yeux. En plus de celui du griffon, des dizaines de regards de pierre le fixaient d'un air mauvais. Le temps sembla suspendu un instant. Puis quelqu'un déclencha une sonnerie assourdissante, et tout s'accéléra. Les gargouilles reprirent l'attaque, Farjo recommença ses moulinets, et bientôt le pas cadencé de troupes se fit entendre dans le couloir. Les renforts arrivaient.

Farjo fit tomber plusieurs étagères en travers du couloir dans un épouvantable fracas de verre brisé. Pendant qu'une vingtaine de gargouilles se lançaient à l'assaut de cette barricade de fortune, d'autres, beaucoup plus nombreuses, se précipitaient dans les allées parallèles pour atteindre Eliott par l'autre côté. Eliott jeta un coup d'œil à l'imprimante. Huit pages sur dix. Il devait encore gagner du temps. Mais les premières gargouilles avaient déjà atteint l'autre bout de l'allée. Par réflexe, il fit apparaître un gouffre de quatre mètres de large entre les monstres de pierre et l'ordinateur. Plusieurs des assaillantes tombèrent dans le gouffre. Mais très vite, elles commencèrent à s'organiser. Elles grimpèrent les unes sur les autres. La taille critique atteinte, une première colonne se jeta au-dessus du gouffre. Sous les yeux éberlués d'Eliott, le pont de fortune ainsi constitué se brisa dans son élan et les gargouilles tombèrent dans le gouffre. Mais d'autres colonnes étaient déjà en formation. Le sort du premier pont vivant n'avait pas ému les autres gargouilles. Elles continuaient, coûte que coûte, cherchant la solution, indifférentes aux pertes. Neuf pages sur dix. Farjo faisait tomber toujours plus d'étagères, mais il perdait du terrain et se rapprochait de plus en plus d'Eliott. De l'autre côté, une gargouille rescapée d'un « pont » plus long que le précédent se précipita vers Eliott. Sans réfléchir, le jeune Créateur fit apparaître un monumental gourdin et frappa de toutes ses forces. La gargouille fut éparpillée en mille morceaux, mais Eliott lâcha le gourdin avec un cri de douleur. Ses côtes ne lui permettraient pas de se défendre une deuxième fois de la même manière.

Dix pages. L'impression était terminée. Eliott attrapa les pages et les fourra dans sa poche. Il aurait pu repartir immédiatement par déplacement instantané, mais il était hors de question de laisser Farjo ici. Pour pouvoir emmener son ami avec lui, il n'y avait qu'une solution : établir un contact physique avec lui. Eliott se jeta dans l'allée pour rejoindre Farjo. Trop tard. Deux gargouilles rescapées du précipice se jetèrent à ses pieds et il tomba violemment par terre. Plaqué au sol par les deux monstres qui s'agrippaient à ses chevilles, Eliott ne pouvait plus bouger.

— Farjo ! hurla-t-il.

L'ours se retourna. Réagissant au quart de tour, il lança de toutes ses forces une gargouille dans la direction d'Eliott. Le démon de pierre frôla la tête du jeune Créateur avant de se fracasser contre les deux autres gargouilles. Le choc fut si violent que les trois créatures furent réduites à un tas de pierre. Mais déjà, deux autres ponts de pierres vivantes se lançaient à l'assaut du précipice. Eliott tenta de se relever, en vain. Sa chute l'avait sonné et il s'effondra de nouveau sur le sol. Au bord de l'évanouissement, il ferma les yeux. Il devait faire un déplacement instantané de précision. Il devait y arriver ! Maintenant.

Quand il rouvrit les yeux, Farjo n'était plus qu'à un mètre de lui, cognant sur tout ce qui approchait en poussant de grands cris. Ignorant son vertige et la douleur aiguë qui lui martyrisait les côtes, Eliott se mit à ramper. Il n'était plus qu'à cinquante centimètres de l'ours lorsqu'une ombre inquiétante l'enveloppa. Il se retourna. Sigurim le griffon, ses grandes ailes déployées et ses serres prêtes à attaquer, fondait sur lui à pleine vitesse depuis la haute voûte de la salle des archives. Tétanisé par l'effroi et la douleur, Eliott regarda l'ennemi approcher sans bouger, les yeux écarquillés, incapable de se défendre.

Soudain, une patte d'ours déchira l'air. Le griffon la heurta de plein fouet et s'écroula de tout son poids sur les jambes d'Eliott. Le Créateur poussa un hurlement de douleur. Déjà, le griffon reprenait appui sur ses pattes de lion. Eliott était à sa merci.

Deux pattes poilues et griffues agrippèrent Eliott sous les bras et le tirèrent en arrière. Farjo. C'était Farjo. Eliott ferma les yeux.

Une seconde plus tard, Eliott et Farjo étaient au pied de la pyramide maya. Celle qui abritait la Porte que le jeune Créateur avait empruntée à plusieurs reprises pour rejoindre le Réseau. Mais ils n'étaient pas seuls. Deux gargouilles avaient fait le déplacement avec eux, perchées sur le dos de Farjo. L'ours, visiblement épuisé, peinait à se débarrasser des teigneuses créatures de pierre. Et Eliott ne lui était d'aucune aide. Affalé dans l'herbe, incapable de faire un mouvement, il avait du mal à respirer et ses côtes le lançaient atrocement. Surtout, ses jambes ne répondaient plus.

Avec un grognement rageur, l'ours réussit finalement à écraser les deux gargouilles, dont les débris s'éparpillèrent à ses pieds. Eliott s'autorisa à fermer les yeux pour se reposer.

— Eh, c'est pas fini, mon pote, dit Farjo en le secouant. Ces saletés vont pas tarder à reprendre vie. Il faut les empêcher de nous suivre jusqu'au Réseau.

Rassemblant ses toutes dernières forces, Eliott fit apparaître un coffre-fort. L'ours ramassa les morceaux des deux gargouilles et les fourra dans le coffre, avant de le refermer et de brouiller la combinaison. Puis il enfonça les touches d'un coup de poing pour s'assurer que personne ne pourrait les délivrer de sitôt.

— Ça devrait aller, souffla-t-il.

Il tourna un regard inquiet vers le jeune Créateur.

— Tu as les documents ? demanda-t-il.

— Dans ma poche, murmura Eliott en s'assurant de la main que le paquet de feuilles pliées était toujours là.

Farjo s'affala dans l'herbe en poussant un soupir de soulagement.

34

Révélations

Toujours incapable de bouger le moindre orteil, Eliott fit son entrée dans le vaisseau du capitaine Zrrrrk dans les bras de l'ours Farjo. L'équipe médicale, prévenue par radio depuis la navette qui les avait récupérés, était prête à intervenir. Eliott fut déposé sur un brancard, puis porté par Chrouf et Albert jusqu'au canapé. Pom' releva son tee-shirt et lui retira délicatement son pantalon. Il se retrouva en caleçon et chaussettes au milieu du salon, mais il avait bien trop mal pour s'en préoccuper. La petite reine l'examina avec des gestes précis. Elle posa quelques questions à Eliott, mais ne fit aucun commentaire. D'un signe de tête, elle pria Gisèle d'appliquer son fameux cataplasme. La sorcière appliqua abondamment la pâte jaunâtre, de la poitrine d'Eliott jusqu'à ses orteils. L'amélioration fut immédiatement sensible et la douleur devint supportable. Sa respiration désormais facilitée, Eliott put enfin parler.

— Mes côtes ? demanda-t-il d'une voix faible.

— Vu ce que tu leur as fait subir, dit Pom', je pense que la convalescence sera plus longue que prévu. Mais ça va.

— Et mes jambes ?

Pom' prit un air grave et posa une main compatissante sur l'épaule d'Eliott.

— Tu as plusieurs fractures et une série de contusions, annonça-t-elle. Tu as évité le pire, mais il faudra que tu ailles à l'hôpital dès que tu rentreras dans le monde terrestre. Tu es jeune : avec des soins appropriés et une bonne rééducation, tu pourras marcher de nouveau. Mais pas avant quatre à six mois.

— Six mois ! souffla Eliott, la gorge nouée.

— Mais si tu te débrouilles bien, tu pourras marcher dès demain dans le monde des rêves, intervint Jov'. Il suffit que tu parviennes à persuader ton esprit que tu n'es pas blessé. Ton corps de Créateur obéira.

C'était une faible consolation. Comment Eliott allait-il expliquer ses blessures à Christine et aux jumelles ? Que dirait-il aux médecins, à l'hôpital ? S'il expliquait qu'il avait reçu un griffon de deux cents kilos sur les jambes, ce n'est pas à l'hôpital qu'on l'enverrait, c'est à l'asile !

Redevenu singe, Farjo s'approcha de son ami, l'air penaud.

— Désolé, mon pote, c'est ma faute, dit-il.

— Sans ton intervention, Sigurim m'aurait volé mon sablier et le problème aurait été bien plus grave, répondit Eliott. Tu t'es conduit en héros, Farjo.

Ce compliment arracha au singe un franc sourire.

— Et je suis pas le seul héros ! clama-t-il. Montre un peu ce que tu as rapporté !

Un murmure d'excitation parcourut l'assemblée réunie autour d'Eliott et de Farjo. Pour la première fois depuis son arrivée dans le vaisseau, le jeune Créateur prit conscience du monde qui l'entourait. Une quinzaine de paires d'yeux l'observaient, impatients. Katsia mise à part, toute l'équipe qui avait participé de près ou de loin à l'opération Scorpion était là. Personne n'osait faire le moindre geste ou prendre la parole. Eliott s'attarda sur le visage bienveillant de Jov' et, oubliant momentanément ses blessures, il sourit. Car oui, malgré la crise de panique qui l'avait empêché de s'endormir à l'heure, malgré le changement d'apparence qui l'avait rendu reconnaissable, malgré l'état pitoyable dans lequel il était rentré, lui aussi avait été un héros ce soir. Et il avait rapporté ce qu'il était allé chercher dans cette Grande Cathédrale.

Eliott demanda à Pom' de lui apporter son jean, et fourra sa main dans la poche. Un fourmillement mêlé d'excitation et de fierté lui chatouilla le ventre lorsque ses doigts se refermèrent sur les précieuses feuilles de papier. Savourant le moment, un sourire accroché aux lèvres, il brandit triomphalement sa prise.

— Voici la liste de tous les cauchemars qui ont été créés par le Mage de mon père depuis sa naissance ! annonça-t-il.

Aussitôt, un concert d'acclamations éclata dans le salon. Tous se coiffèrent des petits chapeaux pointus et colorés qu'ils avaient gardés dissimulés jusque-là. Des cotillons furent distribués, des serpentins et des confettis furent lancés de toute part dans l'euphorie générale ; Gisèle affichait un large sourire édenté ; Albert le zombie arrachait d'assourdissantes vocalises à un oiseau en plastique en soufflant de toutes ses forces dans son arrière-train ; les navigateurs extraterrestres et le capitaine Zrrrrk émettaient des borborygmes incompréhensibles en levant les bras ; Wiz et Yaz, les deux fantômes, s'étaient lancés dans une série de pirouettes tourbillonnantes ; quant à Jov', il avait ouvert plusieurs bouteilles d'une boisson pétillante et sucrée qui prenait une couleur différente dans le verre de chacun.

Après avoir servi tout le monde, le chef des rebelles s'approcha d'Eliott. Ses yeux brillaient d'excitation.

— Tu ne regardes pas le document que vous avez rapporté ? demanda-t-il.

— Si, si, bien sûr, balbutia Eliott.

Eliott déplia la liasse de feuilles qu'il tenait entre les mains. Elles étaient toutes là, numérotées de un à dix. Il consulta directement la dernière page. Le cœur battant, il parcourut la colonne des dates à la recherche des derniers cauchemars créés par le Mage de son père. Mais quelque chose n'allait pas. Il s'était trompé, c'était sûr. Eliott relut la même colonne plusieurs fois, puis passa frénétiquement en revue chacune des feuilles, espérant que les informations avaient été mal classées. Mais non, elles étaient parfaitement classées par ordre chronologique. Eliott sentit un fort pincement au cœur et son souffle redevint haletant.

— Sapreski ! Que se passe-t-il ? s'écria Jov'. Tu es blanc comme une île flottante.

Silence soudain. Eliott releva la tête. Tous avaient les yeux rivés sur lui. Il avala douloureusement sa salive.

— Il n'y a rien, annonça-t-il d'une voix tremblante. Aucun nouveau cauchemar… Papa n'a créé aucun nouveau cauchemar dans les derniers mois.

— Quoi ! s'exclama Farjo, mais ce n'est pas possible ! Laisse-moi regarder…

Le singe se précipita sur Eliott, mais Jov' l'arrêta du bras. Plus personne ne chantait. Plus personne ne soufflait dans les oiseaux en plastique ni ne lançait de confettis. Eliott luttait pour retenir les larmes qui humidifiaient déjà ses paupières.

Ils avaient fait tout cela pour rien.

L'ambiance était morose quand Katsia arriva à son tour dans le vaisseau spatial. Le grand salon avait des allures pitoyables de lendemain de fête ratée.

— Katsia ! s'étonna Jov'. Vous ne deviez pas rentrer si tôt ! Votre journée de formation n'est pas terminée…

— Oubliez la formation, coupa sèchement l'aventurière, la CRAMO est dans tous ses états. Le griffon a reconnu Eliott et il est furieux de l'avoir laissé s'échapper. Pour l'instant, ils cherchent la personne qui a empoisonné la mouche. Les nouvelles recrues sont les premières interrogées. J'ai senti que ça allait mal tourner, je suis partie tant qu'il en était encore temps. Maintenant je suis grillée. J'espère que ça en valait la peine !

Eliott tressaillit. À présent, Katsia allait elle aussi faire partie de la liste des personnes recherchées par la CRAMO. Et Farjo également, car ils ne tarderaient pas à faire le rapprochement. Ses deux amis ne pourraient plus jamais vivre comme avant. Ils ne pourraient plus retourner dans leur phare. Ils devraient vivre dans la clandestinité, comme Jov'. Et tout ça pour rien !

Pom' se précipita vers Katsia.

— Il faut te retirer immédiatement ta puce-pass, dit-elle. Je suis presque sûre que la CRAMO peut te retrouver si tu la gardes sur toi.

Chrouf s'approcha de l'aventurière avec un chiffon imbibé de dodorum, mais celle-ci refusa d'être endormie et insista pour que Pom' l'opère sans anesthésie. Elle n'émit pas un son lorsque la petite reine pratiqua une incision dans son poignet, se contentant de serrer entre ses dents le manche de son poignard. Pom' retira la puce-pass, que Chrouf inséra immédiatement dans un morceau de brownie. Puis Pom' fit quelques points de suture et banda le poignet de Katsia avec une longue pellicule de gélatine alimentaire.

L'opération terminée, Katsia se tourna vers Eliott et Farjo. C'est seulement à ce moment-là qu'elle découvrit leurs mines déconfites.

— C'est quoi, ces têtes ? demanda-t-elle.

Pas de réponse.

— Attendez, ne me dites pas que vous n'avez rien rapporté ! éructa l'aventurière en se levant d'un bond. Mais c'est pas vrai ! Je ne sais pas ce qui me retient de…

— On a rapporté les documents, dit Farjo, la coupant dans son élan. Mais le Mage du père d'Eliott n'a créé aucun nouveau cauchemar au cours des derniers mois. Alors on n'est pas plus avancés.

— Quoi ! Mais c'est pas possible ! s'énerva Katsia. Où sont les documents ?

— Là, dit Eliott en désignant du pouce un tas de feuilles chiffonnées éparpillées sur la table basse.

Katsia se précipita dessus. Elle passa plusieurs feuilles en revue et resta en arrêt devant l'une d'entre elles.

— C'est pas vrai ! s'écria-t-elle.

— Qu'est-ce qu'il y a ? demanda Eliott en se redressant péniblement sur ses coudes.

Katsia abaissa le paquet de feuilles et dévisagea le jeune Créateur.

— Gamin, c'est le Mage de ton père qui a créé La Bête.

— Quoi ! s'écrièrent une quinzaine de voix.

Eliott arracha le paquet de feuilles des mains de l'aventurière. Il n'avait regardé que la colonne des dates et ne s'était pas intéressé aux descriptions. Pourtant, c'était écrit noir sur blanc. Treize ans auparavant, le Mage de son père avait créé un cauchemar. Un dragon à trois têtes, une rouge, une noire et une bleue. Un dragon qui se faisait appeler La Bête...

— Voilà pourquoi il y avait un niveau de sécurité supplémentaire sur le listing de papa ! s'écria-t-il.

— Comment ça ? demanda Pom'.

— C'était le seul de toute la liste qui avait un mot de passe, expliqua Eliott. J'ai dû imaginer que j'étais un génie de l'informatique pour réussir à le contourner...

— Alors c'est pour ça que tu as changé de déguisement ! s'exclama Farjo.

— Oui, confirma Eliott en baissant la tête, c'est comme ça que Sigurim m'a reconnu. Je suis désolé...

— Tu as fait ce que tu as pu, le réconforta Pom'.

— Cela explique aussi beaucoup d'autres choses, déclara Jov', l'air préoccupé.

Toutes les têtes se tournèrent vers lui.

— Gisèle, dit Jov', peux-tu nous rappeler ce que tu disais l'autre jour, à propos de La Bête et de la façon dont il s'y prend pour impressionner les foules ?

— Euh, oui, dit Gisèle. Depuis quelques mois, La Bête prétend acquérir chaque jour de nouvelles capacités. Tout Ephialtis ne parle que de ça. Mais, bien sûr, c'est impossible. Aucun Onirien ne peut acquérir de nouvelles capacités, sauf…

Gisèle laissa sa phrase en suspens.

— … sauf si c'est le Mage qui l'a créé qui lui donne ces nouvelles capacités, termina Eliott. C'est pour ça que le Mage de papa n'a créé aucun nouveau cauchemar depuis plusieurs mois ! Il rêve seulement de La Bête et lui invente de nouvelles capacités !

— Et c'est Jabus, avec ses analogons, qui l'oblige à rêver de La Bête, ajouta Farjo.

— Le Marchand de Sable avait raison, souffla Katsia. Rien n'est dû au hasard ! Ce Jabus savait très bien ce qu'il faisait lorsqu'il a volé la *Replica dormitiva* de ton père !

— Je ne sais pas dans quelles circonstances ces deux-là se sont rencontrés, dit Jov' en secouant la tête, mais La Bête a dû promettre monts et merveilles à Jabus pour le convaincre de travailler pour lui.

— Mouais, pas sûr, rétorqua Katsia. D'après ce qu'a dit le Marchand de Sable, Jabus a l'air suffisamment illuminé pour faire ça uniquement par plaisir.

Tout le monde se mit à parler en même temps. Chacun y allait de sa propre opinion. En se rendant maître du Sable par l'intermédiaire de Jabus, La Bête avait violé la loi immuable numéro deux. Et personne ne comprenait comment un Oza-Gorien avait pu se rendre complice d'un crime aussi grave.

Perdu dans ses pensées, Eliott n'écoutait pas. Savoir que le destin de son père était aussi intimement lié à celui de La Bête lui donnait le vertige. Tout devenait plus compliqué, plus délicat. Plus dangereux aussi...

— En tout cas, nous savons désormais où se trouvent Jabus et le Mage du père d'Eliott, dit Jov' d'une voix claire.

Le brouhaha cessa.

— Du moins avons-nous une forte présomption, modula le roi rebelle. Si Jabus agit dans l'ombre au bénéfice de La Bête, il y a fort à parier qu'il se cache à l'intérieur même de son manoir. Mais je crains que cet endroit ne soit encore plus difficile d'accès que la Grande Cathédrale. Pour monter une opération là-bas, il nous faudra un informateur sur place. Car nous devrons connaître la configuration des lieux, les personnes qui y habitent et celles qui y travaillent...

— Je peux vous donner une partie de ces informations.

Tout le monde se retourna vers l'endroit d'où la voix s'était élevée. Appuyée sur le chambranle de la porte qui menait aux chambres, un large pansement lui barrant la moitié du cou et plus pâle que jamais, Aanor regardait l'assemblée avec une appréhension certaine. Elle venait de se réveiller de son inconscience.

Katsia et Chrouf se précipitèrent en même temps, mais l'aventurière fut la plus rapide. Elle arracha son foulard de ses cheveux, le jeta sur la tête de la princesse pour l'empêcher de voir, l'immobilisa d'un bras et, de l'autre, plaça son poignard juste sous la gorge d'Aanor.

— Mais ça va pas ! tempêta Eliott en se dressant d'un bond. C'est pas des façons de traiter une princesse !

— Eliott ! l'interpella Jov'.

Mais Eliott n'écoutait pas. Il marchait vers Katsia d'un pas martial.

— Eliott ! tonna Jov'.

— Quoi ? beugla le jeune Créateur en se retournant.

Le sourire espiègle de Jov' le déstabilisa.

— Tu marches ! fit remarquer Jov'.

Eliott regarda ses jambes d'un air incrédule, puis le canapé vert où il était allongé quelques secondes plus tôt.

— Je... Quand j'ai vu Katsia se jeter sur Aanor, mon sang n'a fait qu'un tour, je me suis précipité, j'ai oublié que...

— Merveilles de l'esprit ! commenta Jov' avec un sourire moqueur.

Il s'approcha d'Eliott en trottinant.

— Maintenant que ton corps de Créateur est guéri, continua-t-il, je vais te demander de retourner t'asseoir et de me laisser gérer la situation. La présence d'Aanor ici n'est pas anodine et, jusqu'à preuve du contraire, en ces lieux, c'est moi le chef.

— Je... Oui, bien sûr, acquiesça Eliott. Pardon.

Et il retourna s'asseoir. Jov' avança jusqu'aux deux jeunes filles et pria Katsia d'abaisser son poignard. Elle afficha une moue contrariée, mais s'exécuta sans protester. En revanche, elle manifesta bruyamment son opposition lorsque le chef des rebelles retira le foulard qui recouvrait la tête de la princesse Aanor.

— Mais ça va pas, non ? s'insurgea-t-elle. Elle va révéler tout ce qu'elle voit à sa mère par télépathie !

— Impossible, se défendit Aanor. La Bête m'a empoisonnée. Cela fait plusieurs jours que je ne peux plus communiquer par télépathie avec mère ou qui que ce soit d'autre.

— Foutaises ! s'exclama Katsia en resserrant son emprise.

— Katsia ! intervint Jov' sans élever le ton. Je vous rappelle que la princesse Aanor est incapable de mentir. Cette histoire d'empoisonnement explique d'ailleurs certaines curiosités que m'avait rapportées l'un de mes informateurs…

Jov' laissa sa phrase en suspens. Personne n'osa poser de question.

— De toute façon, ajouta-t-il, cette jeune personne a eu le temps de voir tout ce qu'elle désirait pendant qu'elle nous observait en silence. Il est trop tard pour lui bander les yeux. Vous pouvez la lâcher, Katsia. Elle ne peut pas s'enfuir.

— Mais…

— Je vous demande de la lâcher, insista le petit roi.

Katsia relâcha Aanor, et la princesse manqua de s'écrouler. Elle fut rattrapée *in extremis* par Chrouf.

— J'ai la tête qui tourne, s'excusa-t-elle.

— Il faut qu'elle s'allonge, intervint Pom'. Elle est encore faible.

— Soit, dit Jov'. Votre Majesté, mon ami Chrouf va vous aider à vous installer confortablement. Si vous avez faim ou soif, ou si vous avez besoin de quoi que ce soit, vous n'avez qu'à demander.

— Merci, Jov', souffla Aanor. Car c'est bien vous, n'est-ce pas ?

— C'est bien moi. En revanche, très chère, vous comprendrez que pour des raisons de sécurité, nous ne pourrons ni vous révéler l'endroit où vous êtes ni vous laisser partir.

Fraîchement installée sur une méridienne rose, tout près d'Eliott qui ne la quittait pas des yeux, Aanor releva vers Jov' un regard étonné.

— Pourquoi m'avoir libérée si c'est pour me tenir de nouveau captive ? demanda-t-elle.

— Vous faites erreur, très chère, dit Jov'. Vous ne devez votre liberté qu'à l'initiative solitaire et malencontreuse de votre ami Eliott. S'il n'avait tenu qu'à nous, vous seriez aujourd'hui l'épouse légitime de La Bête. Mais Eliott vous a ramenée ici et vous étiez très mal en point. Mon épouse Pom' et moi-même nous sommes contentés de vous soigner.

— Les légionnaires… Les puces-trace ! souffla Aanor en portant la main à son cou.

— La mémoire pré-traumatique revient déjà, c'est bon signe, commenta Pom'. Je pensais que ça mettrait plus longtemps. Notre jeune princesse est plus solide qu'il n'y paraît.

— Vous prenez des risques en me gardant chez vous, monsieur Jov', murmura Aanor. Avec ces puces dans le cou, la CRAMO me retrouvera tôt ou tard. Et vous tous avec.

— Je vous ai retiré ces affreuses puces, ma chérie, dit Pom'. La CRAMO ne trouvera personne.

— Merci, souffla Aanor avec un sourire reconnaissant.

— Mais c'est quoi, ce cinéma ! croassa Katsia. Ces puces, c'était son seul espoir d'être tirée d'ici par les ouailles de sa mère et de retrouver son joli petit palais. Alors il sort d'où, ce « merci » ?

— Sapreski, Katsia ! intervint Jov'. Je vous le répète, Aanor est incapable de faire ce que vous appellez du « cinéma ». Cependant, comme vous, je serais curieux de savoir pourquoi notre jeune princesse se trouve aussi disposée à rester ici. Et à nous donner des informations sur le manoir de La Bête et ce qui s'y passe, d'après ce que j'ai compris...

Confortablement assis sur le petit fauteuil mauve qu'il affectionnait tant, Jov' commença à tapoter ses doigts les uns contre les autres.

— Nous attendons vos éclaircissements, très chère, dit-il.

Aanor demanda un verre d'eau. Puis elle se redressa. Elle était prête.

— Les quelques jours que j'ai passés à Ephialtis m'ont ouvert les yeux, commença-t-elle. J'avais toujours cru que les cauchemars étaient des créatures dangereuses. Je pensais qu'il fallait s'en débarrasser pour assurer le bien-être des habitants d'Oniria, comme on le fait avec les rats et les cafards.

Un frisson parcourut l'assemblée. Tous les cauchemars s'étaient approchés pour écouter la princesse, et la comparaison avec ces deux espèces nuisibles leur était visiblement douloureuse.

— Mais quand j'étais là-bas, continua Aanor, j'ai constaté de mes propres yeux que tout ce qu'on m'avait raconté jusqu'alors n'était qu'une version déformée de la réalité. Bien sûr, certains cauchemars sont vicieux et nuisibles.

Aanor tourna ses yeux dorés vers Eliott et posa une main diaphane sur celle de son sauveur. Un incendie démarra au fond des entrailles du jeune Créateur et le dévora jusqu'en haut des joues.

— La Bête est la pire des crapules, dit Aanor, et je ne remercierai jamais assez Eliott d'avoir empêché que je devienne son épouse. Je ne doute pas qu'il existe par ailleurs des cauchemars nocifs qui méritent d'être enfermés. Mais tous les autres…

La voix d'Aanor se brisa et elle leva la tête. Elle regarda chacun dans les yeux : Gisèle la sorcière, Albert le zombie, Wiz et Yaz les deux fantômes, Chrouf l'ogre, la femme bleue…

— J'ai compris que l'immense majorité des cauchemars n'était constituée que de pauvres gens qui ne méritent pas de vivre dans les bas-fonds d'Ephialtis, déclara Aanor. La nuit presque permanente, la puanteur, la laideur, la misère qu'il y a là-bas… C'est indescriptible ! J'ai vu la colère des révolutionnaires. Elle m'a fait peur. Très peur. Mais je l'ai comprise.

Aanor avala sa salive. Elle avait les larmes aux yeux.

— Et j'ai compris que Mère était dans l'erreur, ajouta-t-elle d'une voix tremblante.

La princesse baissa les yeux et se tut. Un silence ému accompagna la fin de son discours.

— Eh bien, voilà un discours qui fait plaisir à entendre, Votre Majesté ! sonna la voix claire de Jov'.

Aanor leva les yeux vers lui.

— Je vous en prie, appelez-moi Aanor, demanda-t-elle. Je ne suis plus la princesse des Rêves. Et je ne souhaite pas retourner au palais.

— Elle dit ça parce qu'elle n'a pas le choix ! intervint Katsia. Je suis sûre qu'elle crève d'envie de retourner dans les jupes de sa mère.

— Katsia s'exprime d'une manière un peu directe, mais elle n'a pas tort, remarqua Jov'. Si nous vous laissions partir, ne souhaiteriez-vous pas retourner au palais pour tenter d'expliquer à votre mère ce que vous-même avez compris à Ephialtis ?

— Bien sûr que j'aimerais ça, murmura Aanor.

— Ah, je le savais ! triompha Katsia.

— J'aimerais croire que j'ai suffisamment d'influence sur ma mère pour la convaincre qu'elle fait fausse route, ajouta Aanor. Mais je ne suis pas idiote. Je sais qu'elle ne m'écoutera pas.

— C'est effectivement probable, intervint Jov'.

Aanor glissa péniblement de la méridienne et vint se placer aux pieds de Jov', à genoux.

— Jov', dit-elle d'une voix faible mais assurée, en découvrant Ephialtis sous son vrai jour, j'ai compris les raisons qui vous ont poussé vers la clandestinité. Même si vous me rendiez ma liberté, je ne pourrais pas retourner vivre au palais, encore moins retrouver l'insouciance qui était la mienne il y a seulement quelques semaines.

Elle marqua une pause. Reprit son souffle.

— Je crois que ma présence chez vous aujourd'hui est un signe du destin, poursuivit-elle. Et si vous m'y autorisez, j'aimerais rester avec vous. Non pas en tant que prisonnière, mais comme membre de votre équipe.

— Et que pensez-vous pouvoir nous apporter ? demanda Jov'.

— Vous êtes sérieux, là ? intervint Katsia. Vous songez réellement à l'accepter dans l'équipe ?

— Pourquoi pas, répondit Jov'.

— Mais c'est hyper dangereux ! s'insurgea Katsia. C'est introduire le loup dans la bergerie ! Je vous rappelle que si mademoiselle est empoisonnée pour l'instant, on ne sait pas combien de temps ça va durer. Si ça se trouve, dans deux jours elle sera en train de donner par télépathie à sa mère tous les détails pour que la CRAMO puisse venir vous cueillir comme un fruit dans votre vaisseau ! Sans parler d'Eliott !

— Aanor ne me vendra jamais à la CRAMO, j'en suis sûr ! protesta Eliott.

Jov' le fit taire d'un geste. Il plongea son regard dans celui de la princesse.

— Qu'avez-vous à répondre à cela ? demanda-t-il.

— Tout ce que je peux faire, dit Aanor, c'est vous donner ma parole que je n'ai aucune intention de révéler quoi que ce soit à la reine ou à la CRAMO.

— Aujourd'hui peut-être ! réagit Katsia. Mais qu'est-ce qui nous prouve qu'elle ne changera pas d'avis ? Vous dites qu'elle ne peut pas mentir, peut-être. Mais elle ne peut quand même pas nous garantir un futur qu'elle ignore !

— Non, je ne le peux pas, dit Aanor. C'est à vous de décider si vous voulez prendre le risque ou non.

Jov' tapotait ses doigts d'un air songeur.

— Aanor, dit-il, vous avez proposé tout à l'heure de nous dire ce que vous saviez sur le manoir de La Bête. Depuis combien de temps nous écoutiez-vous ?

— Peut-être deux minutes, dit Aanor. Je sais que c'est le Mage du père d'Eliott qui a créé La Bête. Je vous ai entendus parler d'un dénommé Jabus, mais je n'ai pas compris…

— Mais vous en avez compris suffisamment pour savoir qu'une intervention de notre équipe au manoir de La Bête aurait pour objectif de libérer le Mage du père d'Eliott. Cela permettrait, certes, d'affaiblir l'ascendant de La Bête sur le peuple cauchemar en l'empêchant de continuer à acquérir de nouvelles capacités. Mais nous sommes encore loin de la réhabilitation des cauchemars pour laquelle vous semblez vouloir œuvrer. Alors pourquoi voudriez-vous nous aider ?

— Aanor est au courant de mon histoire, intervint Eliott. Elle m'a aidé depuis le début.

— Et pourquoi donc ? demanda Jov'.

Aanor regarda Eliott, puis Jov', puis le tissu en velours rose de la méridienne sur laquelle elle était assise.

— Je… balbutia-t-elle. Je crois qu'Eliott est le nouvel *Envoyé* dont Oniria a besoin pour sortir de la crise dans laquelle nous sommes plongés.

— Oh là là, voilà que mademoiselle nous sert de vieilles légendes, maintenant ! s'énerva Katsia. On aura tout entendu !

Un murmure d'agitation s'éleva dans l'assistance. Les avis semblaient partagés. Katsia n'était visiblement pas la seule à trouver ridicules les propos d'Aanor. Quant à

Eliott, il ne put retenir une grimace embarrassée. Décidément, Aanor ne démordait pas de cette histoire. Et ça allait finir par lui porter préjudice !

— Il suffit ! tonna Jov'.

Le brouhaha cessa immédiatement, et tous les yeux se tournèrent vers le petit fauteuil mauve.

— Les plus anciens parmi vous pourront confirmer ce que je vais dire maintenant, dit Jov'. Les *Envoyés* et les *Élus* n'ont rien d'une légende.

Pom', Chrouf et Gisèle hochèrent la tête en signe d'approbation sous les regards ahuris de tous les autres, Eliott le premier. Quant à Katsia, elle dévisageait le chef des rebelles, incrédule.

— Il y a une quarantaine d'années, poursuivit Jov', Oniria a fait face à l'une des pires crises de son histoire : la Grande Pénurie. Ma chère épouse Pom' et moi-même avons fait partie des témoins privilégiés de ce qui s'est passé à ce moment-là. Et nous pouvons l'affirmer devant vous : la crise a été résolue par une *Envoyée* venue du monde terrestre, et par un *Élu* du monde des rêves. Cet *Élu*, vous le connaissez tous, au moins de réputation. Aujourd'hui, il est devenu…

— … le Marchand de Sable ! compléta Aanor, les yeux brillant d'excitation. Alors j'avais raison d'y croire.

— Absolument, ma chère, confirma Jov' avec un sourire.

Puis il leva les yeux vers Eliott. Le jeune Créateur sentit son pouls s'accélérer.

— Et l'*Envoyée* d'alors n'était autre que notre amie Lou, dit-il. Louise Marsac. La grand-mère d'Eliott.

Eliott en resta bouche bée. Mamilou la bannie était l'*Envoyée* qui avait sauvé Oniria quarante ans auparavant ? Et pourquoi ne le lui avait-elle jamais dit ? Eliott chercha le regard de Pom'. Celle-ci confirma d'un signe de tête les dires de son époux. Bouleversé, Eliott s'affala sur le dossier du canapé. Une multitude de questions avaient surgi dans son esprit déjà embrouillé, mais ses cordes vocales, paralysées de stupeur, étaient incapables de les poser.

— Pensez-vous comme moi qu'Eliott est notre nouvel *Envoyé* ? demanda Aanor.

Eliott dévisagea le petit roi, les yeux écarquillés, impatient de connaître sa réponse.

— Je ne sais pas, répondit Jov'. Pour avoir la réponse à cette question, il faudrait consulter l'Arbre-Fée. Mais toutes les Portes qui mènent jusqu'à l'être magique ont été condamnées par madame votre mère au début de son règne.

Aanor, déjà très pâle, blêmit encore davantage.

— Alors... balbutia-t-elle. Alors mère sait depuis toujours que l'Arbre-Fée existe, et c'est elle qui a fait croire aux Oniriens qu'il ne s'agissait que d'une légende ?

— Je crains fort que oui, acquiesça Jov'.

Aanor éclata en sanglots. Pom' se précipita pour la réconforter.

— La reine Dithilde avait de bonnes raisons de faire cela, dit-elle d'une voix toute maternelle. À force de n'espérer leur salut que de l'Arbre-Fée, les Oniriens avaient fini par perdre l'habitude de prendre des initiatives...

— Et pour une fois la reine Dithilde a eu bien raison ! s'écria Katsia. Si nous avons un problème, c'est à nous de le résoudre. Rester les bras croisés en attendant que les soucis se résolvent d'eux-mêmes, c'est l'attitude la plus stupide du monde.

— Je suis d'accord avec vous, Katsia, tempéra Jov'. Cependant je vous assure que les *Envoyés* et les *Élus* sont une réalité. Et il n'est pas impossible qu'Aanor ait raison au sujet d'Eliott. Surtout à la lumière de ce que nous avons appris ce soir ! Le destin de son père est à l'évidence lié à celui d'Oniria. Et la présence d'Eliott dans le monde des rêves n'est probablement pas un hasard. Nous devons l'emmener consulter l'Arbre-Fée.

— J'en ai assez entendu ! s'énerva l'aventurière. D'abord vous vous laissez manipuler par les simagrées de cette gamine au mépris de la prudence la plus élémentaire, et maintenant vous vous lancez dans des projets ésotériques ! Franchement, j'en ai ma claque. Je me barre.

Joignant le geste à la parole, Katsia se dirigea d'un pas énergique vers les chambres et disparut en claquant la porte. S'ensuivit un silence embarrassé, ponctué par les hoquets de la princesse. Eliott ne savait plus où donner de la tête. Son père, La Bête, Aanor, Mamilou, l'Arbre-Fée, tout cela se mélangeait dans son esprit.

— Eliott ! l'interpella Jov'.

Le jeune Créateur tourna vers le chef des rebelles un visage hagard.

— Je comprends que cela fait beaucoup d'informations à digérer d'un seul coup, dit Jov' d'une voix douce, et je sais que tu es fatigué. Mais nous avons encore quelque chose d'important à faire ce soir.

— Quelle chose ? demanda Eliott d'une voix blanche.

— J'aimerais que tu emmènes toute l'équipe à Oza-Gora, répondit Jov'. Le Marchand de Sable saura comment nous conduire jusqu'à l'Arbre-Fée. Es-tu en état de réussir un déplacement instantané ?

— Je crois que oui, dit Eliott.

— Alors allons-y, dit Jov' en se dirigeant d'un pas rapide vers la porte de la salle des commandes, talonné par le capitaine Zrrrrk.

— Est-ce que je peux venir avec vous ? demanda Aanor.

Jov' se retourna vers la jeune princesse.

— N'ai-je pas demandé à Eliott d'emmener toute l'équipe ? questionna-t-il.

— Oh, merci ! s'écria Aanor. Merci de me faire confiance !

Dans un élan de spontanéité, la princesse se précipita au cou du petit roi et l'embrassa sur les deux joues. Mais elle était encore faible, et elle s'écroula à ses pieds. Chrouf dut l'aider à se rasseoir sur la méridienne. Là, elle adressa à Eliott un sourire radieux qui le fit fondre de l'intérieur.

— Aïe ! cria le jeune Créateur.

Farjo venait de lui asséner un violent coup de coude dans les côtes.

— Reviens parmi nous ! s'amusa le singe. T'as quinze personnes à emmener à Oza-Gora par déplacement instantané. Et j'ai pas l'intention de rester sur le carreau. Va falloir que tu restes concentré.

Eliott fit une moue embarrassée.

— Tu sais, ça m'ennuierait que Katsia ne vienne pas avec nous, dit-il. Mais elle est tellement têtue…

— T'inquiète pas, j'en fais mon affaire, dit le singe.

Et il sauta du canapé pour se diriger vers les chambres. Deux minutes plus tard, il revenait dans le salon en bombant le torse. Eliott se précipita vers lui.

— Tu as réussi à la convaincre ? s'écria-t-il.

— Affirmatif. Elle viendra.

— Tu as fait comment ?

— Élémentaire, mon cher Eliott ! pérora le singe. Je lui ai dit que moi non plus je ne faisais pas confiance à Aanor, que ça m'inquiétait qu'une fille du palais puisse tout savoir sur nous et qu'il fallait qu'elle m'aide à la tenir à l'œil.

Eliott dévisagea son ami en plissant les yeux.

— Mais toi, tu fais confiance à Aanor ? demanda-t-il.

— Bien sûr que oui ! s'esclaffa le singe. T'as vu ses grands yeux dorés ? Comment veux-tu ne pas faire confiance à une fille pareille ? Ce n'est quand même pas toi qui vas me dire le contraire !

Et ce fut au tour d'Eliott de donner un grand coup de coude dans les côtes de son ami.

35

L'Arbre-Fée

Le Marchand de Sable écarquilla ses yeux fatigués en voyant dix-sept personnes débarquer dans son bureau à la suite de Til. Reprenant ses esprits, il serra longuement Jov' et Pom' dans ses bras. Les liens d'affection qui les unissaient étaient visibles. Puis il salua rapidement Eliott, Katsia et Farjo, et gratifia chacun de ses autres visiteurs d'un signe de tête. Lorsque son regard se posa sur la princesse Aanor, fermement maintenue par Chrouf et surveillée de près par Katsia, il poussa un soupir sonore.

— Bien, dit-il, je vois que les réponses viennent à moi sans que j'aie besoin de les chercher. Tant mieux, nous allons pouvoir éclaircir toute cette histoire au plus vite.

— Quelle histoire ? demanda Jov'.

— Le second enlèvement de la princesse Aanor ! dit le Marchand de Sable sur le ton de l'évidence. Ce n'est pas pour cela que vous êtes venus me voir ?

— Eh bien, en réalité non, répondit Jov'. Mais je t'en prie, mon ami, explique-nous.

Sur un signe du Marchand de Sable, Til ouvrit un placard et commença à en sortir des chaises pliantes pour que chacun puisse s'asseoir. Le grand patron du Palais de

Verre prit place derrière son bureau. Il attendit que tous ses visiteurs soient installés pour prendre la parole.

— Vous avez mis un sacré bazar dans les relations diplomatiques entre Oniria et Oza-Gora en utilisant le Mage de Dwayne Sunbolt pour enlever la princesse Aanor ! gronda le Marchand de Sable. J'ai dû m'engager auprès de la reine à mener une enquête pour calmer le jeu. Et j'avoue que je ne comprends pas ce qui a bien pu vous pousser à agir de la sorte. Surtout toi, Jov'. Til m'a appris que tu avais donné ton autorisation. Je t'ai connu plus avisé…

— Ce n'est pas la faute de Jov', intervint Eliott. Il n'était pas au courant.

— Quoi ! s'exclama Til, mais pourtant tu m'avais juré que…

— J'ai menti pour te convaincre de m'aider, avoua Eliott en baissant la tête. Jov' m'avait au contraire recommandé de ne rien entreprendre pour libérer Aanor. Mais je ne l'ai pas écouté. Je ne pouvais pas supporter de laisser La Bête l'épouser sans rien faire.

Le Marchand de Sable soupira en fermant les yeux.

— Eliott, dit-il, est-ce que tu réalises qu'en utilisant un analogon pour libérer Aanor d'Ephialtis, tu étais à la limite de la violation de la loi immuable numéro cinq ?

— Mais je ne l'ai pas fait pour mon intérêt personnel ! se défendit Eliott. Il fallait sauver Aanor avant qu'il ne soit trop tard.

— Les lignes qui délimitent l'intérêt personnel sont parfois floues, dit sèchement le Marchand de Sable. Nous n'utilisons pas les analogons pour interférer dans les affaires d'Oniria, un point c'est tout. Tu devrais passer en jugement devant la commission de justice du Grand Conseil d'Oniria pour ce que tu as fait.

— Mais je... balbutia Eliott d'une voix tremblante.

— Cependant, coupa le Marchand de Sable, il est évidemment hors de question que je t'envoie devant cette commission dans le contexte actuel.

— Merci, murmura Eliott en baissant la tête.

— Mais il faut que tu aies conscience des conséquences de tes actes, poursuivit le Marchand de Sable avec sévérité. La Bête n'ayant pu mener à bien son projet de mariage avec la princesse Aanor, il a inventé une autre manière d'affirmer son pouvoir face à la reine Dithilde.

— Lequel ? demanda Jov' avec inquiétude.

— Il a déclaré hier la création d'une république des cauchemars indépendante, révéla le Marchand de Sable.

— Quoi ! s'écrièrent en chœur dix-sept paires de lèvres.

— Des élections ont lieu en ce moment même à Ephialtis pour élire le président de cette nouvelle république, ajouta le Marchand de Sable. La Bête étant le seul candidat, il n'y a aucun doute sur l'issue du scrutin. En revanche, ce que nous attendons avec impatience, c'est de savoir quel sera le premier acte du nouveau président de la république cauchemar, afin de déterminer quelles sont ses intentions.

Un concert de chuchotements s'éleva dans le bureau. Certains s'indignaient. D'autres faisaient des pronostics sur les intentions de La Bête. Seul Jov' resta silencieux, concentré, l'air soucieux.

— Je ne voulais rien faire de mal, murmura Eliott, les viscères tordus par la gêne et la confusion.

— Je sais, dit le Marchand de Sable. Mais en interférant avec la vie politique d'Oniria, tu as définitivement lié ton sort au drame qui ébranle en ce moment le Royaume des Rêves.

— Le destin d'Eliott est lié à celui d'Oniria d'une manière plus étroite encore que tu ne l'imagines, mon ami, déclara Jov'.

Le Marchand de Sable leva un sourcil interrogateur vers son vieil ami.

— Nous avons appris ce soir que le Mage qui a créé La Bête n'était autre que Philippe Lafontaine, le père d'Eliott. L'apprenti sablonnier qui s'est enfui d'Oza-Gora, comment s'appelle-t-il...

— Jabus, souffla le Marchand de Sable.

— C'est ça, acquiesça Jov'. Eh bien, il n'a pas pris la *Replica dormitiva* du père d'Eliott par hasard. Il s'en sert pour permettre à La Bête d'acquérir de nouvelles capacités. Et c'est grâce à ce tour de passe-passe que le futur président de la république cauchemar assoit sa domination psychologique sur les pauvres gens d'Ephialtis.

— Sa domination n'est pas seulement psychologique, intervint Aanor avec gravité. La Bête est en train de devenir la créature la plus puissante de notre monde. Il peut déjà – entre autres choses – se transformer en être humain, modifier sa taille à l'envi et même sortir d'Ephialtis comme bon lui semble. Bientôt, il sera tellement puissant que plus personne ne pourra l'arrêter.

Un silence pesant s'abattit sur le bureau du Marchand de Sable. L'inquiétude était palpable. Eliott savait d'instinct que tous avaient en tête la même idée que lui : la supercherie mise en place par La Bête avec l'aide de Jabus devait cesser au plus vite. Non seulement pour le salut de son père, mais aussi pour celui d'Oniria.

— Eh bien dans ce cas, je crois qu'il n'y a qu'une seule chose à faire, lança le Marchand de Sable.

— Nous sommes d'accord, mon cher ami, approuva Jov'.

Lorsqu'ils franchirent la grille d'Oza-Gora, toute trace d'énervement avait disparu du visage fatigué du Marchand de Sable. Sur ses indications, le petit groupe forma un cercle, chacun tenant par la main ses deux voisins.

— Pour rejoindre l'Arbre-Fée, nous n'emprunterons aucune Porte, annonça-t-il. Nous allons appeler l'être magique, puis nous nous laisserons happer par son énergie. Cela peut paraître compliqué comme ça, mais vous allez voir, c'est très simple. Je vais prononcer la formule. Fermez les yeux et laissez chaque mot pénétrer votre esprit.

Eliott ferma les yeux. La paume du Marchand de Sable était ferme et rassurante. Celle de Jov' était douce et chaleureuse. Le jeune Créateur était complètement dépassé par les événements, mais avec eux il se sentait en sécurité.

La voix du Marchand de Sable s'éleva, sereine et forte :

Tu es celle qui sait, qui voit, qui se souvient,
Je suis celui qui cherche, qui doute et qui bataille ;
Ta sagesse est légende, ton jugement sans faille,
Je requiers ton soutien ; appelle-moi, je viens !

Dès que le Marchand de Sable eut prononcé le dernier mot, Eliott se sentit happé par une force extraordinaire.

C'était comme si une ventouse géante attirait chaque particule de son corps de Créateur vers un ailleurs dont il n'avait aucune idée. Mais c'était une ventouse agréable, dont la force irrésistible n'avait d'égale que la douceur sans pareille.

Lorsqu'il ouvrit les yeux, Eliott se trouvait au sommet d'une colline, avec le Marchand de Sable et tous les autres. Le cercle se transforma lentement en ligne. Tous admiraient le paysage. Tous étaient éblouis. Même le Marchand de Sable, qui connaissait les lieux, ne semblait pas insensible à leur beauté. En contrebas, un ensemble de constructions délabrées évoquait ces ruines de villages antiques perchés en pleine montagne dans les endroits les plus improbables du monde terrestre. Au loin, quatre pics rocheux se dressaient vers le ciel, impressionnants. Un cinquième, plus proche, semblait presque couché sur le flanc. Et autour, rien. Le ciel bleu et les nuages à perte de vue. L'ensemble avait la majesté surannée des grands sites archéologiques.

Mais il y avait quelque chose de plus.

Eliott cligna des yeux. Ces pics avaient une forme familière. Ces sommets arrondis, ces sillons horizontaux qui marquaient les modifications de la pente, ces proportions... Eliott étouffa un cri de stupeur. Des doigts ! Ces formes rocheuses n'étaient pas des pics montagneux, c'étaient de formidables doigts de pierre érigés vers le ciel, attachés à une main monumentale dont les ruines occupaient le creux. Quant à la colline sur laquelle ils avaient atterri, elle n'était autre que cette zone charnue située à la base du pouce.

Eliott se retourna brusquement et faillit perdre l'équilibre. De l'autre côté, à la place de ce qui aurait dû être un poignet démesuré, il n'y avait qu'un abrupt éboulis de pierres et de terre. Et plusieurs centaines de mètres plus bas, la surface lisse d'une calme étendue d'eau. La colossale main de pierre flottait à la dérive entre ciel et mer, au milieu des nuages.

— Allons-y, dit le Marchand de Sable, arrachant Eliott à sa contemplation. C'est en bas.

Le Marchand de Sable entama la descente de la colline et tous les autres le suivirent, Eliott en tête. Personne ne parlait. Probablement n'avaient-ils pas de mots assez forts pour décrire ce qu'ils ressentaient. Arrivés au bas de la colline, ils traversèrent ce qui avait dû être autrefois un axe piéton très animé mais n'était plus aujourd'hui qu'un ramassis de vieilles pierres envahies par les ronces. Puis ils dévalèrent les larges marches d'une arène de pierre avant d'arriver sur une esplanade verdoyante. Au centre se dressait un arbre unique, majestueux, qui donnait l'impression d'avoir toujours été là. Eliott aurait été incapable de dire à quelle espèce il appartenait, mais une chose était sûre : il n'en avait jamais vu d'aussi beau.

Le Marchand de Sable s'approcha de l'arbre en silence, entraînant Eliott avec lui. Puis il s'arrêta à une quinzaine de mètres du tronc, sans rien dire. Le cœur battant, Eliott se demandait ce qu'ils attendaient.

Et puis les feuilles de l'arbre se mirent à bouger. Il n'y avait pourtant aucune brise. Peu à peu, la partie du tronc située à la base des branches changea de forme. L'écorce s'aplanit et s'éclaircit, puis deux des branches les plus basses se raccourcirent pour devenir deux bras gracieux terminés par des mains humaines. Des épaules se dessinèrent, puis le visage d'une femme aux cheveux couleur de feuillage. Elle était fascinante, éblouissante, merveilleuse… Eliott cherchait en vain le bon adjectif quand l'Arbre-Fée posa sur lui un regard indéchiffrable. Alors Eliott se sentit aussi petit et nu que le plus insignifiant des vers de terre. Mais dans le même temps, il se sut infiniment précieux aux yeux de l'être magique.

La Fée posa ensuite les yeux sur le Marchand de Sable, et elle sourit.

— Bonjour, Amastan, dit-elle. Je suis contente que ce soit toi qui me réveilles.

Eliott sursauta. C'était la première fois que quelqu'un appelait le Marchand de Sable par son prénom devant lui. Et ce prénom, il l'avait déjà entendu. Une seule fois. Dans la bouche de Mamilou, le lendemain de son premier voyage à Oniria avec le sablier. Amastan. C'était le prénom de l'apprenti sablonnier qui avait donné le sablier à Mamilou alors qu'elle n'était encore qu'une jeune fille. Jusqu'ici, Eliott n'avait jamais fait le rapprochement entre cet Amastan-là et le Marchand de Sable…

— Bonjour, Arbre-Fée, répondit le Marchand de Sable en s'inclinant avec déférence.

Eliott entendit un bruissement derrière lui et se retourna, intrigué. Tous les Oniriens, ainsi que Til, s'étaient agenouillés. Seul le Marchand de Sable était resté debout. Eliott se dépêcha de poser un genou à terre comme tous les autres. Il ne voulait surtout pas risquer de manquer de respect à l'Arbre-Fée.

— Tu m'as amené un Créateur, dit l'Arbre-Fée.

— C'est exact, confirma le Marchand de Sable. Ce jeune garçon est venu dans le monde des rêves avec une quête. Il souhaitait guérir son père malade. Mais il nous est apparu clairement aujourd'hui que sa quête dépassait tout ce que nous avions imaginé.

Le Marchand de Sable fit trois pas en arrière, laissant le jeune Créateur en première ligne face à l'Arbre-Fée. Privé de la présence rassurante du grand homme, Eliott était tétanisé. Qu'attendait-on de lui, maintenant ? Que devait-il faire ? Il n'osait ni regarder l'être magique, ni poser une question, ni même faire un geste. C'est tout juste s'il osait respirer.

— N'aie pas peur, jeune Créateur, dit l'Arbre-Fée. Mon rôle est de t'aider et de te guider.

Eliott releva la tête. La Fée le regardait à présent avec beaucoup de douceur. Elle souriait.

— Approche ! dit-elle.

Eliott jeta un coup d'œil en arrière. Jov' et le Marchand de Sable lui firent tous les deux un signe de tête pour l'encourager à avancer. Il se leva, fit quelques pas hésitants en direction de l'Arbre, se retourna de nouveau, puis continua à avancer. Il avait la bouche sèche et les membres engourdis. Lorsqu'il ne fut plus qu'à quelques centimètres du tronc, la Fée posa ses mains sur les épaules d'Eliott, et le feuillage entier de l'Arbre se referma autour de lui. Soudain, Eliott n'eut plus peur. Il se sentait bien. Très bien, même. À l'abri dans ce cocon protecteur, il avait l'agréable sensation d'être exactement là où il devait être.

— Ferme les yeux, dit doucement la Fée.

Eliott obéit. Aussitôt, des images se mirent à danser dans sa tête. Il vit son père, souriant, assis au pied d'un immense sapin dans l'appartement de la rue de Lisbonne. Et il sourit à son tour. Oui, c'était bien là ce qu'il souhaitait le plus profondément au monde. Mais cette image se troubla pour faire place à d'autres, beaucoup plus sombres. Eliott vit d'abord le visage d'Aanor défiguré par la douleur ; elle criait : « Eliott ! Eliott ! » Puis il vit Katsia qui avançait vers Farjo, le regard froid, un poignard à la main, prête à frapper, et le singe effaré qui n'osait pas faire un geste. Il vit encore Sigurim qui s'envolait du haut d'une falaise en ricanant. Puis Mamilou qui se battait au corps à corps avec un homme au chapeau noir. La reine Dithilde qui pleurait des larmes de sang. Et une armée de cauchemars qui débarquait à Hedonis, dévastant tout sur son passage. Il vit enfin son propre corps allongé sur un lit, inerte, et les jumelles qui pleuraient… Eliott ouvrit brusquement les yeux. De grosses gouttes de sueur perlaient sur son front.

— Qu'est-ce que c'est ? s'inquiéta-t-il. Que sont ces images ? Est-ce que j'ai vu le futur ?

— Tous les futurs sont possibles, répondit l'Arbre-Fée. Ils ne dépendent que de toi.

— De moi ? s'étonna Eliott.

— De toi, confirma l'Arbre-Fée. Tout ce que tu as vu dépend de toi. Par ton action, tu peux le favoriser ou l'empêcher.

— Mais j'ai vu des choses, souffla Eliott… Des choses terribles !

— Tu as une mission à accomplir dans ce monde, déclara l'Arbre-Fée. Mais c'est une mission dangereuse.

Tout ce que je t'ai montré peut arriver. Tu peux perdre la vie. C'est pourquoi il te faut prendre la décision toi-même. Acceptes-tu de devenir l'*Envoyé* ?

— Mais qu'attendez-vous de moi ? implora le jeune Créateur. Je ne suis qu'un enfant !

— Si tu acceptes cette quête, tes ennemis seront nombreux, mais tes alliés également, répondit l'Arbre-Fée.

Ce n'était pas la réponse claire qu'Eliott attendait.

— Je sens que quelque chose te retient, murmura l'Arbre-Fée. Qu'est-ce que c'est ?

— Je… J'ai peur, avoua Eliott.

— Sans peur il n'y a pas de courage, Eliott, dit l'Arbre-Fée.

— Vous connaissez mon prénom ?

— Je connais beaucoup de choses sur toi, dit l'Arbre-Fée. Des choses que tu ignores. Par exemple, je sais que tu es capable de réussir.

— Mais de réussir quoi ? insista Eliott. Sauver mon père ? Convaincre la reine Dithilde de se débarrasser du griffon ? Ramener la paix à Oniria ? Comment ? Que dois-je faire ? Tout ce que j'ai fait ces derniers jours n'a fait que compliquer les choses et décevoir ceux qui m'aident !

— Mais tout cela t'a mené jusqu'à moi, ce qui est une bonne chose, dit l'Arbre-Fée. Tu dois faire confiance à ton instinct, Eliott, c'est ton meilleur allié. Écoute ce que te dit ton cœur. Te dit-il de poursuivre cette quête ?

Eliott ferma les yeux, et les images que lui avait montrées l'Arbre-Fée envahirent de nouveau son esprit. Leur interprétation était claire : s'il acceptait de devenir l'*Envoyé*, il risquerait sa vie. Et celle des êtres qui lui étaient les plus chers serait bouleversée, peut-être menacées, à commencer par celles de Mamilou et des jumelles. La sagesse dictait à Eliott de refuser : c'était trop dangereux ! Les enjeux étaient trop importants ! Et pourtant... Eliott inspira profondément et concentra toute son attention sur les battements de son cœur. Un appel montait de ses entrailles, profond, évident. Il lui donnait un ordre sans équivoque : continuer. Pas uniquement parce que c'était son unique chance de sauver son père. Non. Il y avait plus que cela. En refusant de créer l'armée que la reine Dithilde lui avait commandée dès son arrivée à Oniria, en s'obstinant à trouver le Marchand de Sable malgré les obstacles, en persistant dans sa quête alors que sa présence à Oniria était indésirable, en délivrant Aanor contre l'avis de tous, Eliott avait déjà choisi un camp. Abandonner maintenant, ce n'était tout simplement pas concevable. Eliott allait devenir l'*Envoyé*. Il ne pouvait pas faire autrement.

Eliott rouvrit les yeux. Il n'eut pas besoin de parler. Il comprit au sourire de l'Arbre-Fée qu'elle savait déjà ce qu'il avait décidé. Sans qu'un mot fût échangé, Eliott sut ce qu'il devait faire. Il se retourna, et la Fée écarta bras et feuillage.

— Ce garçon est l'*Envoyé* destiné à sauver Oniria de la menace qui pèse sur elle, annonça-t-elle. Son destin et celui de notre monde sont désormais liés.

Eliott eut des frissons en entendant l'Arbre-Fée annoncer cela de manière si solennelle. Il regarda un à un ses amis oniriens et oza-goriens qui lui faisaient face. Quelque chose dans leur regard était différent. Était-ce eux qui avaient changé, ou bien lui ? Le Marchand de Sable le regardait d'un air confiant. Il ne semblait pas étonné de ce qu'il venait d'entendre. Jov' et Pom' souriaient en se serrant l'un contre l'autre comme des parents attendris. Eliott crut percevoir un éclair de fierté dans leurs yeux. Aanor arborait un sourire radieux, qui contrastait avec la grimace incrédule de Katsia, juste à côté d'elle. Farjo, Til, Gisèle et les autres avaient l'air impressionnés. Eliott les sentait à deux doigts de s'agenouiller devant lui et pria intérieurement pour qu'ils n'en fassent rien. La situation était suffisamment gênante comme ça !

— Eliott, reprit l'Arbre-Fée, pour t'aider dans ta mission, je te confie ceci.

Les branches de l'Arbre-Fée s'agitèrent dans un bruissement délicat, et elle déposa un petit flacon de jade entre les mains d'Eliott.

— Cet élixir fera de toi un guérisseur, annonça-t-elle. Si tu le bois, tu pourras guérir n'importe quelle blessure.

— Merci, balbutia Eliott en contemplant le petit flacon vert.

Tout cela semblait si irréel ! Eliott avait l'étrange impression de s'être glissé dans la peau éphémère d'un personnage de roman ou de film. Mais la douce fraîcheur du jade entre ses mains lui rappelait que c'était bien à lui que l'Arbre-Fée venait de confier ce cadeau. Et que tout ceci était très sérieux.

— Avec une gorgée de cet élixir, précisa l'Arbre-Fée, tu deviendras guérisseur pendant une heure. Mais attention, pendant cette heure-là, tu perdras tous tes pouvoirs de Créateur, y compris tes pouvoirs de déplacement. Il faudra faire un choix entre les deux.

— D'accord, dit Eliott. J'ai compris.

— Alors sois courageux, Eliott l'*Envoyé*, dit l'Arbre-Fée. Le monde des rêves compte sur toi.

Eliott tordit la bouche. C'était exactement le genre de phrases qui pourraient lui faire regretter d'avoir accepté !

Le Marchand de Sable avança de quelques pas et fit face au reste du groupe.

— Nous devons maintenant rechercher l'*Élu* qui mènera cette mission avec Eliott, déclara-t-il. Il fut un temps où les volontaires venaient de tout le Royaume pour participer à la sélection. Mais vu les circonstances, il me semble que nous devrons trouver l'*Élu* sans en faire la publicité...

— Ce ne sera pas nécessaire, Amastan, l'interrompit l'Arbre-Fée. Le nouvel *Élu* est ici, parmi vous. Je sens sa présence.

Eliott tressaillit. Il regagna les rangs en dévisageant chacun de ceux qui étaient là. Qui, parmi eux, était celui ou celle dont le destin serait désormais lié au sien ?

— Bien, dit le Marchand de Sable en balayant l'assemblée du regard, cela va nous faciliter la tâche. Je vous rappelle que la mission d'*Élu* demande du courage, de la ténacité, de l'abnégation et un grand sens de l'honneur. L'*Envoyé* et l'*Élu* doivent pouvoir compter l'un sur l'autre en toute circonstance. C'est ce qui fait leur force. Alors, quels sont les candidats ?

— Je suis candidate, dit Aanor en s'avançant avec l'aide de Chrouf. Rétablir la paix à Oniria est mon souhait le plus cher.

— Moi aussi, annonça la femme bleue.

— Vous n'avez aucune chance, les filles ! gouailla Farjo en avançant d'un bond. L'*Élu*, ce sera moi. Je vous signale que j'ai déjà sauvé la vie d'Eliott. J'ai de l'avance ! On forme un duo du tonnerre, mon pote et moi, et d'ailleurs…

— Merci Farjo, coupa le Marchand de Sable. Je crois que nous avons compris.

Puis il se tourna vers le reste du groupe :

— Personne d'autre ?

Silence.

Au bout d'un moment, Til s'avança timidement.

— Si vous le permettez, maître, dit-il à l'attention du Marchand de Sable, j'aimerais également présenter ma candidature.

Le Marchand de Sable esquissa un sourire.

— Je suis fier de toi, dit-il. Et ce serait un honneur pour Oza-Gora si tu étais choisi.

La femme bleue avança la première vers l'Arbre-Fée, qui referma ses branches sur elle. Elle resta environ une minute à l'intérieur du cocon, puis le branchage se rouvrit.

— Ce n'est pas moi, annonça-t-elle.

Puis elle se tourna vers Eliott.

— Eliott l'*Envoyé*, dit-elle solennellement, sache que je répondrai toujours présent si tu as besoin de mon aide. Tu peux compter sur moi.

— Merci, balbutia Eliott, gêné de faire l'objet d'autant de sollicitude.

Farjo sautilla à son tour vers l'Arbre-Fée, adressant à Eliott des sourires entendus, et il disparut dans le feuillage.

Lorsqu'il en émergea quelques minutes plus tard, il semblait sortir d'une séance de montagnes russes. Il fit quelques pas en titubant, puis se précipita derrière l'arbre pour vomir. Lorsqu'il reparut, il arborait cette mine grave qui le faisait loucher.

— Mon pote, finit-il par dire, je ne suis pas l'*Élu*. Mais je te préviens, je ne laisserai pas se produire ce que je viens de voir. *Élu* ou pas *Élu*, pour moi ça ne change rien : je suis avec toi !

— Merci, Farjo, dit Eliott d'une voix étranglée.

Savoir que le futur potentiel que l'Arbre-Fée lui avait montré avait suffi à faire vomir Farjo n'était pas de nature à rassurer Eliott. Le jeune Créateur posa un regard anxieux sur les deux derniers candidats. Aanor et Til regardaient l'Arbre-Fée avec déférence. L'inclination naturelle d'Eliott le poussait à souhaiter que le choix de l'Arbre-Fée se porte sur la jeune et jolie princesse. Après tout, c'était elle qui avait deviné la première qu'il deviendrait l'*Envoyé*. Et puis, former un duo avec elle, tout échanger... Cette idée lui réchauffait le cœur et faisait palpiter ses entrailles ! Eliott se ravisa soudain. Les palpitations des entrailles, ça ressemblait plus à une source de distraction qu'à une aide pour y voir clair dans sa mission ! Et de ce point de vue-là, Til semblait être un meilleur candidat. Il avait toutes les qualités pour devenir un référent, une personne à l'attitude réfléchie sur laquelle Eliott pourrait s'appuyer sans crainte. Le jeune sablonnier, exemple de droiture et d'engagement, avait déjà prouvé qu'il serait capable de pousser Eliott, ou bien au contraire de l'empêcher de faire des bêtises.

Til s'avança à son tour vers l'Arbre-Fée. Il disparut dans les branches plus longtemps que les candidats précédents. Peu à peu, des murmures s'élevèrent parmi les personnes rassemblées. Qu'est-ce que cela voulait dire ? Était-ce lui, l'*Élu* ? Bouillant d'impatience, Eliott lançait des regards interrogateurs au Marchand de Sable, qui feignait de les ignorer. À côté de lui, Farjo trépignait en se mordillant la queue.

Le cocon s'ouvrit enfin et Til apparut, l'air décidé. Il s'approcha de l'*Envoyé*.

— Eliott, dit-il, si tu le veux bien, j'aimerais beaucoup t'apporter mon soutien dans cette mission.

— Oui, dit Eliott, le cœur battant, je serais heureux que tu m'accompagnes.

Til sourit, puis se tourna vers le Marchand de Sable.

— Maître, mon apprentissage au Palais de Verre est terminé. Et sans l'état d'urgence, je serais actuellement en train de parcourir Oniria en solitaire avant de prendre mes fonctions de transpasseur, comme tous les autres sablonniers l'ont fait avant moi. Cette semaine, vous m'avez à plusieurs reprises demandé de me mettre à la disposition d'Eliott. Permettez-moi de continuer dans cette voie et de l'accompagner dans sa quête, où qu'elle le mène.

Le Marchand de Sable posa sa grande main sur l'épaule du jeune homme.

— C'est d'accord, dit-il avec émotion. J'obtiendrai une autorisation. Tu pourras aller et venir à ta guise, selon les besoins de la mission.

— Merci, murmura Til.

— Alors, ça y est ? demanda Eliott sur un ton de fausse plaisanterie. L'*Envoyé* et l'*Élu* sont réunis, et aucun d'entre nous ne sait par où commencer ?

Til se retourna vers Eliott.

— Non, dit-il, ce n'est pas moi. Je ne suis pas l'*Élu*.

Eliott ouvrit la bouche, stupéfait. Il ne s'attendait vraiment pas à ça. Un doux bruissement dans le feuillage de l'Arbre se fit entendre.

— J'ai hésité longuement sur le cas de ce jeune homme, dit l'Arbre-Fée. Et je l'aurais probablement désigné si je n'avais pas senti la présence parmi vous du véritable *Élu*.

Tous les regards se posèrent sur la frêle Aanor. Chrouf l'aida à avancer jusqu'à l'être magique. Puis ce fut l'Arbre-Fée elle-même qui la soutint de ses branches, avec une infinie délicatesse. Et le cocon se referma. Eliott fixait les branchages, le cœur battant. Alors, c'était elle, finalement ? C'était elle qui l'accompagnerait ! Un sourire tendit ses lèvres sans qu'il puisse le contrôler, et son être tout entier fut envahi d'une douce chaleur. Lorsque Aanor réapparut quelques minutes plus tard, il se précipita vers elle.

— Je suis heureux que ce soit toi ! s'exclama-t-il.

— Ce n'est pas moi, répondit-elle.

Eliott s'arrêta net, interdit. Comment ça, ce n'était pas elle ? Un murmure sourd s'éleva derrière l'*Envoyé*. Tout le monde se posait visiblement la même question.

— L'Arbre-Fée m'a montré la voie que je dois suivre, et j'en suis très heureuse, dit la princesse.

Elle posa sur Jov' son regard doré.

— Je pensais que mon désir le plus profond était de devenir l'*Élue*, mais c'était faux, dit-elle. Je sais maintenant de façon certaine que ma place est à vos côtés. C'est là que je servirai le mieux le Royaume des Rêves.

— Et je suis heureux de vous compter parmi nous, déclara Jov'.

— Mais si ce n'est pas toi, qui est l'*Élu* ? demanda Eliott.

Aanor leva les épaules. Elle ne savait pas. Eliott se retourna et scruta un à un chacun des visages qui le regardaient d'un air ébahi. Son regard passait de l'un à l'autre sans comprendre. Qui était celui ou celle qui devait faire équipe avec lui ?

— Bon, d'accord, grogna une voix.

Eliott tourna la tête. C'était Katsia. L'aventurière fonçait vers l'Arbre-Fée d'un air furieux.

— Faites-moi votre machin bizarre avec vos branches, dit-elle, mais arrêtez de me fixer comme ça !

L'Arbre-Fée referma ses branches sur Katsia. Cela ne dura pas longtemps. L'aventurière reparut moins d'une minute plus tard, l'air déterminé. Elle avança vers Eliott d'un pas vif.

— Tu as le don de tout chambouler dans ma vie, petit ! déclara-t-elle. Avant de te connaître, je n'aurais jamais imaginé mettre les pieds à Oza-Gora ou m'engager dans la CRAMO. À cause de toi, je viens de me faire retourner la tête par une fée dont je niais l'existence il y a encore une heure…

Eliott dansait d'un pied sur l'autre, incapable de déterminer si l'aventurière était heureuse ou furieuse de tous ces bouleversements.

— Et j'ai l'impression que ça ne va pas s'arrêter là, ajouta Katsia avec un sourire. Il semblerait que tu aies besoin d'une baby-sitter, et la dame aux cheveux verts a l'air de penser que je ferais l'affaire. Alors tope là, petit ! L'aventure continue !

Un murmure parcourut l'assemblée. Eliott serra machinalement la main que Katsia lui tendait. Il n'était pas sûr de bien réaliser ce que l'aventurière était en train de lui dire.

— Katsia est l'*Élue* qui accompagnera Eliott dans sa quête, explicita l'Arbre-Fée. Leurs destins à tous les deux sont désormais liés à celui d'Oniria.

Voilà, c'était dit. L'espace d'une seconde, Eliott eut l'impression que le temps était suspendu. Katsia. Katsia la combattante qui ne faisait pleinement confiance à personne ; Katsia l'aventurière en colère sans scrupules, brutale à ses heures, souvent imprévisible, mais toujours entière. Voilà celle qui allait être sa partenaire attitrée. Eliott ne savait pas s'il devait s'en réjouir ou non. Elle était tellement différente de lui ! Bien sûr, Katsia l'avait tiré d'affaire à plusieurs reprises, et il savait qu'il pouvait compter sur elle. Ils avaient même partagé quelques fous rires… Mais contrairement à Farjo, à Aanor ou même à Til, qu'il connaissait pourtant depuis moins longtemps, il y avait toujours un petit quelque chose qui l'empêchait de se sentir pleinement à l'aise avec Katsia. Peut-être était-ce parce qu'elle ne savait exprimer ses sentiments qu'avec violence ? Ou alors parce qu'avec elle on ne savait jamais à quoi s'attendre.

Katsia éclata d'un rire sonore.

— Ben dis donc, s'écria-t-elle. T'en fais une tête ! Ça n'a pas l'air de te faire plaisir !

— Je… Si, si ! balbutia Eliott.

— L'Arbre-Fée choisit toujours le meilleur candidat, murmura à son oreille le Marchand de Sable. Tu peux avoir confiance.

Eliott sursauta. Le Marchand de Sable était l'ancien *Élu*, il devait savoir de quoi il parlait…

— J'ai aussi un cadeau pour toi, Katsia, dit l'Arbre-Fée, interrompant les réflexions d'Eliott.

Katsia s'approcha du tronc et les feuilles se mirent à remuer avec force, comme sous l'effet d'un vent violent. Puis l'Arbre déposa un objet dans les mains de l'aventurière. C'était un poignard. Un long poignard au manche incrusté de jade. Eliott étouffa un cri. C'était avec ce poignard-là que Katsia menaçait Farjo, dans la vision qu'il avait eue tout à l'heure…

— Avec ce poignard, annonça l'Arbre-Fée, tu pourras tuer n'importe quelle créature de rêve ou de cauchemar.

— Tuer ? répéta Katsia d'une voix où pointait l'excitation. Tuer définitivement ?

— Définitivement, confirma l'Arbre-Fée.

Eliott jeta un regard alarmé à son ami Farjo.

— Cool ! s'écria Katsia.

Le singe fronça les sourcils. Il ne comprenait pas pourquoi Eliott le regardait comme ça.

— Mais on ne met pas impunément un terme à l'existence d'autrui, ajouta l'Arbre-Fée.

— Ce qui veut dire ? demanda l'aventurière en esquissant quelques gestes précis avec sa nouvelle arme.

— Ce qui veut dire que chaque fois que tu porteras un coup fatal avec ce poignard, tu deviendras toi-même vulnérable pendant une journée et une nuit. Tes blessures ne guériront plus d'elles-mêmes, et tu pourras toi aussi être tuée.

— Définitivement ? demanda Katsia d'une voix étranglée.

— Définitivement, confirma l'Arbre-Fée.

Katsia glissa le poignard à sa ceinture.

— J'en ferai bon usage, déclara-t-elle. Merci.

Dans un nouveau bruissement, le visage de la Fée disparut, ainsi que ses épaules et ses bras. Ses longs cheveux verts redevinrent feuillage. Il n'y eut plus à sa place qu'un arbre majestueux qui semblait être là depuis toujours. Un arbre aussi immobile que le sont les arbres quand il n'y a pas de vent. Eliott fixa encore le tronc pendant quelques secondes. Avait-il rêvé ?

— Rentrons à Oza-Gora, dit le Marchand de Sable. Nous avons des choses à raconter à l'Assemblée des Sages.

Les cauchemars poussèrent des exclamations émerveillées en découvrant le bâtiment blanc surmonté d'une coupole dorée de l'Académie des Sages. Après le large hall d'entrée où trônait, bienveillante et lumineuse, l'immense Pierre de Sable qui attirait à elle toutes les autres et permettait aux Oza-Goriens de retrouver leur patrie, Eliott, Katsia, Farjo, Jov' et tous les autres suivirent le Marchand de Sable à travers un long couloir dallé de noir et blanc. Eliott jeta un œil à travers une porte entrouverte. L'hémicycle dans lequel l'Assemblée des Sages se réunissait était vide. Ses bancs de bois s'alignaient, sans vie, attendant la prochaine assemblée. Le Marchand de Sable s'arrêta devant la porte du bureau de Mashar. Il fit signe à Eliott et à Katsia de s'avancer à ses côtés, puis frappa trois coups rapides.

— Entrez ! dit une voix.

Mashar était assis à une table de travail. À côté de lui, une femme très digne avec un chignon gris. Lorelys. Tous deux arboraient des visages blêmes.

— Je vous présente le nouvel *Envoyé* et la nouvelle *Élue*, annonça le Marchand de Sable. Ils viennent d'être désignés par l'Arbre-Fée pour ramener la paix à Oniria.

Mashar leva un regard grave sur les deux adolescents.

— Il était temps ! murmura-t-il.

— Que s'est-il passé ? demanda le Marchand de Sable d'une voix où pointait l'inquiétude.

— Comme prévu, La Bête a été élu président de la Nouvelle République Cauchemar, répondit Lorelys.

— Et sa première action a été de se déplacer avec une délégation cauchemar vers le palais d'été de la reine Dithilde, continua Mashar. Ils ont massacré tout le monde et pris possession des lieux en plantant le drapeau de la NRC sur la plus haute tour.

Un cri étouffé s'éleva derrière Eliott. Il reconnut la voix d'Aanor.

— Et comment la reine a-t-elle réagi à cette provocation ? demanda Jov'.

Mashar leva sur le roi rebelle un regard empli de désespoir.

— Elle leur a déclaré la guerre, dit-il d'une voix d'outre-tombe.

Remerciements

Merci au très talentueux Aleksi Briclot, qui donne vie aux personnages et aux décors d'*Oniria* avec maestria. Ses images sont tout simplement sublimes. Nul doute qu'il ferait un Créateur extrêmement doué dans le Royaume des Rêves.

Merci à Marion, Isabel, Cécile, Reginald, Cécile, Marie, Faustine, Mateïa et tous les sablonniers qui accomplissent avec patience et enthousiasme un travail de titan pour faire exister *Oniria*.

Merci à Alexandre qui a embarqué avec moi à bord de la caravane et se laisse guider par la pierre de Sable, où qu'elle nous emmène. Merci à Inès et Adèle qui voyagent avec nous à dos de chaméléon.

Merci à vous tous qui avez plongé avec moi dans le Royaume des Rêves.

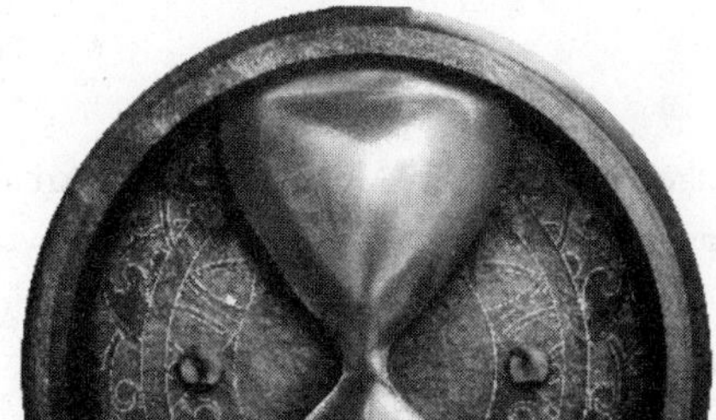

BONUS INÉDIT

Ce cahier, Eliott, est un journal intime.

Le mien.

J'y ai consigné avec assiduité mes aventures, mes questionnements et mes états d'âme, de l'âge de 15 ans à l'âge de 24 ans.

Quand tu le liras, tu croiras peut-être à un canular, ou bien à une oeuvre de fiction.

Ce journal n'est ni l'un ni l'autre, il est parfaitement authentique et tous les évènements qu'il relate se sont produits.

Mamilou

Le journal de Lou

Extraits

9 mai 1964

Mon cher Pierre,

J'ai pris mon calendrier et j'ai fait le compte : hier soir, c'était ma vingt-sixième plongée à Oniria en tant que Créatrice. Il y a eu d'abord ces deux plongées qui m'ont permis de me familiariser avec le monde des rêves et de tester le b.a.-ba de mes capacités de Créatrice, puis vingt-quatre autres pendant lesquelles je me suis soumise docilement aux expérimentations de *monsieur le Grand Scientifique*. Je parle d'Amastan bien sûr. Ça l'agace tellement quand je l'appelle comme ça, c'est vraiment tordant ! Du coup j'en rajoute, tu me connais… Et, entre nous, quand on nomme son projet « protocole d'exploration des techniques de suggestion mentale appliquées à l'analogogie en vue de l'amélioration de leur efficacité thérapeutique », on ne mérite pas mieux !

Vingt-six plongées, donc. C'est beaucoup et très peu à la fois. Par certains aspects, j'ai l'impression de tout connaître par cœur : la routine d'expérimentation est toujours la même, ça en devient presque ennuyeux. Mais Oniria est un monde si vaste, si incroyablement riche… Cela fait plus de deux mois que je m'y rends trois nuits par semaine, et je n'ai fait que le toucher du doigt. Il y a encore tellement à découvrir !

Hier soir, comme tous les soirs de « plongée », Amastan est venu me rendre visite dans ma chambre sous sa forme fantomatique. Je m'y suis habituée, maintenant. À tel point que, si je voyais un véritable fantôme, je pense que je n'aurais pas peur !

Comme d'habitude, je me suis mise au lit, il m'a jeté sa poudre, et comme je sombrais dans un état de demi-conscience, sa voix a murmuré à mes oreilles la description de l'endroit où il voulait que je commence mon périple onirien. J'aime bien quand sa voix me berce ainsi. Je crois que ça me rappelle la voix de maman quand, petite, je réclamais une dernière berceuse, une dernière histoire… En tout cas, je préfère ça aux modulotrons !

Mais j'y pense ! T'ai-je déjà parlé des modulotrons ? Je n'ai pas été très assidue pour t'écrire, ces derniers temps, et je crois bien que j'ai oublié… Le nom « modulotron » est affreux, et l'objet l'est tout autant. C'est simple, ça ressemble à un masque à gaz. Le principe, en revanche, est assez génial ! L'analogogiste place le modulotron sur son nez et sa bouche, et lorsqu'il parle à l'intérieur, l'instrument transforme ses paroles en un flux de sons ordinaires, comme les craquements du plancher, le souffle du vent ou le froissement des draps. Ainsi l'oreille du dormeur ne perçoit-elle rien d'inhabituel. Ce qui est vraiment magique, c'est que le cerveau du dormeur, lui, comprend le flux des paroles de l'analogogiste et les reconstitue sous forme d'image. C'est ainsi que je m'étais mise à voir James Dean partout à l'époque où Amastan essayait de me soigner. Puis des images de la Bretagne. Tu te souviens ? C'est quand même extraordinaire, ce truc, non ? Je suis sûre qu'Oniria regorge d'objets magiques de ce genre. J'ai tellement hâte d'en découvrir d'autres !

Le seul défaut apparemment, c'est que les modulotrons sont lourds et désagréables à porter. Du coup, comme Amastan n'a pas besoin de me dissimuler quoi que ce soit, il n'en utilise pas pour nos expériences. Il pratique son hypnose de manière classique, avec la voix. Et ça me convient très bien à moi aussi.

Mais revenons à la nuit dernière. Une fois endormie, je me suis retrouvée dans un lieu vraiment insolite : à première vue, cela ressemblait à un champ de pommiers. Sauf qu'au lieu de fruits c'étaient des disques qui poussaient sur les arbres. Mieux ! Il suffisait d'en effleurer un avec son doigt pour que le

45-tours se mette à jouer et que la musique emplisse comme par magie toute la campagne environnante. Il y avait plusieurs arbres dédiés aux tubes des Beatles, mais en passant d'un rang à l'autre on pouvait aussi trouver du jazz ou du Mozart… C'était le paradis des mélomanes !

J'ai écouté une dizaine de titres, certains plusieurs fois. Et puis, en essayant de traverser entre deux arbres pour atteindre le rang suivant, j'ai posé la main sur l'un des troncs et une Porte est apparue. Bien sûr, j'avais très envie de la traverser pour découvrir ce qui se cachait de l'autre côté. Mais j'ai hésité : tu sais comment réagit Amastan chaque fois que je suis en retard ! Alors j'ai consulté ma montre : il était 9 h 30, heure d'Oza-Gora. J'avais encore un petit quart d'heure avant le rendez-vous. C'est peu, pour découvrir un nouvel endroit. Mais la curiosité était trop forte : je suis passée de l'autre côté.

J'ai bien fait, c'était tout simplement magique ! Figure-toi que je me suis retrouvée à bord d'une fusée digne de celle du professeur Tournesol dans *Objectif Lune*. Je m'attendais à tout instant à croiser l'un ou l'autre des héros de la bande dessinée, mais la fusée était vide. Si vide que j'en ai profité pour la visiter. J'ai commencé par la salle de commandes. Il y avait des boutons et des voyants partout… Je n'ai osé toucher à rien, bien sûr, j'avais trop peur de dérégler quelque chose. Mais le panorama, Pierre ! Tu aurais vu ça ! Des étoiles partout, et la Lune, énorme, droit devant moi. J'ai passé un temps fou juste à perdre mon regard dans les étoiles.

Au début, mes pieds reposaient sur le sol, je pouvais marcher normalement, et puis tout à coup (ai-je provoqué ce changement moi-même, je n'en ai aucune idée) la pression a disparu dans la cabine et je me suis mise à flotter. Oh, c'était tellement drôle ! Je me suis balancée dans toute la cabine, propulsée d'un objet à l'autre comme dans l'eau d'une piscine. Je m'amusais tellement ! Et puis le charme est retombé d'un coup, au propre comme au figuré : dans ma bourse en peau de caméléon, ma pigeonnière a sonné. Au même moment, la pression est revenue et je suis tombée lourdement sur le sol (je me suis fait mal à la jambe, j'ai encore ce matin un bleu large comme la main sur le haut de la cuisse). J'ai sorti le galet de ma poche et je l'ai frotté du bout des doigts. Comme je m'y attendais, c'était un message d'Amastan : « Est-ce que tout va bien ? » Une façon polie de me dire que j'étais en retard…

La mort dans l'âme, j'ai jeté un dernier regard à la cabine de pilotage. Je n'avais pas eu le temps d'explorer le reste de la fusée, et Dieu sait quand j'aurais l'occasion d'y revenir. Quelle frustration ! Mais tu le sais : quand je m'engage à quelque chose, je le fais jusqu'au bout. Alors j'ai fermé les yeux, j'ai visualisé dans ma tête la grande grille d'Oza-Gora, et j'ai rejoint Amastan pour l'une de ses interminables séances d'interrogatoire. D'abord je l'ai emmené par déplacement instantané dans le paysage des arbres à disques, où il a passé plus d'une heure à prendre des notes et à faire des croquis. Puis il a fallu répondre à ses questions, toujours les mêmes : état d'esprit au moment de mon arrivée, présence ou non d'Oniriens ou de Mages, et mille questions assommantes sur les significations symboliques pour moi de chaque micro-détail du paysage… Nous y avons passé le reste de la nuit, alors que j'aurais pu être en train d'explorer la fusée du professeur Tournesol. J'ai essayé de lui faire savoir à quel point je m'ennuyais, mais il était tellement concentré que je crois qu'il ne s'est rendu compte de rien… Ou alors il a fait semblant de ne pas comprendre ? En tout cas, ça m'a vraiment agacée. Je me suis sentie ignorée, incomprise. On aurait dit qu'il s'en fichait ! C'est un comble, quand on sait que sans moi sa précieuse petite expérimentation n'aurait pas lieu.

Oh Pierre, jusqu'ici je n'avais pas mis de mots sur mon ressenti, mais en t'écrivant je réalise à quel point la situation que me fait subir Amastan est cruelle. Chaque soir, je goûte à ce que pourrait être une nuit entière d'aventure à Oniria, et puis hop, plus rien ! Je dois me plier sagement à l'ennuyeuse gymnastique du protocole expérimental. C'est vraiment le supplice de Tantale ! Et je subis ça depuis des mois ! Amastan pourrait se montrer reconnaissant et m'offrir une petite récréation, tu ne crois pas ? Ce serait la moindre des choses, non ? Plus j'y pense et plus je trouve que c'est un goujat de me traiter comme ça. Je ne suis pas une souris de laboratoire !

Ah, ça y est, je suis remontée. Il va falloir que je trouve un moyen de lui faire comprendre ce qu'il ne veut pas voir.

Je t'embrasse, mon frérot. Je suis sûre que si tu avais été là, tu aurais déjà trouvé une solution à mon problème. Mais il va falloir que je me débrouille toute seule… C'est dur.

Tu me manques, Pierre, tu sais ! Je t'aime.

Lou

12 mai 1964

Pierre,

Tu vas être fier de moi ! J'ai beaucoup repensé à ce que je t'ai écrit l'autre jour, à propos de ma frustration de ne pas pouvoir explorer Oniria. J'ai décidé qu'au lieu de râler je ferais mieux d'agir. Alors c'est décidé, j'en parlerai à Amastan lors de notre prochaine rencontre, et je ne lui laisserai pas le choix : soit il me laisse m'aventurer librement à Oniria (et pendant beaucoup plus longtemps que les deux malheureuses nuits auxquelles j'ai eu droit au début), soit il devra trouver un autre cobaye pour ses expériences. C'est bien, ça, non ?

Je te tiens au courant, mon frérot chéri.

Lou

P.S. : J'aime bien quand je suis pleine de courage comme ça. J'ai l'impression que rien ne peut m'arrêter.

14 mai 1964

Bonjour, frérot !

J'ai vu Amastan hier soir. Je lui ai dit tout ce que j'avais sur le cœur. Tout. J'ai parlé très vite, et je peux te dire que ça tambourinait dans ma poitrine. J'avais tellement peur qu'il le prenne mal ! Mais pas du tout, au contraire ! Quand j'ai terminé, il m'a aussitôt rassurée. Il m'a dit qu'il comprenait, qu'il était vraiment désolé d'apprendre que je vivais si mal l'expérience, que j'aurais dû lui en parler plus tôt… Je ne savais pas qu'un garçon de dix-huit ans pouvait se montrer aussi attentionné. J'étais tellement émue, tellement soulagée, que j'aurais pu me jeter dans ses bras pour l'embrasser s'il n'avait pas eu la consistance d'un fantôme.

Après ça, il m'a parlé des premières découvertes qu'il a faites grâce au travail qu'on réalise ensemble. C'est incroyable, tu sais. Vraiment. Le plus choquant, je crois, c'est de voir à quel point ce que les Oza-Goriens tentaient auparavant pour influencer les rêves était peu fiable. C'était aussi nébuleux que les oracles de la pythie de Delphes dans la Grèce antique. Amastan est sur le point de révolutionner la discipline. Il va faire passer la science des analogons directement de l'âge de pierre à la Renaissance. C'est assez exaltant, je trouve, de faire partie d'une telle avancée scientifique !

Mais Amastan s'inquiète beaucoup de l'impact négatif que mes nuits oniriennes pourraient avoir sur ma vie terrestre (ça le préoccupe plus que moi, à vrai dire). Alors on a décidé de faire une pause : aucun voyage onirien jusqu'à la fin de l'année scolaire, je me concentre sur mes examens. Et puis, dès que je serai en vacances, on recommencera pour environ quatre semaines d'expérimentations. Ensuite, je pourrai explorer Oniria comme je le souhaite pendant tout le mois d'août. C'est super, non ? De vraies vacances !

Bon, évidemment, ça fait encore pas mal d'attente, mais c'est pour la bonne cause !

Allez, ce n'est pas tout mais j'ai une composition d'histoire demain et je dois réviser. Ça va être difficile, je n'ai pas du tout la tête à ça. Mais je n'ai pas droit à l'erreur si je veux passer en première.

Souhaite-moi bonne chance !

Lou

14 mai 1964 (bis)

Au secours, Pierre !

Moi qui étais toute contente il y a encore quelques minutes de la façon dont s'était déroulée la discussion d'hier avec Amastan, me voici pleine de doutes. Je viens de relire ce que j'avais écrit le 12 mai, et je me rends compte que je n'ai pas du tout obtenu ce que je voulais… Je vais devoir attendre encore deux mois avant de pouvoir explorer Oniria librement : une éternité !

J'ai l'impression que je me suis fait complètement embobiner par sa gentillesse et son enthousiasme. En même temps, est-ce que je peux lui en vouloir d'être sincère et passionné ? Tu crois que j'aurais dû me montrer plus ferme avec lui ?

Ah, qu'est-ce que je peux être nulle dans ce genre de discussions ! Ça m'énerve !

Avec tout ça, je n'ai toujours pas commencé à réviser mes leçons d'histoire… Il faut absolument que je trouve un moyen de sortir Oniria et Amastan de ma tête. Juste pour un mois et demi.

Aide-moi, Pierre ! S'il te plaît, aide-moi !

Lou

22 mai 1964

J'ai eu 12 en histoire, c'était inespéré ! Et ma dernière note en mathématiques était au-dessus de la moyenne de la classe… Ça commence à aller mieux au lycée, tous les espoirs sont permis pour mon passage en première. Même la prof de latin m'a félicitée l'autre jour pour mes efforts. Du jamais-vu !

En tout cas, c'était une bonne idée de faire une pause dans mes voyages à Oniria. Je ne m'en rendais pas compte, mais c'est vrai que ça me fatiguait et que ça m'empêchait de me consacrer à mon travail. Une leçon à retenir pour la suite !

Je t'embrasse.

Lou

27 mai 1964

27 juin 1964

Donne-moi ta main et prends la mienne
La cloche a sonné, ça signifie
La rue est à nous, que la joie vienne
Mais oui, mais oui, l'école est finie !

Ah, Pierre, tu nous aurais vues, Sylvie, Odile et moi, nous tenant par la main, chantant à tue-tête dans la rue la chanson de Sheila, riant comme des gamines ! Les passants nous jetaient des regards mi-amusés, mi-réprobateurs. Vraiment, entre les deux ils ne savaient que choisir. Nous, notre choix était tout vu, c'était la gaieté la plus totale, et tant pis si nous passions pour des écervelées. Cette fichue année est enfin terminée ! Et je peux fêter ça sans arrière-pensées puisque je passe en première A' latin-anglais comme je le voulais. Ce sont de vraies vacances qui commencent.

Je suis impatiente de retourner à Oniria. C'est prévu pour après-demain. J'ai hâte ! Je sais, je sais, pour l'instant ce sera seulement dans le strict cadre de l'expérimentation. Mais j'ai fait la paix avec cette idée. Après tout, c'est pour cette expérience qu'on m'a donné un sablier, pas pour autre chose. Les Oza-Goriens comptent sur moi, ce serait ingrat de leur refuser mon aide maintenant. Alors à moi de faire preuve d'un peu de patience, je serai bientôt récompensée. Et puis, malgré tout, les paysages complètement dingues, les créatures farfelues, les rencontres régulières avec Amastan… Tout ça m'a manqué. En plus, j'ai eu une super-idée : je vais demander à Amastan d'augmenter le rythme de mes voyages nocturnes, comme ça on terminera plus rapidement le protocole et à moi la liberté ! Je ne vois pas pourquoi il refuserait. En tout cas, je ne risque plus de m'endormir pendant les cours !

Je te laisse, je dois y aller. Odile a organisé une boum chez elle ce soir, et les parents ont accepté que j'y aille à condition que je rentre avant minuit.

Ah, qu'est-ce que c'est bien d'être en vacances !

Lou

17 juillet 1964

Cher Pierre,

Ça y est, j'en ai déjà marre. Le supplice de Tantale a recommencé, je n'en vois pas la fin et ça me rend folle ! Avec le rythme accéléré, j'ai déjà fait dix plongées depuis le début des vacances. Hier soir, j'ai demandé à Amastan s'il en restait encore beaucoup, mais il m'a fait une réponse qui n'en était pas une : soi-disant ça dépend des résultats, soi-disant il a encore des détails à vérifier... Autant avouer qu'il n'en a aucune idée. Ça va peut-être encore durer des semaines et je n'en peux plus ! Le pire, c'est que maintenant il me fait retourner dans le même paysage plusieurs fois de suite. Donc ce soir, ce sera de nouveau la fête de village avec les danses et les costumes folkloriques. Je n'ai aucune envie d'y aller : je meurs d'ennui rien que d'y penser. Même le mois de juillet à Paris est moins ennuyeux que mes nuits à Oniria, c'est dire ! Si ça continue, je crois que je vais finir par détester Amastan.

Tiens, un autre que je déteste officiellement depuis hier soir, c'est Charles Lafontaine. En même temps ce n'est pas de sa faute, il ne m'a rien fait, mais maman a rencontré sa mère je ne sais où, et au dîner hier soir elle ne tarissait pas d'éloges à son sujet, c'était insupportable. Il faut dire qu'il a obtenu son bac avec mention très bien, et qu'il commence l'année prochaine une classe préparatoire scientifique au lycée Henri-IV. Tu connais maman, elle en faisait des tonnes : et Charles par-ci, et Charles par-là... Sans compter Annie qui a teeeeellement bien réussi sa première année de droit. Tout ça m'était destiné, évidemment. J'avais envie de les étrangler tous les trois : maman, Annie et Charles ! Qu'est-ce qu'elle croit, maman ? Que je fais exprès d'être moyenne en classe ? Que me parler de gens plus brillants que moi peut me rendre géniale à mon tour par contagion ?

Pour être honnête, je n'ai aucune idée de ce que je veux faire plus tard. Si je m'accroche pour aller jusqu'au bac, c'est surtout pour éviter de passer pour la ratée de la famille. Ce n'est pas que je ne comprenne pas ce qu'on apprend en classe, mon cerveau n'est pas plus lent que celui des autres élèves, merci beaucoup. Mais les maths, l'histoire, le latin... Tout ça manque de concret pour moi. J'ai hâte d'entrer enfin dans la vraie vie, de faire un métier utile, je ne sais pas, comme… infirmière, peut-être ? Je crois que ça me plairait bien de soigner des gens. Il faudrait que je me renseigne… Mais je n'arriverai jamais à trouver ma voie si maman continue de me harceler comme ça !

Je te laisse, mon petit Pierre, Annie a promis de m'emmener à la piscine. C'est la canicule à Paris, il fait 35 degrés, c'est étouffant et j'ai hâte de me rafraîchir. Et puis ça va peut-être me changer les idées.

Je t'embrasse, frérot.

Lou

2 août 1964

RAS LE BOL DE CE FICHU PROTOCOLE EXPÉRIMENTAL !!!!!!!!!

Mais quand va-t-il enfin se terminer ???? On est déjà au mois d'août, et toujours aucune réponse claire de la part d'Amastan…

5 août 1964

Oh là là, Pierre !

J'ai tellement de choses à te raconter que je ne sais pas par où commencer ! Je viens de me réveiller, et la nuit que j'ai passée a été… Je ne sais pas, en fait. Je n'ai pas de mots pour qualifier ça. Il y a eu de tout dans cette nuit, vraiment de tout, du bon comme du mauvais. Et c'était intense, tu peux me croire. En tout cas, ce qui me met en joie, c'est qu'enfin – enfin ! – j'ai vécu ma première véritable aventure onirienne.

Au début, ça a plutôt mal commencé. Très mal, même.

J'ai débuté ma plongée dans le paysage où je m'étais déjà rendue la nuit précédente, un joli petit village médiéval avec des maisons à colombages, surplombé par un château colossal digne d'un conte de fées. Rien de bien excitant. Ensuite j'ai retrouvé Amastan à la grande grille d'Oza-Gora, comme d'habitude. Mais en arrivant, j'ai compris qu'il y avait quelque chose d'inhabituel. Amastan était assis sur la même grosse pierre que d'habitude, mais cette fois il était entouré de tout un bric-à-brac d'objets hétéroclites. Dès qu'il m'a vue, il s'est levé en sursaut, il a fait des gestes désordonnés, commencé trois phrases en même temps… Amastan, quoi ! Puis il a fini par tirer de son bric-à-brac un drôle d'objet qui faisait penser à un casque de salon de coiffure et l'a brandi au-dessus de sa tête, les yeux brillants d'excitation.

— Aujourd'hui, nous allons tester le tout premier analogoflash !

Il a annoncé ça d'un air triomphant, comme si c'était la meilleure nouvelle de la semaine. Moi, j'ai froncé les sourcils.

— Qu'est-ce que c'est que ça, un analogoflash ? Ça n'a rien à voir avec ce qu'on a fait jusqu'ici, ai-je fait remarquer.

— Je sais ! a-t-il répondu presque en chantant. Je travaille d'arrache-pied depuis plusieurs semaines et je suis presque sûr d'avoir fait une avancée décisive dans l'amélioration de la fiabilité des analogons. Grâce à toi, j'ai compris une chose essentielle : le souci majeur se situe au niveau de la distorsion d'information très importante qu'induit l'utilisation de l'hypnose. Alors je me suis demandé comment réduire cette distorsion, et je crois que j'ai trouvé la réponse ! Nous allons utiliser de la moelle épinière d'Onirien télépathe, ce qui me permettra de communiquer directement avec ton cerveau, sans passer par tes sens ! Regarde : il suffit de charger une photographie de l'endroit choisi à l'intérieur de l'appareil, et...

À ce moment-là, ses yeux ont croisé les miens. Il a laissé sa phrase en suspens et son enthousiasme est retombé d'un seul coup. J'étais folle furieuse et je crois que ça se voyait.

— Dis donc, Amastan, ai-je dit en faisant des efforts surhumains pour rester courtoise, tu ne serais pas en train de nous faire entrer comme si de rien n'était dans la deuxième phase du protocole expérimental ?

— Nous sommes surtout au seuil d'une avancée décisive ! a-t-il répondu.

Il n'avait pas l'air de comprendre où était le problème. Franchement, ce n'est pas permis d'avoir la mémoire aussi courte. J'ai failli le dévorer tout cru !

— Et mes vacances, alors ? ai-je crié. Tu m'avais promis que je pourrais explorer Oniria en toute liberté pendant plusieurs semaines après la fin de la première phase.

— Mais j'ai fait une découverte incroyable ! a-t-il dit. Il faut que je vérifie tout de suite si mon idée fonctionne, sinon...

— Sinon rien du tout ! Tu m'avais promis, Amastan.

— Je sais, Lou, mais essaie de comprendre...

— Ce que je comprends, c'est que tu t'es bien payé ma tête !

J'étais hors de moi. Cela faisait des semaines que je me sacrifiais pour lui. Non seulement il ne s'en rendait absolument pas compte, mais en plus il était en train de revenir sur sa promesse, qui était la seule chose qui me faisait tenir le coup depuis tout ce temps.

— Pas du tout ! s'est-il défendu. Mais si je ne teste pas ce prototype maintenant, je vais me retrouver coincé dans mes recherches ! Je serai au chômage technique, je risque de perdre des semaines…

Alors là, j'ai vu rouge. Je lui ai arraché des mains son horrible casque, je l'ai jeté par terre, et puis j'ai fermé les yeux et j'ai fait tomber du ciel une énorme enclume, en plein dessus. L'analogoflash a été pulvérisé sur le coup.

— Eh bien voilà, plus de chômage technique, ai-je dit. Toi, tu vas reconstruire ton fichu appareil, et moi, je vais prendre des vacances. Adieu. Ciao.

Et je suis partie.

En te l'écrivant maintenant, j'avoue que je ne suis pas très fière de la façon dont j'ai réagi. Détruire l'analogoflash qu'il avait passé des jours à mettre au point, ce n'était pas très sympa, et c'était peut-être un peu excessif. Mais sur le moment, je trouvais ça parfaitement justifié. Car me faire sauter mes vacances comme ça sans rien me dire, ça alors ce n'était pas sympa DU TOUT !

Donc je suis partie. J'ai foncé droit sur le rocher le plus proche, les paumes en avant. Une chance : c'était une Porte. Je m'y suis engouffrée sans me retourner. Assez vite, je me suis mise à courir. Je n'avais aucune envie qu'il me rattrape. J'ai emprunté une deuxième Porte, puis une troisième, une quatrième… J'étais bouleversée, je courais sans regarder autour de moi, si bien que je n'ai que très peu de souvenirs des premiers paysages que j'ai traversés. Sauf l'un d'entre eux, un champ de grosses fleurs en plastique. Celui-là, je m'en souviens bien parce que chacune des fleurs empestait un parfum différent : les odeurs se mélangeaient à en donner la nausée, si tu savais comme c'était écœurant ! Et puis j'ai commencé à m'embarquer dans des paysages de plus en plus angoissants. Un caveau plein de squelettes pour commencer. Puis le pont d'un bateau au milieu d'une tempête. Les vagues étaient si hautes que j'ai vraiment cru que j'allais être emportée.

Heureusement, j'ai trouvé une Porte assez rapidement, mais de l'autre côté c'était pire ! Je suis tombée sur un endroit tout noir, on ne voyait rien. Tout ce que je distinguais, c'était des bruits de scies et de portes qui grinçaient. C'est là que j'ai commencé à regretter d'être partie toute seule. J'étais perdue et je ne savais pas comment revenir en arrière. J'ai essayé de trouver une autre Porte, à tâtons dans le noir. J'ai fini par en trouver une, mais toute la suite de mon voyage a été un véritable cauchemar. Les paysages que j'ai traversés étaient plus terribles les uns que les autres. Le pire, c'était le dernier. Celui-là, j'en ai encore des frissons rien que d'y penser. Il y avait des dizaines d'escaliers qui montaient et descendaient : dès que l'un se terminait, un autre commençait sans que jamais je sache où tout ça me menait. C'était sans fin, je ne faisais que monter, descendre, monter, descendre, en répondant à la volonté des escaliers plus qu'à la mienne. Dès que j'avais quitté la dernière marche, l'escalier disparaissait. J'avais peur de ne pas aller assez vite, de tomber dans le vide… J'étais paniquée, j'avais l'impression que jamais je ne réussirais à en sortir. Je me jetais contre tous les murs, je plaquais ma paume sur toutes les marches, espérant trouver une Porte, mais je réussissais seulement à me faire mal. Il n'y avait aucune ouverture, nulle part, seulement ces maudits escaliers, encore et encore… C'était horrible ! Je voulais me réveiller, mais je n'y arrivais pas. J'ai crié en vain. Et puis j'ai fini par m'effondrer. Je me suis mise en position fœtale, la tête cachée entre mes bras et les jambes recroquevillées sur mon ventre. J'étais en larmes.

Pour sortir de cet enfer, je ne voyais plus qu'un seul moyen : je devais réussir un déplacement instantané. J'ai d'abord essayé de rejoindre le village médiéval, en vain. Alors j'ai tenté avec d'autres endroits visités récemment, mais j'étais incapable de me concentrer. J'étais tellement obsédée par ces escaliers ! Malgré mes efforts, pas moyen de visualiser un paysage entier : les escaliers finissaient toujours par envahir mon champ de vision, transformant le paradis le plus absolu en un nouveau lieu de terreur. Alors je me suis concentrée sur un objet, un seul. Un refuge simple, que je connaissais par cœur. J'ai choisi un gros fauteuil en cuir un peu mou, comme celui qui est dans le bureau de papa, dans lequel je me lovais petite, sans un bruit, bien au chaud sous le plaid à carreaux pendant qu'il travaillait. J'ai fait appel à mes souvenirs pour forcer mon esprit à se concentrer : le calme qui régnait dans le bureau, l'odeur de cuir et d'encre, le bruit des pages qui tournent… Et enfin j'ai quitté l'enfer.

Mais j'ai dû me tromper quelque part. Quand j'ai ouvert les yeux, j'étais bien assise sur un large fauteuil en cuir mais au lieu du bureau sombre où papa lisait le journal et traitait son courrier, je me suis retrouvée dans une immense et magnifique bibliothèque. Heureuse erreur en réalité : si tu avais vu cet endroit, il était magique ! Imagine des rayonnages bourrés de livres du sol au plafond, dans une pièce de la taille d'une cathédrale. C'était si paisible, si reposant comparé à ce que je venais de vivre ! L'endroit était tellement silencieux que j'ai d'abord cru que j'étais seule. Et puis mes yeux se sont habitués et j'ai fini par voir de drôles de petits lutins un peu partout. Certains marchaient sans bruit dans les galeries, les bras chargés de livres. D'autres étaient perchés sur les barreaux des échelles et manipulaient les livres situés sur les rayonnages les plus hauts. Quelques-uns semblaient très affairés à trier de minuscules fiches, assis derrière de tout petits bureaux. Je suis restée un long moment à les observer. Leurs mouvements précis, leur allure paisible, leur extrême discrétion, tout cela me faisait un bien fou. Je suis restée longtemps à les observer, recroquevillée sur mon fauteuil en cuir, sans un bruit. Aucun d'entre eux ne m'a adressé la parole. Pas un ne m'a regardée. C'était comme si j'étais transparente, comme si j'étais là sans y être, extérieure, spectatrice. Et ça me faisait du bien.

Et puis quelqu'un est entré dans la pièce, et j'ai compris que je n'étais pas du tout transparente car il a foncé droit sur moi en me regardant d'un air décidé. C'était un petit homme très dodu, qui semblait être un roi (ou se prendre pour un roi ?) à en juger par son long manteau d'hermine, sa couronne et son sceptre en or. Ses pas rapides ont résonné à l'autre bout de la pièce et tous les lutins ont tourné la tête vers lui, puis sont retournés à leurs activités sans que leur visage exprime la moindre émotion. Ma curiosité grandissait au fur et à mesure qu'il avançait. Qui était cet homme et pourquoi venait-il vers moi ? Il me dévisageait, mais étrangement ça ne me gênait pas. Il y avait un je-ne-sais-quoi dans son regard qui me mettait à l'aise.

Quand il est arrivé près de moi, j'ai réalisé à quel point il était petit. Moins que les lutins de la bibliothèque, mais petit quand même : debout, il était à peine aussi haut que moi qui étais toujours assise sur mon fauteuil. Je me suis demandé si ce n'était pas le maître des lieux, le roi des lutins, le dirigeant de la bibliothèque. Mais il m'a vite détrompée.

Il m'a tendu une main énergique en annonçant d'une voix haut perchée :

— Bonjour, mademoiselle, je me présente, je suis le roi Jovigus Ier, souverain de la Bonbonnière, roi de la Sucrerie et grand prince de la Pâtisserie. Mais vous pouvez m'appeler Jov'. Ou Votre Majesté, si vous préférez. Restons simples ! Je suis à la recherche de mon château. Ne l'auriez-vous pas vu, par hasard ? On l'appelle le palais de Beurfray…

J'ai d'abord cru à une plaisanterie. Comment pouvait-on perdre un château ? Mais à sa mine préoccupée de ce Jov' j'ai compris que tout cela était très sérieux. J'ai serré la main qu'il me tendait, puis j'ai demandé à quoi ressemblait le fameux château.

— Oh, vous ne pouvez pas vous tromper ! a-t-il répondu. La muraille est de praline, le parquet de croquets, la chambre à coucher de crème de lait...

— ... le lit de biscuits, les rideaux d'anis ! ai-je terminé par automatisme.

Qu'est-ce que je n'avais pas fait ! Un large sourire s'est imprimé sur son visage et ses yeux se sont mis à pétiller.

— Alors vous l'avez vu ! À la bonne heure. Auriez-vous s'il vous plaît l'amabilité de m'indiquer quelles Portes il faut emprunter pour s'y rendre ?

J'étais gênée, tu penses ! Son château, je l'avais déjà vu, oui, mais sur l'illustration du livre de comptines que nous chantions avec maman quand nous étions petits... pas à Oniria ! J'ai essayé de rectifier, mais je me suis emberlificotée dans mes explications, c'était pire !

— Non, non ! Je n'ai pas vu votre château, en tout cas pas près d'ici...

— Sapreski ! S'est-il éloigné tant que ça ?

— Non ! Enfin je ne sais pas, je n'ai jamais vu votre château !

— Pourtant vous semblez le connaître...

Il commençait à me regarder d'un air soupçonneux.

— C'est à cause de la chanson ! ai-je dit.

Il a plissé les yeux.

— Quelle chanson ?

Ne voyant pas d'autre solution, j'ai commencé à chanter :

— Il était une Dame Tartine, dans un beau palais de beurre frais, la muraille était de praline, le parquet était de croquets… C'est une comptine ! Une comptine que j'ai apprise quand j'étais petite.

Il est resté à me regarder avec des yeux ronds, sans bouger. Puis il a haussé les épaules.

— Je ne connais ni cette chanson ni cette « Dame Tartine »… C'est curieux. Oui, très curieux.

Il s'est hissé sur le fauteuil à côté du mien.

— En tout cas, je crois bien qu'il va falloir que je me résigne à déménager. Le palais de Beurfray a dû être propulsé par un Mage à l'autre bout d'Oniria. Autant chercher un grumeau dans la pâte à crêpes de ma femme !

J'étais en train de chercher quelques mots de réconfort adéquats, mais il a relevé la tête vers moi… Il souriait !

— Mais tout cela n'a pas d'importance, n'est-ce pas ? Mon épouse et moi-même aimions beaucoup ce château, mais nous en trouverons un autre tout aussi confortable.

Je n'en revenais pas. Le bonhomme venait de perdre son château, son lieu de vie et probablement tout ce qu'il y avait dedans, et ça n'avait pas l'air de le contrarier plus que ça !

— Parlez-moi de vous, plutôt ! a-t-il poursuivi. Vous avez l'air d'une jeune fille bien fatiguée, je me trompe ? Je dirais à vue de nez que vous avez traversé très récemment des épreuves difficiles.

J'étais étonnée qu'il s'intéresse à moi comme ça, vu la situation dans laquelle il était lui-même. Mais il me regardait avec un regard si profond, si bienveillant… Je ne sais pas comment te dire, c'était comme un invitation à lui répondre.

— Vous avez raison, ai-je dit. Je viens de traverser une série de paysages terrifiants. J'étais paniquée, j'étais perdue… J'ai cru que je n'en sortirais jamais.

— Ah, vous avez dû vous rendre par erreur du côté d'Ephialtis, a-t-il dit d'un ton léger. Moi non plus je ne goûte pas beaucoup ce type de promenade. Mais dites-moi, Ephialtis est très loin d'ici ! Y aurait-il dans les environs une Porte Raccource dont j'ignorerais l'existence ?

— Une Porte Raccource ? Qu'est-ce que c'est ?

— Vous ne connaissez pas ? s'est-il étonné. Ce sont des Portes qui relient des zones d'Oniria très éloignées les unes des autres. Personne ne sait pourquoi ni comment elles se créent, elles apparaissent, c'est tout. C'est ma foi fort pratique quand on voyage beaucoup. Le seul défaut, c'est qu'elles provoquent parfois un mal de mer terrible. La dernière fois que…

Il s'est interrompu brusquement et a de nouveau plissé les yeux.

— Mais dites-moi, jeune fille, vous ne connaissez pas les Portes Raccources, vous semblez découvrir l'existence d'Ephialtis… Vous êtes donc nouvelle dans nos contrées ! Vous n'avez probablement pas encore fréquenté nos bureaux d'accueil. Si vous voulez, je peux vous emmener vers le bureau le plus proche et…

— Surtout pas, il risquerait de me retrouver ! l'ai-je coupé.

Je pensais à Amastan bien sûr, qui devait me chercher et avait peut-être déjà alerté les bureaux d'accueil. Mais j'en avais dit un peu plus que je ne l'aurais souhaité. Alors j'ai essayé de me reprendre…

— Je veux dire… Non merci. Je sais ce que sont les bureaux d'accueil. Je m'y rendrai sans doute bientôt, mais ma nuit a déjà été suffisamment mouvementée comme ça. Je préfère rester tranquille pour l'instant.

La grande salle de la bibliothèque était baignée de lumière. Des dizaines de rayons de soleil perçaient par les vitraux haut perchés et plongeaient sur le sol.

— Votre nuit ? Nous sommes en plein jour, fit remarquer Jov'.

J'ai voulu répondre, mais il m'a arrêtée d'un geste de la main. Visiblement, jouer aux devinettes l'amusait beaucoup. Il s'était adossé au fauteuil et s'est mis à tapoter ses doigts écartés les uns contre les autres en me regardant d'un air concentré. Soudain, son regard s'est illuminé et il s'est penché en avant.

— Sapreski ! Seriez-vous… seriez-vous une Créatrice ? a-t-il demandé d'une voix étouffée.

J'ai hoché la tête. Et là, il s'est complètement enflammé !

— Aujourd'hui, j'ai perdu un château mais j'ai rencontré une Créatrice ! Je suis un homme heureux ! s'est-il exclamé d'une voix théâtrale. S'il vous plaît, parlez-moi de vous, racontez-moi votre histoire. J'ai déjà croisé des Créateurs au cours de mon existence, mais je n'ai jamais eu l'occasion de parler ainsi seul à seul avec l'un d'entre eux.

Alors j'ai commencé à tout raconter. Tout, depuis le début. J'ai parlé de ta mort, de l'hypnophobie, de la rencontre avec Amastan, des analogons et du sablier récupéré sous une coulée de boue au Chili… C'était quand même un peu gênant, parce qu'il avait l'air de penser que j'étais une sorte de vedette et que ma vie était follement passionnante. Dès que je disais quelque chose, même quelque chose de très banal, il hochait la tête en buvant mes paroles comme si j'étais le plus brillant des savants en train de déverser sur lui une pluie de savoirs inestimables. En même temps, il faut reconnaître que c'était agréable. Avoir quelqu'un qui te regarde avec les yeux qui brillent, qui t'écoute sans jamais t'interrompre, qui se passionne pour le moindre de tes faits et gestes, c'est assez grisant. Ça me change des conversations familiales autour de la soupe du soir, où ce que je fais n'est jamais assez bien…

Quand j'ai terminé mon récit, Jov' est resté un long moment perdu dans ses pensées, les yeux dans le vide, tapotant (encore !) ses doigts les uns contre les autres. On aurait dit un automate. Et puis l'automate a enfin repris vie.

— Ce qu'il faut, c'est trouver une justification scientifique à vos vacances, a-t-il dit.

— Pardon ?

Il s'est tourné vers moi. C'était comme si je voyais les rouages de sa pensée s'agiter à toute vitesse dans son cerveau et la fumée sortir de ses oreilles.

— Vous avez envie de prendre des vacances, et je vous comprends fort bien, jeune demoiselle. Mais, sans vous offenser, pour l'instant vous vous y êtes très mal prise pour arriver à vos fins !

— Vous croyez ?

— Bien sûr ! Votre Amastan est un exalté, un chercheur de génie qui est sur la piste d'une découverte majeure. Et on n'arrête pas un savant en plein envol, ce serait aussi inefficace que criminel ! Donc, ce qu'il faut, c'est utiliser son énergie en votre faveur. Comme au judo.

— Comme au judo, ai-je répété, complètement paumée.

— Mais oui ! s'est-il enthousiasmé. Au judo, vous ne luttez pas contre la force de l'adversaire, vous détournez sa poussée pour le faire tomber. Vous devez faire la même chose avec Amastan. Vous ne l'empêcherez pas d'avancer dans ses recherches : vous devez donc faire entrer vos vacances dans son programme expérimental !

— Euh, d'accord, je comprends. Mais je ne vois pas comment…

Un énorme gargouillement s'est alors fait entendre, qui venait de l'estomac de Jov'. Il a regardé à la dérobée les lutins qui vaquaient à leurs occupations, puis s'est penché vers moi.

— Dites donc, a-t-il chuchoté, j'ai marché pendant des heures à la recherche de mon château et j'ai épuisé mon casse-croûte : cela fait au moins vingt minutes que je n'ai rien avalé. Mon estomac crie famine. Puisque vous êtes une Créatrice, vous ne pourriez pas me préparer un petit encas ? Quelque chose de discret, qui ne fait ni bruit ni miettes, sinon je vais me faire remonter les bretelles par nos petits amis. On n'a pas vraiment le droit de manger dans cette bibliothèque, mais on y est si bien…

J'ai fait apparaître un morceau de gruyère, mais il a froncé le nez. Il n'a pas voulu non plus de mon saucisson, ni même de mes mini-boudins blancs. En revanche, il s'est jeté comme un enfant glouton sur mes guimauves… Il n'est pas « roi de la Sucrerie » pour rien, ce Jov' ! Une fois qu'il a eu sa dose de sucre, il s'est mis à réfléchir encore plus vite qu'avant. Il m'a bombardée de questions et m'a lancé des dizaines de propositions, avant de finir par trouver LA bonne idée. Celle en tout cas qui m'a tout de suite convaincue.

— Sapreski, mais c'est bien sûr ! s'est-il écrié en se tapant le front. Pour pouvoir utiliser son analogoflash, Amastan a besoin de photos, n'est-ce pas ?

— Oui, c'est ce qu'il m'a dit.

— Et l'ancienne technique des analogons n'en utilisait pas ! Amastan va donc devoir constituer une bibliothèque de photos des destinations vers lesquelles il voudra envoyer les Mages… C'est indispensable s'il veut tester sa machine à grande échelle. Les voilà, vos vacances ! Vous allez partir avec lui en photoreportage à travers Oniria.

Là, je dois admettre que j'étais vraiment bluffée. Quelle idée géniale ! Non seulement j'allais pouvoir explorer Oniria, mais en plus je ne le ferais pas seule.

Après mon expérience désastreuse du jour, c'était vraiment bienvenu.

— Mais attention, m'a prévenue Jov', il va falloir vous montrer subtile ! Ce qu'il faut, c'est qu'Amastan ait l'impression que l'idée vient de lui…

Et là il m'a expliqué tout un tas de techniques de Sioux pour amener quelqu'un à une idée sans en avoir l'air… Ce type est un vrai professionnel de la discussion. Je devrais peut-être dire « de la manipulation », mais cela aurait une connotation négative et… je ne sais pas comment te dire… Ce Jov' m'inspire confiance. Il est doué, il est sans doute redoutable, mais je me sens bien avec lui. Mon intuition me dit que je n'ai rien à craindre. Est-ce que tu me trouves naïve ? En tout cas, j'ai hâte de mettre en pratique ce qu'il m'a appris. C'est très fort, je suis persuadée que ça va marcher. Et alors là, ce sera le bonheur. Tu imagines ? Plusieurs semaines à rechercher avec Amastan les plus beaux endroits d'Oniria pour les prendre en photo. Ça fait rêver, non ? Ça, ce sont de vraies vacances !

J'ai promis à Jov' de retourner le voir une nuit prochaine pour lui raconter ma discussion avec Amastan (il me suffit de m'endormir en pensant à lui pour le rejoindre à l'endroit où il est, magique, non ?). Il me présentera sa femme, la reine Pommerelle, qui a l'air d'une personne adorable. Tu le verrais quand il en parle ! Tout à coup il devient tout rouge, il a un sourire d'enfant timide, il utilise des mots tendres… Il a l'air d'être amoureux d'elle comme au premier jour, c'est touchant. J'espère que moi aussi, un jour, je connaîtrai un amour comme celui-là.

Je t'embrasse, mon frérot. Fort, fort, fort. Tu me manques !

Lou

PAPIER À BASE DE FIBRES CERTIFIÉES

Le Livre de Poche s'engage pour l'environnement en réduisant l'empreinte carbone de ses livres. Celle de cet exemplaire est de :
300 g éq.CO_2
Rendez-vous sur www.livredepoche-durable.fr

« Pour l'éditeur, le principe est d'utiliser des papiers composés de fibres naturelles, renouvelables, recyclables et fabriquées à partir de bois issus de forêts qui adoptent un système d'aménagement durable. En outre, l'éditeur attend de ses fournisseurs de papier qu'ils s'inscrivent dans une démarche de certification environnementale reconnue. »

Édité par la Librairie Générale Française - LPJ
(58, rue Jean Bleuzen, 92170 Vanves)

Composition Nord Compo
Achevé d'imprimer en Espagne par Liberdúplex
Dépôt légal 1re publication : novembre 2017
70.4835.5/04 - ISBN : 978-2-01-626544-4
Loi n° 49-956 du 16 juillet 1949 sur les publications destinées à la jeunesse
Dépôt légal : **août 2020**